生命之书

【美】罗宾·斯隆（Robin Sloan）著　高契 译

目录

 书店

招聘 / 3

大衣扣子 / 11

"大都会" / 22

《龙之歌传奇》（第一卷）/ 36

异乡异客 / 42

原型 / 53

最大快乐想象 / 63

书的味道 / 69

孔雀羽毛 / 75

制造商和型号 / 85

蜘蛛 / 92

创立者之谜 / 104

为什么你这么爱书？/ 111

帝国 / 128

图书馆

五百年来最奇怪的职员 / 143

"生命之书" / 158

反叛者同盟 / 177

突然出现 / 188

黑洞 / 200

装订 / 215

《龙之歌传奇》（第二卷）/ 225

终极"旧知" / 232

召唤 / 241

真正的大炮 / 254

 塔

少量金属 / 267

一年级 / 280

风暴 / 291

《龙之歌传奇》（第三卷）/ 298

朝圣者 / 306

团体 / 318

 尾声

书 店

招聘

在书架的阴影里，我觉得自己失去了方向感，差点儿从梯子上跌落下来。我正好上到书架的半腰，高高地离开地面，仿佛远离了某个星球的表面。书架的顶部高高耸起，阴沉沉地立在那儿。书紧密地排在书架上，使得一点光线也透不过来，那儿的空气似乎更稀薄些。我想我看到了一只蝙蝠。

我小心翼翼，一只手扶住梯子，另一只手紧紧地压住书架的边缘，手指因为用力而变得苍白。循着指关节的方向向上，我用目光搜索着书脊——就在那儿，我找到了那本书。

还是让我从头说起。我的名字叫克莱·杰侬。那些日子我很少看纸质书。我会坐在厨房的桌边，在我的手提电脑上浏览招聘广告，接着被浏览器上闪烁的标签吸引，链接到某篇关于酿酒用的转基因葡萄的杂志长文。文章太长了，我就会把它加入阅读书单。然后我又会点开某个书评的链接，把它也加入我的书单，再下载那套关于吸血鬼警察的系列图书第三册的第一章。招聘广告的事就这样被抛到了脑后。我会退回客厅，把手提电脑放在肚子上读上一整天。我有很多空闲时间。

　　因为21世纪初横扫美国的食品连锁店大萎缩，我失业了。在这次冲击中，许多汉堡店破产了，寿司餐厅也纷纷关门倒闭。

　　我丢掉的是一份在纽贝格面包圈公司总部的工作。这家公司既不在纽约也不在任何一个有制作面包圈传统的地方，而是坐落在旧金山。公司很小很新，由两名前谷歌员工建立。他们制作了一个软件，设计和烘焙理想的面包圈——光滑酥脆的表皮，松软白嫩的饼心儿，全都呈完美的圆圈状。这是我离开美术学院的第一份工作，我从设计员做起，制作营销材料比如菜单、折扣券、图表、橱窗海报，来宣传推销这种美味的面包圈，有一次还在一个烘焙食品交易展上为整个展位做设计。

　　有很多事要做，首先，其中一个前谷歌员工要我试着重新设计公司的标志——原来的设计采用浅棕色圆圈里跳跃的彩色字体，看起来很简单，相当地MS Paint绘图软件风格。我重新设计了它，采用一种让人联想起希伯来字母里方块和箭头形状的有明显的黑色衬线的新型字体。这个设计给纽贝格品牌带来某种庄严感，也为我在旧金山的职业设计联合会赢得了奖项。之后，当我告诉另一个前谷歌员工我知道怎样编程（某种程度上）后，她就让我管理公司网站。于是我把网站也重新设计了，设法取得一小笔营销费用，用来建立对"面包圈"、"早餐"、"拓扑学"之类的关键词的搜索。我也是纽贝格在推特[1]上的发言人，用早餐趣事

1　指社交网站Twitter。——编者注

和电子打折券吸引着几百个追随者。

这些当然都不能体现辉煌的人类演化的下一阶段，但是我学到了东西，得到了提升。然而经济开始下滑，在这种不景气的日子里，事实证明人们想吃的是老式的起泡的椭圆形的面包圈，而不是光滑的来自外星球一般的面包圈，即使是面饼上撒着精准研磨的石盐。

前谷歌员工们已经习惯了成功，他们不会默默地认输。很快他们重新包装，公司更名为老耶路撒冷面包圈公司，并且彻底地抛弃了以前的生产运算法则，烘制的面包圈变得又黑又歪歪扭扭。他们指示我把网站做成古旧风格，这让我麻烦重重，也没能帮我赢得任何职业设计联合会的奖项。营销预算缩减了，之后彻底没有了。能做的事情越来越少，我开始学不到什么东西也得不到任何提升。

最后，前谷歌员工们认输了，搬到了哥斯达黎加。炉子冷了，网站也黑了。没有解雇费，只剩下公司发给我的苹果笔记本和推特账号。

就这样，工作了不到一年之后，我失业了。实际上不只食品行业缩减了，人们都住在了汽车旅馆和临时帐篷里。整个经济突然间就像抢座位游戏一般，我确信我需要抢到一把椅子，任何一把，越快越好。

想到竞争，那真是一幅让人沮丧的画面。我有像我一样也是设计师的朋友，可他们已经开始设计世界著名网站或是触屏界面了，而不是仅仅给个刚起步的面包圈店设计商标。我还有在苹果公司工作的朋友。我最好的朋友尼尔已经开了自己的公司。再在纽贝格待上一年我就会有起色，但是我干的时间太短了，还没建立起自己的文件夹，甚至没足够的时间变得专精于某方面。我有的只是一篇关于1957到1983年瑞士排印工艺的美术学院论文和一个三个页面的网站。

但是，靠着招聘广告我坚持着。而我的标准迅速地下滑。最初我坚持自己只为和我理念一致的公司工作，之后我想也许只要我能学到新东西都是好的，接着我决定只要公司不是很糟就行，而现在，我开始小心地勾画我个人对"很糟"的定义。

是纸质材料救了我。原来只要我远离互联网，就可以集中精神找工作。我会打印一堆招聘广告，把手机丢在抽屉里，出去散步。我揉掉要求太多经验的招聘广告，把它们丢进路上被撞凹的绿色垃圾箱里，这样到我精疲力竭，跳上公交车回家时，我屁股后面的口袋里就会叠着两三张有希望获得的工作的招聘广告，以备进一步行动。

这一方法的确给我带来了工作，尽管不是按照我所期待的方式。

如果你的腿力够强，旧金山倒是个散步的好地方。这座城市是个布满陡峭山丘的小方块区域，三面环水，这带来了各种令人惊奇的街景。当你手上拿着一叠打印材料，想着自己的事走着，脚下的地面会突然向下倾斜，你将放眼看到海湾和沿途明亮的橘色、粉色的房子。旧金山的建筑风格在这个国家的任何一个地方都会显得格外鲜明。即使你住在这里，习惯了这些，它还是会带给这狭长的街道一种奇异的风格：那些又高又窄的房子，窗户就像是眼睛和牙齿，镶着结婚蛋糕奶油花边一样的装饰。如果刚好面对正确的方向，你还会看到在那后面高高耸起的金门大桥锈迹斑斑的影子。

我循着一条陌生的狭窄街道，走下阶梯状的人行道，沿着水边选择了一条很远的路回家。我顺着那一串老码头，小心地避开渔人码头那些杂乱的海鲜杂烩汤，看着海鲜店消失在航海工程公司和社交媒体创业公司的楼房中。最后，当我的肚子咕咕叫着发出准备要吃午餐的信号时，我转身朝城市的方向走去。

只要我走在旧金山的街道上，就会留意橱窗里的招聘广告——这种事你们当然不会做。也许我应该更谨慎些，合法的雇主会用"克雷格列表"网站发布信息。

可以肯定的是24小时书店看起来不像是合法雇主，广告上写着：

招聘
晚班，特殊要求，收入丰厚

现在，我可以确定"24小时书店"只是个委婉的说法。它在"百老汇"大街上，位于城里通常需要委婉提起的那一区。为了找工作而进行的远足已经让我离家很远了。书店隔壁的店铺名叫"交好",招牌上用霓虹灯勾勒着交叉的和岔开的大腿。

我推开书店的玻璃门,上方的门铃清脆地响起来,我慢慢地踱了进去,那时我并没有意识到自己跨进了多么重要的一个门槛。

想象一下一个正常书店的形状和体积,这书店的内部就是这样。这里极其狭窄,高得让人头晕。书架一路向上,堆着三层楼那么高的书——也许更多。我仰着头伸长脖子(为什么书店总是让你做些让脖子不舒服的事?),看到书架向上慢慢消失在阴影里,说明书架高得也许没有尽头。

书架紧紧地挤在一起,我仿佛是站在森林的边缘,不是友好的加利福尼亚森林,而是古老的特兰西瓦尼亚森林——到处是狼群、女巫和挥着短刀的强盗,守在月光下的黑暗处。有些梯子紧靠着书架,可以从一边推到另一边,通常这样很好,但在这儿,这些梯子高高地伸到阴影里,让人觉得不吉利,仿佛它们在黑暗中聊着关于意外事故的悄悄话。

所以我守在书店的前半部,这儿有白天的亮光透入,大概能让狼群不闯进来。周围和门上方的墙都是玻璃的,厚厚的方形窗格玻璃嵌在黑色的铁框里,成拱形地横跨在上面的是一串长长的金色字母(反向地写着):

半影先生的24小时书店

字母下方，拱形的空凹处是一个图案——两只完全平摊的手从一本打开的书里伸出来。

那么谁是半影先生？

"你好！"书堆里传出一个平静的声音。一个身影显露出来——一个男人，像那些梯子一样，瘦高身材，穿着一件浅灰色开衫和一件蓝色的羊毛衫，走起路来有点蹒跚，边走边用一只长长的手扶住书架作为支撑。当他从阴影中走出来时，我看到他的毛衣和眸子都是蓝色的。他看起来很老，毛衣低垮地穿在皮肤松弛的身上。

他冲我点头，有气无力地招了下手。"你要在这些书架里找什么？"

这句话不错，因为某种原因，这问话使我变得自在起来。我问道："我是在和半影先生说话吗？"

"我是半影，"他点头道，"我也是这地方的管理员。"

直到说出口我才意识到自己要说什么："我是来找工作的。"

半影眨了下眼，点点头，蹒跚着走到前门的桌子旁——那是一大块有深色螺旋纹路的木头，仿佛森林边缘坚硬的堡垒，你大概能靠它抵御好一阵子来自书架的围攻。

"应聘……"半影再次点点头，滑进桌子后面的椅子坐下来，隔着那硕大的桌子端详起我，"你在书店工作过吗？"

"是这样，"我说，"上学时我在一家海鲜店当过侍者，店主也卖他自己的烹饪书。"那本书叫《秘制鳕鱼》，详细地介绍了三十一种……你懂的……"这也许不能算数。"

"不算数，不过没关系，"半影说，"有图书业的经验在这儿对你没什么用。"

等等——也许这地方真的完全是个色情场所。我向下方和周围瞟了一眼，没有看到什么紧身胸衣——撕破的什么的。实际上，就在我旁边的矮桌上摆着一摞布满灰尘的达希尔·哈米特的书，这是个好迹象。

"告诉我……"半影说道，"一本你喜欢的书。"

我马上就知道我的答案，完全没有什么书能和这一本相比。我告诉他："半影先生，不是一本书，是一套书。文笔不是最好并且也许写得太长，结尾很糟，不过我读了三遍。并且我因此结识了我最好的朋友，我们都在六年级的时候迷上了这套书。"我喘了口气，"我喜欢《龙之歌传奇》。"

半影挑起一条眉毛，笑了起来。"很好，非常好。"他说道，脸上的笑容变得越来越大，露出了一口拥挤的白牙。接着他斜眼看了看我，目光上下移动。"但是，你能爬梯子吗？"

我就是这样爬上了这梯子，爬得有三层楼高，在半影先生的24小时书店里远离地面。叫我上去找的书叫《阿尔阿斯玛里》，在我左边大概一臂半远的地方。很明显，我得回到地面，把梯子移过去一点。但是半影站在下面大喊着："靠过去，孩子！靠过去！"

天啊！我真的想要这份工作吗？！

大衣扣子

那是一个月前。现在我是这家书店的夜间店员了,而且我爬上爬下梯子就像只猴子。这的确是有技巧的。你把梯子推到位置,固定住轮子,然后弯曲膝盖直接跳上第三或者第四级横杠,用胳膊向上拉,维持这股冲劲儿,不一会儿你就会离地五英尺了。爬的时候,要向正前方看,而不是向上或向下,保持目光聚焦在自己脸前方大约一英尺的地方,会感到那些花花绿绿的书脊在你经过时模糊地放大。你要在脑子里数着横杆,最后当你到达正确的位置,就去伸手够你上来要取的书……为什么要够?当然,你要斜靠过去。

作为一项专业技能,这或许不像网络设计那么有卖点,但也许更有趣。而且以现在这个情况我会接下任何工作。

我只希望更多地运用我的新技能。因为可怜的顾客人数,半影先生的24小时书店其实并不是全天营业。事实上,几乎没有任何顾客,有时我觉得自己更像夜间看门人而不是店员。

半影卖二手书。这些书一律状况极佳,很可能都是全新的。他白天买来这些书——你只能卖给这个名字写在橱窗上的人——他肯定是个苛刻的顾客。他似乎不太在乎畅销书单。他的存货很庞杂，我猜除了他的个人口味，他买书怕是没有什么特定的模式和目的，所以这儿没有青少年魔法或是吸血鬼警察的书。这太可惜了，因为这书店正是那种让你想买一本关于青少年魔法的书，想成为一个少年魔法师的地方。

我告诉朋友们关于半影先生的书店的事，他们到店里来，目不转睛地盯着书架，看我爬上布满灰尘的高处。我通常会甜言蜜语地哄他们买些什么：一本斯坦贝克的小说，一些博格斯的故事集，一本厚厚的托尔金分卷什么的——所有这些书都证明了半影的兴趣所在，因为他储存了每个作家的全部作品。我最少也会让我的朋友们买张明信片。前台有一摞明信片，是描绘书店门面的钢笔画——线条细致的老式样，也不酷，但现在又变得酷起来——半影卖一美元一张。

然而每几个小时赚一美元付不了我的薪水。我不明白我的薪水是什么付出来的。我完全搞不明白这书店是怎么经营下来的。

有个顾客到现在我已经见过两次了，是个女人，我很肯定她就在隔壁的"交好"店工作。我对此很确定是因为，两次来她都化着浣熊一样的浓浓的烟熏妆，浑身烟气。她有着明朗的笑容和布满灰尘的金棕色头发。我猜不出来她的年龄——她可能是个糟糕的二十三岁女人也可能是相当不错的三十一岁女人——我也不知道她的名字，但我知道她喜欢传记。

她第一次来书店,绕着前面的书架慢慢地浏览,拖着脚步,心不在焉地舒展着关节,然后来到前台,问道:"有那本关于史蒂夫·乔布斯的书吗?"她穿着粉色的背心和牛仔裤,外面罩着一件蓬松的乐斯菲斯[1]牌夹克,说话带着点鼻音。

我皱皱眉回答道:"可能没有。不过让我查查。"

半影有个数据库,装在一台破旧的米色老式苹果电脑上。我在键盘上敲了作者的名字,电脑发出了一声低鸣——成功的声音。她挺走运。

我们歪着头浏览放"传记"的区域……就在那儿——只有一本,闪亮如新。或许它曾是本送给做技术总监但并不真正读书的父亲的圣诞礼物,又或许这个"科技"父亲想要在Kindle电子阅读器上读它。不管怎样,有人把它卖到了这儿,而且通过了半影的检验,真是不可思议!

"他可真帅!""乐斯菲斯"妞边说边把书举到一臂远的地方。白色封皮上的乔布斯向外凝视着,一只手托着下巴,戴着一副圆眼镜,看起来有点像半影的那副。

一周后,她蹦跳着穿过前门,一边笑一边默默地拍着手——让她看起来更像二十三岁而不是三十一岁——说道:"啊,太棒了,听着"——这时她变得严肃起来——"他写了另一本书,关于爱因斯坦的。"她掏出自己的手机,屏幕上是亚马逊的商品页——沃尔特·艾萨克森写的爱因斯坦传记。"我在网上看到这

---

1 the North Face,著名户外服装品牌。——编者注

个,但是我想也许可以在这儿买到。"

让我们说清楚:这简直令人难以置信。这是个书商的梦。就像是一个脱衣舞娘横在历史中间,大喊着停下。我们满怀希望地歪着头,在书店的"传记"区搜寻,却没有发现《爱因斯坦传——人生与宇宙》。有关于物理学家理查德·费曼的五种不同的书,却压根没有关于爱因斯坦的。这就是半影的口味。

"真的吗?""乐斯菲斯"妞撅起嘴。"唉,好吧,我在网上买好了。谢谢。"她漫步踱出了书店,走进夜色,没有再回来过。

坦白地说,如果要依舒适、不费力、满意的标准给获得图书的经历排个序,这个单子会是这样的:

1. 完美的独立书店,像是伯克利的皮格马利翁书店。
2. 一个大而明亮的巴诺书店。我知道它们是企业,但是让我们面对现实——这些连锁书店很不错,尤其是那些有大沙发的。
3. 沃尔玛的图书货架(就在卖盆栽土的区域旁边)。
4. 建在深潜在太平洋里的美国海军"西弗吉尼亚"号核潜艇上的租赁图书馆。
5. 半影先生的24小时书店。

因此我调整自己来平衡这艘"船"。不,我对经营书店一窍不通；不，我没有把手指放在刚从隔壁脱衣舞俱乐部出来的消费人群的脉搏上给他们把过脉；不，我从未平衡过任何"船"，除非算上那次我组织了一个二十四小时的埃洛尔·弗林电影马拉松，把罗德岛设计学院的击剑俱乐部从破产中拯救了出来。但我的确知道有些事半影显然做错了——他根本就没做的一些事，比如营销。

我有个计划：首先，我将用一些小的成功证明自己，接着就申请一笔预算陈设一些印刷广告，在橱窗里摆一些标志，或许会再做大一点，在公交车站拉个横幅，写上：**在等你的巴士吗？来和我们一起等吧！**我会让公共汽车运行时刻表显示在自己的笔记本电脑上，这样在下一班公交车要来的时候，我就可以提前五分钟给顾客们一个提醒，这简直棒极了。

但我得从小事做起，没有顾客来分散我的注意力，我得努力工作。首先，我连接上隔壁名叫"交好网"的未加密Wi-Fi网络，接着，我逐一访问当地的评论网站，撰写关于书店这颗隐匿宝石的热情洋溢的文章。我向一些当地博客发送附带眨眼表情的友好邮件。我建立了一个只有一个小组成员的脸书[1]群组。我还注册了谷歌的超目标地域性广告项目——和我在纽贝格公司时用的是一样的——这能使你以不可思议的精确度鉴别你的信息来源。我从谷歌长长的表格里选择典型特征：

1　指社交网站Facebook。——编者注

- 住在旧金山

- 喜欢书

- 夜猫子

- 使用现金

- 对灰尘不过敏

- 喜欢韦斯·安德森的电影

- 最新GPS定位在五个街区以内

我只有十美金可以用来做这些事，所以我必须保证详细明确。

这都是需求的方面，还有供给方需要考虑。半影的书店存货至少可以说是变化无常的——不过这只是部分情况，据我所知，半影先生的24小时书店其实是个二合一的书店。

一个是多多少少正常的书店，也就是书店的前部，紧紧围绕着柜台的部分，有标着"历史"、"生物"和"诗歌"标签的矮书架，有亚里士多德的《尼各马可伦理学》和崔佛南的《涩果》。这部分多少算正常的书店污渍遍布，令人沮丧，但至少这里存放的书能在图书馆和互联网上找到。

另一个书店堆叠在后面。最重要的是，在那高高的设有梯子的书架上堆放的是谷歌搜索根本找不到的、不存在的书籍。相信我，我搜过。很多看起来都像是古物——破裂的皮革，金箔的书名——但另一些却镶着明亮崭新的书皮。所以它们不都是古物，它们只是都很……独特。

我把它们看作"古旧书库"。

一开始在这儿工作的时候，我猜测这些书都是来自于很小的出版社。小型的安曼教派出版社对数字存储不感兴趣。我还想也许这些都是个人出版的手工装订孤本书，从来也没能进过国会图书馆或者任何别的地方。也许半影的书店就是个类似孤儿院的地方。

但现在，在店员的职位上做了一个月以后，我开始觉得事情比这要复杂。是这样的，和第二个书店在一起的是另一帮顾客——一小群像奇怪的月亮一样绕着这书店公转的人。他们和"乐斯菲斯"妞完全不同。他们年纪更大，来得很有规律。他们从不浏览，而是被需求驱使着，头脑完全清醒地知道自己想要什么。比如，顾客进门时门上的铃铛会响起来，在它停止之前，廷德尔先生就会上气不接下气地喊道："金斯莱克！我要金斯莱克的书！"他会把双手从头上放下来（难道他真的双手放在头上跑过整条街吗？），紧压在柜台上重复刚才的话，就像是他已经告诉过我一次我的衬衫着火了，为什么我还不赶快采取行动一样。

"金斯莱克！快点啊！"

旧苹果电脑上的数据库既包含普通的书也有那些古旧的书。后者并不是按书名或主题（它们有主题吗？）排列的，所以电脑帮助很关键。这时我会键入金斯莱克的全拼，电脑慢慢地搜索，廷德尔不耐烦地抖着脚后跟儿，然后一声微鸣，神秘的结果在电脑上显示出来。不是生物类，不是历史类，也不是科幻类，而是3-13。这就是指那古旧书库，3号走道，13号书架，大概只有10英尺高。

"啊，谢天谢地！谢谢你！太好了！谢天谢地！"廷德尔会狂喜地叫起来。"这是我的书。"他会从什么地方掏出一本很大的书，或许是从裤子里，这就是他要还的书，换金斯莱克的书。"这是我的卡。"他隔着桌子递过一张整洁的压模卡，上面印有和装饰书店橱窗用的一样的图标。卡上有个编码压印在厚纸上，我会记下来。廷德尔一直都是幸运号码6WNJHY。我会打错两次。

像猴子一样在梯子上干完我的活儿，我就会用牛皮纸把金斯莱克的书包起来。我会设法聊两句："今晚过得怎么样，廷德尔先生？""啊，非常好，现在更好，"他会吸口气，颤抖着双手接过包好的书。"有进展，缓慢但稳定，肯定有进展！'欲速则不达'，谢谢！"门铃再次响起，他匆匆地走回街道，此时正是凌晨三点。

这是个读书俱乐部吗？他们怎么加入的？他们付钱吗？

这些是在廷德尔，或是拉平，或是费德洛夫离开后，我独自坐在这儿时问自己的问题。廷德尔或许是最怪的一个，但是他们都相当古怪：他们都头发花白，一门心思，仿佛来自另一个时空。没有苹果手机，从来不提现在发生的事或是流行文化，其实是不提除了书以外的任何事。我的确认为他们是个俱乐部，尽管我没有证据说明他们认识彼此。每个人都是自己来书店，除了自己正疯狂入迷的书外，从来不就其他的话题说一个字。

我不知道这些书里写了什么——不去了解也是我工作的一部分。在我被雇用的那天，爬梯子测试之后，半影站在前台桌子后面，用他那双亮亮的蓝眼睛盯着我说："这份工作有三个要求，每一条都很严格，不能轻率地应诺。店里的员工遵守这些规矩已经近一个世纪，我也不打算现在打破它们。第一，晚上十点到上午六点，你必须准时在这儿，不得迟到，也不能早退。第二，你不能浏览、阅读，或者以任何别的方式查看架子上的书。只给会员取书。就这么多。"

我知道你在想什么：独自一人这么多个晚上，你就从来没有翻过？没有，从来没有。因为我知道半影在什么地方装了个摄像头。如果我偷看了一眼被他发现，我就得被炒。我的朋友们一批批都在外面倒下了，整个工业，这个国家的各行业都在纷纷倒闭，我不想住在帐篷里，我需要这份工作。

此外，第三条规定是第二条的补充："你必须精确记录所有事物。时间，顾客的外貌，精神状态；是怎么样借书的，收到书时什么表现；他看起来像受到了伤害吗，帽子上插着一小枝迷迭香吗等等，等等。"

我想正常情况下这工作要求让人心里发毛。真实情况是，半夜借奇怪的书给奇怪的学者感觉很正常。所以，我没有花时间盯着那些禁止翻看的书架，而是把时间用来记录顾客的状态。

第一个晚上，半影带我看前台里的一个矮书架，那儿排列着一套大号的用皮革包边儿的书卷，除了书脊上明显的罗马数字，看起来都一模一样。"我们的日志，"他说道，手指划过这些书，"可以追溯到近一个世纪以前。"他取出最右边的一本重重地放在桌子上。"现在你将帮着记录了。"日志的封皮上有个浮雕的拉丁词"记录"，还有个图案——正是店面橱窗的图案，像书一样打开的双手。

"打开它。"半影说道。

里面的书页宽大灰白，布满了深色的手写体字，还有些草图：很小的留胡须的男人的肖像画，严格的几何涂鸦。半影翻动书页，在大概中间的地方，夹着一个象牙书签，记录的字迹结束了。"你要记下名字、次数和书名，"他轻拍着那页纸说，"还有，像我说过的，举止和外貌。我们为每一位会员做记录，也为每个可能成为会员的顾客做记录，以此来跟踪他们的进展。"他顿了一下，接着补充道，"他们中有些人干得很卖力。"

"他们干什么？"

"孩子！"他说，眉毛挑了起来，好像再没有比这更明显的，"他们读书啊。"

就这样，在标记为"记录"，编号为九的这个本子里，我尽我所能清楚准确地记录我值班期间发生的事情，偶尔使用一点华丽的辞藻。我猜你会说二号规矩不是很严格。在半影的书店里有一本奇怪的书允许我碰，就是我正在做记录的这一本。

当我早上见到半影，如果来过某个顾客，他会询问我。我就照着日志的记录读一点，他会对我的记录表示肯定地点着头。但接着他会进一步探查。"对廷德尔先生的描述很不错,"他会说,"但是告诉我,你记得他大衣上的扣子是珍珠母做的吗?还是牛角的?还是某种金属?铜的?"

是的,好吧,半影保存这些档案的确很奇怪。我想不出这是出于什么目的,甚至是恶意的目的。但是当人们过了一定的年龄,你就有点不再问他们为什么要做一些事了。这让人觉得挺危险的。假设出现这样的情况怎么办。你问:"那么半影先生,你为什么要知道廷德尔先生的大衣扣子是什么做的呢?"他停下来挠挠自己的下巴,这时是一阵让人不舒服的沉默,然后我们都意识到他记不起来了。

或者,如果他当场炒了我怎么办?

半影保守着自己的秘密,传达出来的讯息也很清楚:干你的活,别问问题。我的朋友亚伦上周刚被解雇了,现在他正准备搬回萨克拉门托他父母那儿。在这种经济环境下,我可不想去测试半影的底线。我需要这个职位。

廷德尔先生的大衣扣子是玉石的。

"大都会"

半影先生的24小时书店全天营业。一个店主和两个店员把一天的时间分成三份儿，我分到了最晚的时段儿。半影自己负责早上——我猜你会叫它黄金时段，但其实这个书店并没有黄金时段。我的意思是，接待单独的顾客是书店的重要事情，而单独的顾客不是在午夜，就是在午后到书店来。

因此我是把书店管理的接力棒交给半影，而从安静的奥利弗·格罗恩手里接过来，他是负责值晚班的人。奥利弗又高又结实，四肢粗壮，双脚巨大，长着卷曲的古铜色头发，一双招风耳竖在脑袋两边。上辈子他应该是个踢足球的或者划船的，或是在隔壁俱乐部负责撵走那些下层男性。这辈子，奥利弗是伯克利大学的研究生，研究考古学，正在培养自己成为一名博物馆馆长。

他很安静——对他的块头来讲太安静了。他讲起话来句子简短，似乎总在想别的事情——某些遥远或是古老的事。他做着关于爱奥尼亚式梁柱的白日梦。

他的知识很渊博。有天晚上我用一本名叫《物品传奇》的书考他，是从半影的小小"历史"分区里拽出来的。我用手盖住标题，只给他看照片。

"米诺斯公牛图腾，公元前1700年。"他大声说道。正确。

"巴斯约兹铜壶，公元前450年，也许是500年。"对。

"瓦，公元600年。应该是朝鲜的。"也对了。

测试结束时，奥利弗十题全对。我确信他的大脑完全在不同的时间维度上运作。我几乎记不起来自己昨天午餐吃了什么，而奥利弗随随便便就知道公元前1000年发生了什么，它们看起来是怎么样的。

这让我嫉妒。现在我和奥利弗·格罗恩是同事：我们的工作完全一样，职务完全一样。但是要不了多久，很快地，他就会以可观的程度超过我并且加速把我甩在后面。他将在现实世界里找到自己的位置，因为他擅长一些事——除了在孤独的书店爬梯子以外的别的事。

每天晚上十点我出现在书店，会看到奥利弗在柜台后面，总是在看着本儿书，书名总是《陶器保养》或者《美洲前哥伦比亚时代的楔形符号地图集》之类的。每天晚上我用手指在深色的木板上敲敲，他就抬起头说："嗨，克莱。"每天晚上我接替他，我们像士兵那样点头告别——就像那些特别理解彼此处境的人。

我上完自己的班儿就是早上六点了，这是个尴尬的下班时间。一般来说，我会回家看会儿书或者玩电脑游戏。我觉得这是放松。当然，半影书店里的夜班并不真的让人紧张，所以大多数情况下我仅仅是消磨时间，直到我的室友起床看到我。

马修·米特尔布兰德是我们的驻场艺术家。他瘦得像根电线杆子，肤色苍白，作息不规律——比我的作息还要奇怪，因为更加难以预测。很多个早上我不需要等马特（马修的昵称）起来，因为回到家时我就发现他整晚都没睡，在忙着他最近的工程。

白天（多多少少）马特在要塞公园的工业光魔公司做特效，为电影制作道具和装置。设计制作激光来复枪和闹鬼的城堡给他带来收入。但是——我发现这很让人印象深刻——他不用电脑。马特是那一小撮人数越来越少的用刀子和糨糊制作特效的艺术家之一。

他只要不在工业光魔公司，就在忙着自己的什么工程。他的工作强度让人发疯，使用起时间就像干枯的枝条投入火中，完全地消耗掉，烧光烧尽。他睡觉很浅很短，经常直直地坐在椅子里或是像法老一样僵直地躺在沙发上。他像故事书里的幽灵，某种小精灵之类的东西，只是构成他的物质不是空气或水，而是想象力。

马特最新的工程也是他目前为止最大的一个。很快就不会有容纳我和沙发的空间了，马特最新的工程正在逐渐占据整个起居室。

他叫它"大都会"，是由盒子、罐子、纸和泡沫组成的，是个没有真正铁道的模型铁道。模型下用铁丝网固定着袋装花生，用来构成陡峭的山丘式地形。先是从一个小牌桌上开始的，但马特又增加了两个，分别在不同的水平线上，仿佛地壳的板块。依"地势"散布在桌面上的是一座城市。

它是个按比例缩小的幻景，用常见废料做成的闪闪发光的超级城市，有用锡箔纸做成的盖尔风格的曲线，有用干通心粉做成的哥特风格的尖顶和开垛口，还有用绿玻璃碎片做的一座帝国大厦。

牌桌后面的墙上粘着马特的照片参考资料：打印出来的博物馆、大教堂、办公楼和一排排房子的图片。一些是剪影，但更多的是细节图：马特自己照的表面和纹理的放大照片。他常常站着凝视着它们，磨蹭着下巴，推演着效果的好坏，用自己的乐高玩具拆拆装装来预测结果。马特才华横溢地使用日常材料，你都不知道这些材料本来是什么了，只能把它们看成微型的建筑。

沙发上有个黑色的塑料无线电遥控器，我拿起来按了其中一个按钮。一个停在门边的玩具大小的飞船嗡嗡地动起来，快速地冲到"大都会"这边。它的主人会操作它，飞船应该停在帝国大厦的顶上，但我只会让它撞窗户。

放"大都会"的厅北边是我的卧室。我们有三个人，三间卧室，我的最小，只是个天花板有爱德华七世风格金银丝装饰的小小的白色方形房间。马特的房间最大，但是房型不好——在最顶上的阁楼，又窄又陡的梯子尽头。而第三个房间是大小和舒适间完美的平衡，属于我们中的第三号室友——阿什莉·亚当斯。她此时正睡着，但不会很久。阿什莉每天早上六点四十五准时起床。

阿什莉漂亮，或许太漂亮了——太闪亮，太整洁，像个三维的立体模特儿。她一头金色直发，干净整齐地修剪到齐肩的位置，手臂因为每周两次的攀岩而有点变色，永远是太阳晒过的古铜色皮肤。阿什莉是公共关系处的业务员。她以前为纽贝格公司负责公共关系，我们就是这么认识的。她喜欢我设计的公司图标。一开始我以为自己喜欢她，不过后来我意识到她是个人形机器人。

我说这话没有不好的意思。当我们搞懂它们了，机器人就很棒，不是吗？聪明、强壮、有条理还体贴细心。这些特点阿什莉都有。她还是我们的资助人：这个公寓是她的。她住在这儿好多年了，我们的低廉租金表明她长期占用这儿。

我是欢迎新的机器人霸主的。

我来这儿大约九个月后，我们那时的室友瓦妮莎搬到加拿大去进修生态工商管理硕士了，是我找到马特来替代她的。他是美术学院一个朋友的朋友。我在一个很小的白色墙壁的画廊里见过他的作品展，都是建在酒瓶和灯泡里的微缩住宅区。当我们得知我们正在找室友而他正在找公寓时，我感到很兴奋能和一位艺术家住在一起，但我不确定阿什莉愿不愿意。

马特过来拜访，穿着件紧身蓝夹克和带折痕的休闲裤。我们坐在客厅里（那时客厅被一台平板电视占着，还没有"桌上城市"，也没想到会有），他告诉我们他在工业光魔最近的任务：用蓝色工作布设计构造一个嗜血的恶魔。这是为阿贝克隆比和费奇服装品牌拍的一个恐怖电影的部分场景。

"我正在学习缝纫。"他解释道。然后他指着阿什莉的裤子翻边说，"这些接缝缝得很好。"

过了一会儿，马特离开后，阿什莉对我说她欣赏他的整洁。"所以如果你觉得他是合适的人选，我这边没问题。"她说。

这是我们和谐共同生活的关键：尽管他们两人的目标不同，但马特和阿什莉都很注重细节。对马特来说，细节是一座微型地铁站上的微型涂鸦标记；而对阿什莉来说，那是内衣能搭配她的两件套。

然而真正的考验随着马特的第一个工程早早到来了。那是在厨房发生的。

厨房是阿什莉的圣地。我在厨房小心翼翼，做像意大利面和泡泡塔牌蛋挞之类的易清理的食物。我不用她的高级刨刀或是她复杂的榨蒜机。我知道怎么开关炉子，但是不知道怎么激活炉子的对流室。我怀疑这需要两把钥匙，就像核导弹上的发射装置那样。

阿什莉爱厨房。她是个老饕，美食家。没有什么比周末她围着色彩协调的围裙，金色的头发在头顶绾个结，做喷香的意大利调味饭让她看起来更漂亮，更像机器人那么完美了。

马特本可以在阁楼，或是那小小的杂草丛生的后院做他的第一个工程，然而不，他选了厨房。

这正值我后纽贝格时期的失业岁月，所以我就在那看着它发生。事实上，当时我正靠得很近，仔细审视着马特的手工活儿，阿什莉出现了。她刚下班回家，还穿着J. Crew牌的黑白套装。她倒吸了一口气。

炉子上架着马特巨大的派热克斯耐热玻璃锅，里面是慢慢搅动的油和染料的混合物，非常黏稠，缓慢地翻滚着。厨房的灯都关着，马特把两个明亮的弧光灯放在锅后面，它们发出的光透过来，在大理石和石灰上投射出网状的红色和紫色影子。

我直起身，默默站着。我记得上次我被抓住这么站着是在九岁时，因为放学后在厨台上用醋和发酵粉制造火山。我妈妈那时穿的裤子就像阿什莉的一样。

马特慢慢抬起眼睛。他的袖子卷在肘部，深色皮鞋在阴暗处发亮，沾上油的手指尖也发着亮。

"这是个模拟的马头星云。"他说。很明显。

阿什莉沉默地盯着这一切，嘴巴稍稍张开，钥匙在手指上晃着，完全忘了把它们放在杂事清单上方的收纳格儿里。

马特和我们一起住了三天了。

阿什莉上前两步靠近些，像我一样窥探起这个小宇宙的深处。一团橘红色的东西正从一层翻动着的绿色和金色里向上拱。

"见鬼，马特，"她吸了口气，"太美了！"

就这样，马特的天体物理学炖锅继续这么炖着，而他的其他工程也接踵而至，越来越大，越来越乱，也越来越占地方。阿什莉对他的进展感兴趣，她会踱进房间，一只手放在臀部，皱起鼻子，发表有建设性的才思敏捷的评论。她还自己挪走了电视。

这就是马特的秘密武器，他的通行证，他的无罪释放证——他把东西做得很美。

当然我告诉马特他应该来书店看看，今晚两点半，他来了。门上的铃铛响起来，宣布着他的造访。在开口前，他伸着脖子随着书架的延伸向阴影里看去。他转向我，伸直穿着格子花呢的胳膊指向屋顶，说："我想上那儿。"

我才在这儿工作了一个月，还没有恶作剧的自信，然而马特的好奇心有传染性。他径直冲到后面的古旧书库，站在书架之间，靠近研究着木头的纹路和书脊纸张的纹理。

我勉强说："好吧，但你必须抓牢，也不能碰任何书。"

"不碰它们？"他一边说一边检查着梯子。"如果我想买一本呢？"

"你不能买——它们只能借。你得成为俱乐部的成员。"

"珍本书？初版？"他已经爬上半空了，他动作很快。

"更像是孤本书。"我说道。这儿没有ISBN。

"是关于什么内容的？"

"不知道。"我轻声说。

"什么？"

意识到自己的声音多么微弱，我提高声音说："我不知道。"

"你从没看过一本？"他在梯子上停下来，怀疑地回头向下看着。

现在我开始紧张起来，我知道接下来会发生什么。

"真的，从来没有。"我开始够向书架。

我考虑摇晃梯子来表示我的不快，然而或许唯一比马特看了这些书更成问题的就是马特掉下来摔死。

他拿了一本在手里，是一本厚厚的镶黑边的书，几乎使他失去平衡。他在梯子上跄踉着，吓得我咬紧了牙。

"嘿，马特，"我说，声音突然变得又尖又高，很烦躁，"你把它放下吧……"

"这太棒了。"

"你应该……"

"真的棒极了，杰侬。你从没看过这些？"他把书抱在胸前开始迈步下来。

"等等！"不知怎么，让书待得离原来放的地方近一些，似乎违规就轻一些。"我上来。"我把另一架梯子拉到他对面的位置，跳上横档。不一会儿，我和马特就平行了，在离地三十英尺的地方小声开起会来。

当然，事实是我好奇得要命。我恼火马特，但也庆幸他和我唱了反调。他抱着胸前的厚书，保持住平衡向我这边倾斜过来。上面挺暗，所以我靠过去，越过书架间的空间清楚地看到了书页。

就为了这，廷德尔和其他人半夜跑来这里？

"我本来希望是黑暗仪式大全。"马特说。

摊开的两页纸上是一种紧密的矩阵式字符，一大片几乎没有留下任何空白的象形文字。文字是大大的粗体，用明显的衬线打印在纸上。我认出是罗马字母，也就是说很正常，然而文字却不是。实际上根本没有真正的文字。整页都是不间断的字母——没有间隔的一堆。

"当然，"马特说，"我们也没办法知道它就不是黑暗仪式大全……"

我从架子上拿出另外一本书，这一本长长的，很薄，绿色的封皮，棕色的书脊上印着《克雷希米尔》。里面也是一样。

"或许它们是休闲猜谜游戏，"马特说，"就像是超级数独九宫格游戏一样。"

半影书店的顾客实际上和你会在咖啡店看到的人们一样，想着怎么解决那些象棋残局或是用蓝色圆珠笔在杂志报纸上使劲儿地做着周六填字游戏。

下面的铃声响起来，这刺耳的声音让我害怕，一股寒意迅速地从我的大脑蹿到我的指尖和后背。书店前面传来一个低沉的喊声："有人在吗？"

我对马特发出嘘声："放回去。"接着我快速地下了梯子。

我气喘吁吁地跑出来时，看到是费德洛夫在门口。在所有我接待的顾客里,他是最老的一个。他的胡子雪白,手上的皮肤像纸一样薄——但或许他也是眼睛最明亮的。其实他似乎很像半影。他顺着桌子推过来一本书——他要还"克劳迪尔",他用两根手指使劲敲着说:"接下来我要村尾的。"

就是这样。我在数据库里找到"村尾",叫马特去爬梯子。费德洛夫好奇地打量着他。"新店员?"

"一个朋友,"我说,"只是帮个忙。"

费德洛夫点点头。我突然想到马特可以通过审查成为这个俱乐部里非常年轻的会员。他和费德洛夫今晚都穿着棕色灯芯绒的裤子。

"你已经在这儿多久……三十七天了?"

我不可能说过,不过是的,我确定正好是三十七天。这些人很准确。"对,费德洛夫先生。"我愉快地说。

"你觉得怎么样?"

"我喜欢这儿,"我说,"比在办公室上班要好。"

费德洛夫点着头把卡递过来。自然他的编码是6KZVCY。"我以前在惠普工作,"他把惠普发成了费普,"工作了三十年。现在那儿是个办公室。"他突然接着问:"你用过惠普电脑吗?"

马特拿着"村尾"回来了。这是本又大又厚的书,用斑驳的皮革装订着。

"哦,当然用过,"我边说边用牛皮纸把书包起来,"我高中时有一台制图电脑,是惠普38。"

费德洛夫像个自豪的祖父那样宣称:"我开发了28,是38的前身。"

这让我笑起来。"它可能还在我家的什么地方。"我一边告诉他一边把"村尾"隔着柜台递给他。

费德洛夫双手捧起书。"谢谢,"他说,"你知道,38没有逆波兰表示法,"他在自己的书上(是黑暗仪式的书吗?)意味深长地拍了一下,"我该告诉你,用风险优先级算这个更顺手。"

我想马特是对的:数独游戏。"我会记住的。"我说。

"好的,再次谢谢。"门铃响了,我看着费德洛夫慢慢地走上人行道,往公交车站走去。

"我看了他的书,"马特说,"和其他的一样。"

之前就显得奇怪的现在更加奇怪了。

"杰侬,"马特转过来面向我说,"有点事我得问你。"

"让我猜猜,"我说,"为什么我从没看过——"

"你和阿什莉有什么吗?"

这可不是我想的。"什么?没有!"

"好的,很好。因为我有。"

我眨眨眼茫然地看着马特·米特尔布兰特站在那儿,穿着他剪裁合体的西装外套,就像是吉米·奥尔森在坦白他对神奇女侠有意思。对比太鲜明了,而且——

"我准备对她展开攻势,"他严肃地说,"事情可能会变得怪怪的。"他听起来像个突击队员准备进行一场夜间袭击。就像是说：当然，这会非常危险，不过别担心，我之前也干过。

我的想象变了，或许不是吉米·奥尔森，是克拉克·肯特，在这个伪装之下的其实是超人。他会是个五英尺四英寸的矮超人，不过仍旧是超人。

"我是说，实际上，我们已经亲热了一次。"

等等，什么——

"两周前，你不在家，你在这儿。我们喝了不少酒。"

我的脑子有点发晕，不是因为马特和阿什莉在一起一点也不般配，而是因为暧昧就在我鼻子底下发生，我却一点也不知道。我讨厌它发生了。

马特点点头，仿佛所有的事情现在就这么定下来了。"好了，杰侬。这地方棒极了，不过我得走了。"

"回公寓？"

"不，办公室。得去开个夜车，做丛林怪物。"

"丛林怪物。"

"用活植物做的。我们得把工作室的温度调得很高。我可能会再回来休息一下，这地方挺凉爽。"

马特离开了。稍后我在日志上写道：

"万里无云的凉爽夜晚，已经造访书店多年的（店员相信这一点）最年轻的一位顾客来书店了。他穿着灯芯绒裤子和手工做的西装外套，里面穿着绣着小老虎图案的毛背心。

顾客买了一张明信片（被强迫买的），之后回去继续他制作丛林怪物的工作。"

我很安静。我托着下巴想着我的朋友们，想知道在平淡的外表下还藏着什么。

《龙之歌传奇》（第一卷）

第二天晚上，我的另一个朋友造访了书店，而且不是什么随便的朋友：是和我关系最久的老朋友。

尼尔·沙和我从六年级开始就是最好的朋友。在中学那不可预测的流体动力学式的学生分层中，我发现自己多少靠近优等生的行列，作为一个无害的普通人，能打篮球，也不是很没用地害怕女生。相反，尼尔却直接沉在最底层，运动男和书呆子都躲着他。我的餐桌同座们轻蔑地说他长得滑稽，说话滑稽，散发的气味儿也滑稽。

然而对"关于唱歌的龙"的书共同的迷恋让我们建立了联系，最终成了最好的朋友。我为他挺身而出，保护他，把自己前青春期的旺盛精力都花在他的事儿上。我给他弄到了披萨聚会的邀请，还哄骗篮球队的人加入了我们的"火箭与术士"角色扮演小组。（他们没待很长时间。尼尔老是扮演地下城主，派出忠诚的机器人和不死的魔兽追踪他们。）七年级时，我暗示艾米·托根森——一个漂亮的麦秸秆发色、喜欢马的女孩儿——尼尔的父亲是个被流放的王子，财富不计其数，所以去参加冬季舞会时，尼尔应该是个不错的伴儿。那是他的第一次约会。

所以我想你会说尼尔欠我些人情。只不过我们之间有过太多人情，已经分不清到底有多少次了，这些仿佛一层明亮的薄雾见证我们忠诚的友谊。我们的友谊仿佛星云。

现在尼尔·沙的轮廓出现在前门，高高的结实身影，穿着一件紧身的田径夹克，完全没注意到那高高的布满灰尘的古旧书库，注意力集中在贴着"科幻"标签的矮架子上。

"伙计，你这儿有莫法特的书！"他说，举着一本厚厚的平装书，那是《龙之歌传奇》（第一卷）——正是使我们在六年级建立联系的书，仍旧是我们共同所好。我读了三遍了，尼尔或许读过六遍。

"这像是个老版本。"他说，一边翻着书页。他说对了。克拉克·莫法特去世后出版的三部曲的最新版本有着简单鲜明的几何图案封皮。如果你把三卷书都摆在架子上，就会看到一整个连续的图案。而这一本上喷绘着一条蓝色的龙在海水泡沫中盘旋的图案。

我对尼尔说他应该买下来，因为这是收藏版，可能无论如何都比半影卖的价格值钱。而且我也已经连续六天除了明信片没卖出过任何东西了。通常我会觉得强迫朋友买书不好，但现在的尼尔·沙即使不是钱多得不计其数，也肯定能和随便什么低档的王子抗衡。在我挣扎着赚取最低工资的同时，天啊，在普罗维登斯，尼尔·沙开了自己的公司。公司突飞猛进了五年，看到了神奇的综合成效。据我估计，尼尔在银行里有几十万美元，而公司价值不止上百万。相反，我在银行里仅仅有2357块钱，而我上班的公司——如果能叫它公司的话——坐落在洗钱者和福利教堂所在的非商业区。

不管怎样，我觉得尼尔能买得起这本旧平装书，哪怕他没时间读。当我在柜台深色的抽屉里找零钱时，他的注意力转移了，最终落在书店后部那些布满阴影的书架上。

"那些是什么？"他说，不确定自己感不感兴趣。作为一条规律，尼尔喜欢新而闪亮的东西胜过陈旧而满是灰尘的东西。

"那个，"我说，"是真正的书店。"

马特的介入让我对古旧书库变得大胆起来。

"如果我告诉你，"我说，一边领尼尔到后面的书架，"这个书店经常有一群奇怪的学者过来呢？"

"太棒了，"尼尔边说边点着头，他闻到了术士的味道。

"如果我告诉你，"我从一个矮架子上抽出一本黑色精装书，"这里的每一本书都是密码写的呢？"我打开书向他展示一片混乱的字母。

"这真疯狂。"尼尔说，他的手指划过书页上那些迷宫一样的印刷线，"我认识一个白俄罗斯的人能破译密码。像是防拷贝的。"

这句话里隐含着我和尼尔中学后的不同人生：尼尔有人——为他做事的人。我没有人，就勉强有台手提电脑。

"我可以让他看看这个。"尼尔继续说。

"其实我不确定这些是密码。"我承认道,合上书把它放回书架。"即便是密码,我也不确定它们有被破译的价值。借这些书的那些人都很怪异。"

"事情总是这么开始!"尼尔说着重重地拍了我肩膀一下,"想想《龙之歌传奇》。你在第一页就遇到了混血特里马奇吗?不,伙计,你遇到的是弗恩文。"

《龙之歌传奇》的主要人物是弗恩文,一个学究气的侏儒,就算以侏儒的标准来算也是个小个子。他小时候被驱逐出了他的武士部落——不管怎么说,是的,也许尼尔说的有道理。

"我们得把这搞清楚。"他说,"多少钱?"

我向他解释程序是什么,会员们都有卡。现在我们已经不仅仅是在闲聊了。不管加入半影的读书俱乐部要花多少钱,尼尔都能付得起。

"弄清楚得花多少钱。"尼尔说,"我发誓,你正身处'火箭与术士'的情节里。"他咧嘴笑起来,装出他那低沉的地下城主的声音说,"现在可别打退堂鼓,双刃大砍刀·红手。"

哎呀,他扯出我在"火箭与术士"小组时的名字来说服我,这是带有古老力量的咒语。我妥协了,准备问问半影。

我们回到矮书架和有喷绘封面的书那儿。尼尔翻看起另一本我们的旧爱——关于一艘巨大的柱状飞船慢慢接近地球的故事。我告诉他马特要追阿什莉的事,又询问他公司最近怎么样。他拉开田径夹克的拉链,自豪地指着里面穿的暗灰色T恤说:"我们制造这个。租用3D身体扫描仪为客户定制每一件衣服。它们都非常合身，简直完美。"

尼尔身材好得惊人。每次我看到他，都禁不住回想起那个胖胖的六年级生的形象，因为不知怎么他现在竟然拥有了那些漫画书里超级英雄们违反正常逻辑的V字形身材。

"知道吗？这是很好的品牌化。"他说。

尼尔公司的图标印在他的紧身T恤胸前，用长条形的铁蓝色字母印着：解剖混合。

早上半影来时，我提出有一个朋友想买进入古旧书库的资格。他穿着他的厚呢绒大衣耸耸肩——这是件不一般的呢绒大衣，做工很好，是用最黑的羊的羊毛做的——坐到柜台后面的椅子上。

"哦，这不是买的。"他说，把手指搭成尖塔状，"而是种意向。"

"我的朋友只是好奇。"我说，"他是个地道的图书爱好者。"这其实不是真的。尼尔更喜欢书的电影改编剧。他一直在愤慨还没有人把《龙之歌传奇》拍成电影。

"那么，"半影考虑着说，"他会发现这些书的内容……具有挑战性。要获得使用权，他必须签个合同。"

"那么，等等——是要花钱？"

"不，不。你的朋友只是要承诺深入阅读。这些是很特别的书，"他朝古旧书库挥挥手，"有特别的内容，仔细的阅读会得到回报。你的朋友会发现这些书能带给他非凡的东西,不过除非他愿意非常用功地读。"

"像是哲学?"我说,"数学?"

"没那么抽象。"半影说,摇摇头,"这些书提出一个谜题。"他把头伸向我,"不过你知道这些,孩子,对吗?"

我面露苦相,承认道:"是的,我看了。"

"好。"半影用力点着头。"再没有比没有好奇心的店员更糟的了。"他的眼睛闪出光来。"时间和细心能解开那个谜。我不能说解出答案会怎样,不过我可以负责地说许多人一辈子都投入进去了。现在,不管你的……朋友觉得算不算是有回报,我不敢说,不过我怀疑他可能会觉得算。"

他狡黠地笑了。我意识到半影认为我们说的是假想的朋友;也就是说,他认为我们谈的是我本人。好吧,也许我们是在用假设,至少有一点点是。

"当然,书和读者的关系是隐私。"他说,"所以我们继续信任彼此。如果你告诉我你的朋友会以尊重作者的方式深入阅读这些书,我就相信你。"

我知道尼尔绝对不会那样好好读,我也不确定我自己想签这个约。现在还不。我被吸引的程度和感到胆怯的程度不相上下,所以我只是说:"好的,我会告诉他。"

半影点点头。"如果你的朋友还没准备好,也没什么可羞愧的。也许慢慢地他会更感兴趣。"

异乡异客

夜复一夜，书店变得越来越安静。一星期过去了，一个顾客也没来过。我从笔记本电脑上调出我的超目标广告推广活动的数据表，发现上面显示到目前为止是零影响。电脑屏幕的一角有一条谷歌发来的高亮黄色信息，提示我采用的标准可能覆盖面太窄，我可能指定了一个根本不存在的客户库。

我想知道白天半影在光影斑驳的书店值班时是什么样的。我想知道晚上奥利弗在时，大家都下班了后，是不是有很多顾客。我怀疑这种安静和孤独可能会损伤我的大脑。别理解错我的意思：我很感激能有份工作，坐在这张椅子里，安安静静地赚钱（并不很多），可以用来付我的房租，买披萨块儿和苹果手机的应用软件。但我过去一直在办公室工作，在团队里工作。这儿却只有我和蝙蝠。（哦，我知道上面有蝙蝠。）

近来，连古旧藏书的借阅者们也不见了。他们被镇上别处的什么读书俱乐部吸引去了吗？他们都买了Kindle吗？

我有一个，多数晚上我都会用。我总是想象那些纸质书注视着我窃窃私语:"叛徒!"——但是,喂,我可是有很多免费的第一章可以看。我的Kindle是父亲传下来的,是最早的型号之一,小小的灰色屏幕和带角度按键构成的键盘嵌在不对称的有点歪的面板上,看上去像是电影《2001太空漫游》里的道具。新的Kindle则屏幕更大,设计更精巧。不过这个就像半影的明信片一样,这么老旧不酷,反而也就又酷了。

《罐头厂街》的第一章读到一半的时候,屏幕闪起来,死机,然后黑屏。多数晚上这都会发生。Kindle的电池应该续航很好,大概两个月,但我把它搁在海滩上暴晒了太长时间,现在只能保持一个小时不充电。

所以我换到我的苹果手提电脑上到处看看:新网站博客,推特。我滚动鼠标去看白天我不在时发生的谈话。当你使用的每个媒介都能时光回溯了,是不是意味着其实是你自己时光回溯了?

最后,我点击链接到我的最新所好:格拉姆博。

格拉姆博是个人,或许是个男的,一个在文学和密码的交集处工作的神秘的程序师——有《黑客新闻》,又有《巴黎评论》的意思。马特造访过书店后用电子邮件给我发来了链接,猜测格拉姆博的工作很适合在这儿开展。他说对了。

格拉姆博经营着一家熙熙攘攘的私人图书馆。他写复杂的编码来破解电子书的数字版权加密系统,制作复杂的机器从纸质书上复制文字。如果他给亚马逊工作,可能会发财,但是他却破解了按说无法破解的《哈利·波特》系列书,把全部七本电子书——只做了几处变化——放在自己的网站上供人免费下载。现在，如果你想不付钱读《哈利·波特》，你就得忍受简短地涉及一个名叫格拉姆博格里茨的和哈利一同在霍格沃兹魔法学校上学的年轻的魔法师。这不是很糟，关于格拉姆博格里茨的描写会有个别好句子。

但是，让我着迷的是格拉姆博最新的工作项目，是一张标示了二十世纪出版的所有科幻故事所在位置的地图。他把信息用密码编制，绘制在3D的空间里，这样年复一年你就会看到人类的集体想象逐渐伸向远方：到达月球、火星、木星、冥王星、阿尔法人马座星系乃至更远。你可以放大和旋转整个宇宙，你也可以跳进一艘多边形宇宙飞船在驾驶员座舱巡航。你可以和罗摩会面，或是找到初期的世界。

所以，两件事：

1.尼尔会喜欢。
2.我想要像格拉姆博那样。我的意思是，如果我也能做出这么酷的东西呢？这才是真正的技术。我可以加入一个新公司，我可以去苹果公司工作，我可以在晨星的温暖光热中看见其他人类并且和他们交流。

我挺走运，以电脑黑客的习惯风尚，格拉姆博提供了启动地图的密码。这是个用一种叫"红宝石"的编程语言写的全3D图像引擎——我们以前在纽贝格公司的网站也是用这个运行的——而且完全免费。

所以，现在我准备用格拉姆博的密码来做点自己的东西。看看周围，我意识到自己的项目就在眼前：我会通过制造一个半影先生的24小时书店的模型来学习3D绘图。我的意思是，那不过就是高高瘦瘦的盒子里摆满小盒子——这能有多难？

首先，我必须把半影存在老苹果电脑上的数据库拷到我的手提里。这可不是简单的事，因为老式的苹果电脑用的是塑料软盘，而这种软盘根本不能插到现在的苹果笔记本电脑上使用。我不得不上eBay网站买了个老式的USB软盘，花了我三美元，加上邮费五元，插在我的手提上感觉怪怪的。

现在手上有这些数据，我着手建造我自己的书店模型。模型是粗糙的，只是一堆灰色的板块摆在一起，像是乐高玩具那样，但是已经开始渐渐变得眼熟了。这个空间相应地是鞋盒状，所有的架子都在里面。我已经设定了一个坐标系统，所以我的程序可以自动找到3号过道13号书架。模拟的光线从模拟的窗户穿过，在模拟书店里投射下棱角分明的阴影。如果这让你听起来印象深刻，那么你已经人过三十了。

虽然耗费了三个晚上反复试验，但是现在我却正写出一行行长长的编码，边做边学。做出东西的感觉很好：一个相当像模像样的半影先生书店的多边形逼近模型正在我的屏幕上慢慢旋转。我感到这是纽贝格公司倒闭后的这些日子里最高兴的一天。手提电脑的喇叭播放着当地一支充满活力的名叫"月球自杀"的乐队的专辑，我正准备把数据库载入——

门铃响了，我点了手提电脑上的静音键。"月球自杀"的音乐停了，当我抬头时，看到一张陌生的面孔。一般来说，我能立刻察觉出自己是在和这世界上最怪异的读书俱乐部的一员，还是在和一个正常的半夜来随便看看的人打交道。但这会儿我超级敏锐的感觉不灵了。

这个顾客很矮但很强健，处在中年发福的状态。他穿着一件暗蓝灰色的外套和一件白色的系扣衬衫，领口敞开着。所有这些都说明这人很正常，除了他的脸。他脸色苍白得可怕，胡须粗短，眼睛像是黑色的铅笔尖儿，而且胳膊下面夹着一个用牛皮纸整齐地包着的小包裹。

他的目光直接望向前面的矮书架而不是古旧书库，所以他也许是个普通的顾客。也许他是刚从旁边的"交好"店过来。我问道："您需要帮忙吗？"

"这都是什么？这是什么意思？"他气急败坏地说，怒视着那些矮书架。

"是，我知道它看起来不多。"我说。再张口时我准备指出半影这微量的存货里几个让人惊喜的亮点，然而他打断了我。

"你在开玩笑吗？不很多？"他把他的小包裹扔到桌子上——"啪"的一声——怒冲冲地走到"科幻"书架。"这在这儿干吗？"他举着半影唯一的一本《银河系漫游指南》说，"还有这个？你在跟我开玩笑吗？"手里拿着一本《异乡异客》。

我不确定该说些什么，因为我不确定到底发生了什么。

他气冲冲地走回前台，手里仍然拿着那两本书。他把书重重地砸在桌子上，问："总之，你是谁？"深色的眼睛闪着挑衅的光。

"我是管这个书店的。"我说，尽量让语调平和，"你是想买这些书还是干什么？"

他鼻孔张了一下："你不管这个书店。你连个菜鸟都不算。"

哎哟！当然，我才在这儿干了一个月多一点，但仍然没多少事做——

"你也完全不知道谁真正管这家书店，是不是？"他继续说，"半影告诉你了吗？"

我沉默了。这绝对不是个普通的顾客。

"没有。"他不屑地哼道，"我猜他还没。好吧，一年多以前，我们告诉你的老板要把这些垃圾处理掉。"他边说边敲着那本《银河系漫游指南》，强调着每一个字，西装外套袖口的最后一颗扣子解开着。"而且不是第一次了。"

"听着，真的不知道你在说什么。"我要保持冷静，保持礼貌。"所以，真的，你要不要这些书？"

我没想到他从裤子口袋里掏出一张揉皱的二十美元。"哦，当然要。"他说，把钱丢在桌子上。我讨厌人们这么丢钱。"我需要半影违规的证据。"他的深色眼睛闪闪发光，顿了一下说，"你的老板有麻烦了。"

什么？因为售卖科幻小说？为什么这家伙这么恨道格拉斯·亚当斯[1]？

"还有那是什么？"他尖声说，指向苹果笔记本电脑，屏幕上呈现着书店的模型，正缓慢地旋转着。

"和你没关系。"我说，把屏幕侧过去。

"和我没关系？"他怒气冲冲地说。"你知道吗？你都不知道。"他翻着眼睛，好像正在接受宇宙史上最糟的服务。然后他摇摇头让自己冷静下来。"仔细听着，这很重要。"他用两个手指从桌上把包裹推过来。包裹宽大平整，看起来很眼熟。他的目光打量着我，说道："这地方烂透了，不过我得知道我可以信任你会把这个交给半影。交到他手上。不要放在某个书架上，不要留在那儿，交到他手上。"

"好。"我说，"好的，没问题。"

他点点头。"好的，谢谢。"他双手铲起买的书，推开前门。在出门时又转过身："跟你的老板说科维纳问他好。"

早上，半影还没跨进门，我就飞快地颠三倒四地说起发生的事。我是说，那家伙什么毛病？谁是科维纳？这包东西是什么？真的，那家伙有什么毛病？……

"冷静点，孩子。"半影提高了声音说，举着他的长手示意

---

[1] 《银河系漫游指南》的作者。——编者注

我平静下来。"冷静。慢点说。"

"那儿,"我说,指着那个小包裹,仿佛它是个死动物。对我来说它就是个死动物,或许是骨头。包成整齐的五角星形。

"啊。"半影吸了口气。他用长长的手指抓住包裹,轻轻地从桌子上提起来。"多奇妙啊!"

然而,它当然不是一盒骨头。我完全知道它是什么,而且从那个脸色苍白的客人走进书店起就知道了,不知何故,这个事实更让我惊恐,因为这意味着在这儿发生的一切不仅仅是一个老人的古怪。

半影剥开牛皮纸,里面是一本书。

"书架上的新收藏,"他说,"欲速则不达。"

书很薄,但是很漂亮,闪亮的灰色装帧,那种斑驳的装帧材料在光下闪着银色。书脊是黑色的,上面用珍珠似的字母写着"厄尔多斯"。古旧书库又多了一本藏书。

"从上一次有这样的书到现在已经很长时间了。"半影说,"要庆祝一下。在这儿等着,小子,在这儿等着。"

他穿过书架退回到后面的房间。我听到他的脚步声去了门另一边写着"私人场所"的他的办公室,我还从没冒险去过。但他回来时,拿着两个插在一起的泡沫塑料杯和一瓶只剩一半的苏格兰威士忌,标签上写着"菲茨杰拉德的",看起来像半影一样老。他在每个杯子里倒了半英寸金黄色的酒,递给我一杯。

"现在,"他说道,"描述一下他,那个来访者。照你的日志上念念。"

"我什么也没写。"我坦白道。实际上，我什么也没做。我一整晚都在书店里踱步，和前台保持距离，害怕摸到或看到，甚至想到那个包裹。

"啊，但这必须记入日志，我的孩子。这儿，就像你说的那样把他写下来。告诉我吧。"

我一边向他讲述，一边写下来。这让我感觉好点儿，就像是事情的古怪通过黑色的笔尖从我身体的血液里流出来，跑到了纸上：

"书店里来了一个蛮横的蠢蛋——"

"呃——或许最好不要写这个，"半影轻轻地说，"或许比方说他一副……很急切的送货员的样子。"

好吧，那么："书店来了个名叫科维纳的急切的送货员，他——"

"不，不。"半影打断我的话。他闭上眼睛，捏了捏鼻梁。"停下。在你写之前，我要解释一下。他的脸非常苍白，目光狡黠，四十一岁，一脸浓密但乱糟糟的胡子，穿着一件光滑的单排扣羊毛外套，袖口有一排功能扣。穿一双黑色的尖头皮鞋。对吗？"

完全正确。我没注意到鞋，不过半影抓住了这一点。

"是的，当然，他的名字叫艾瑞克，而他的礼物是笔财富……"他大口喝着他的苏格兰威士忌，"尽管他扮演起自己的角色过于热情了。他是从科维纳那儿学的。"

"那么谁是科维纳?"我觉得这话说起来滑稽,不过还是说道,"他问你好。"

"当然他会。"半影说,转动着眼睛,"艾瑞克崇拜他。许多年轻人都崇拜他。"他在回避问题。他沉默了一会儿,然后抬起眼睛碰到我的目光。"这里不仅仅是个书店,就像你猜测的那样。它也是个图书馆,世界上许多这样的图书馆之一。还有一个在伦敦,另一个在巴黎——一共有十二个。没有哪两个是一样的,然而它们的功能都一样。而科维纳监督所有这些图书馆。"

"那么他是你的老板。"

半影的脸色变暗了。"我更愿意认为他是我们的赞助人。"他一字一顿地说。半影用了"我们",把我也包括在内,这让我笑了。"不过我怀疑科维纳不会完全同意你的描述。"

我解释了艾瑞克关于矮书架上的书说的话——关于半影的违规。

"是的,是的,"他叹了口气,"以前也发生过。这很愚蠢。这些图书馆的天才之处在于它们都不一样。柏林的科斯塔有他的音乐,圣彼得堡的格里博伊多夫有很棒的俄国茶,而在这儿,旧金山,和其他的最不一样。"

"是什么?"

"还用问吗?我们有人们真正可能想读的书!"半影大笑起来,露出一排牙齿。我也笑了。

"那么没什么大不了?"

半影耸耸肩。"那要看情况,"他说,"看人们到底多把一个坚信每个地方的每件事情都该完全一致的固执的老工头当回事儿。"他顿了一下,"事实上,我可一点不把他当回事儿。"

"他来过吗?"

"从没有。"半影明确地说,摇摇头。"他很多年没到过旧金山了……有十多年。不,他忙着他别的工作。谢天谢地是这样!"

半影抬起手冲我挥着,把我从桌边赶走。"现在回家吧。你目睹了很少发生而且比你想的意义重大的事。心存感激吧,喝了你的苏格兰威士忌,小子,喝!"

我把包甩在肩上,费劲地大吞两口,喝干了我的酒杯。

"那个,"半影说,"是为伊夫林·厄尔多斯干杯。"他高高举起那本闪闪发光的灰色的书,仿佛在对着它说:"欢迎,我的朋友,干得好,干得好!"

原型

第二天晚上,我像平时那样走进书店,挥手向奥利弗·格罗恩问好。我想问他艾瑞克的事,可是不知道怎么开口。我和奥利弗还从没直接谈过这书店有多古怪。于是我这么挑起话头:

"奥利弗,我有个问题。你知道有多少正常的顾客吗?"

"不很多。"

"是的。有会员借书。"

"比如莫里斯·廷德尔。"

"是。"我不知道他的名字是莫里斯。"你见过人送新书吗?"

他停下想了想,然后简单地说:"没。"

他一离开,我便满脑子胡乱猜测。或许奥利弗也参与了。或许他是科维纳的奸细,安静的监视者,这可太完美了。又或许他是某个更大的阴谋的一分子。或许我只触及了表层。我知道有其他的书店——图书馆?——像这样,不过我仍然不知道"像这样"是哪样。我不知道古旧书库是干什么的。

我从前到后翻着日志本，寻找着某种东西，任何东西。过去留下的信息，或许是：小心，好店员，科维纳的愤怒。然而没有。我的前任们像我一样老实地做记录。

他们写下的文字简单实际，仅仅是对会员来来去去的描述。我认出了其中一些人：廷德尔，拉平，其他的人。另外一些对我来说是谜——那些只在白天到访的会员，或是很早以前就停止来访的会员。通过散布在纸页上的日期判断，这本子包括了五年多一点的记录，才记满了一半。我是不是要记录下另一个五年？我是不是要年复一年按部就班地做记录，而完全不知道自己在写什么？

如果我这么想一晚上，脑子会一团糨糊的，我需要分一下心——找个大的、有挑战性的消遣。于是我掀起笔记本电脑的盖子，继续做起3D书店。

每隔几分钟我就抬眼瞟一下前面的窗户，望望窗外的街道。我在注意影子、闪过的灰色外套和深色眼睛的闪光。然而什么也没有。这个工作消除了奇怪感，我终于进入了地图。

如果这家书店的3D模型会有用，或许它不仅要展示给你书在哪儿放着，还要说明当下哪些借出了，借给了谁。所以我大略地转录了我最近几周在日志本上记录的，并设置我的模型显示时间。

现在这些书像灯一样在块状结构的3D书架上闪着，而且是用颜色编码的。因此，廷德尔借的书亮着蓝灯，拉平的是绿灯，费德洛夫的是黄灯，诸如此类，这很酷。但这个新特点也带来了一个程序缺陷，现在当我把书店旋转得太远时，书架就因为到处闪着光而看不见了。我弓着背坐着，徒然地弄着编码，想要解决这个问题，这时门铃清脆地响了。

我下意识地惊叫了一声。是艾瑞克，又来冲我喊吗？还是科维纳，首席执行官本人，终于来发泄愤怒了——

是个姑娘。她半个身子探进书店，看着我，开口说："在营业吗？"

怎么？是的，栗色头发的姑娘出现在你面前，还穿着件红色T恤，上面用芥末黄色印着"爽！"——是的，实际就是这样。

"当然，"我说，"你可以进来，我们一直营业。"

"我在等公交车，我的手机响了——我想我得到了一个打折券？"

她径直走到前台，把手机推向我，那儿，在那小小的屏幕上，是我的谷歌广告。那个极有针对性的本地推广——我都忘了，不过它还在运作，还找到了人。我设计的电子折扣券就在那儿，仿佛在从她那满是划痕的智能手机里向外窥探。她的指甲闪闪发亮。

"是的！"我说，"这张打折券很棒。是最好的！"我讲得太大声了，她会转身走开的。谷歌惊人的广告运算法则给我送来了一个超级可爱的姑娘，而我完全不知道拿她怎么办。她转过头仔细打量书店，脸上露出怀疑的表情。

历史取决于小事。三十度的不同,这个故事就会在这儿结束。然而我的手提电脑正好处在那个角度,屏幕上,3D的书店正在起劲儿地绕着两个坐标轴旋转,像是宇宙飞船在茫茫的宇宙中翻筋斗。那女孩儿向下瞥了一眼。

"那是什么?"她说,扬起一条眉毛,一条可爱的深色眉毛。

好的,我得好好回答。不要听起来太书呆子气。"嗯,是这个书店的模型,除了不能看到哪些书可借……"

女孩儿的眼睛亮起来。"数据可视化!"她不再疑心,突然间高兴起来。

"对。"我说,"完全正确。给,看看吧。"

我们聚到桌子一头的中间,我向她展示起如果被转得太远还是会消失的3D书店。她靠过来。

"我能看看源代码吗?"

如果说艾瑞克的恶意出人意料,那么这个女孩儿的好奇简直让人震惊。"没问题,当然。"我说,一边通过黑窗调出了满屏的原始"红宝石"编码,都有红色、金色、绿色的颜色编码。

"我是干这个工作的。"她说,低低地弓着背,凝视着编码。"数据可视化。你介意吗?"她作势要敲键盘。啊,不,漂亮的午夜黑客女孩儿,我不介意。

我的大脑边缘系统已经慢慢习惯了某种程度(很低的程度)的人类(对女性的)接触。她就站在我旁边,手肘微微地碰到我,我基本上感到有点醉了。我努力想要计划我下一步的行动。我会推荐爱德华·塔夫提的《量化信息的可视化处理》。半影有一本——我在书架上看到过。很大一本。

她飞快地滚动浏览我的编码,这有点让人尴尬,因为我的编码充斥着诸如"啊,搞定!现在,电脑,是你执行我命令的时候了"之类的注释。

"这太棒了。"她笑着说,"你一定是克莱?"

这名字在编码里——有一条指令叫"克莱棒极了"。我想每个程序员都会写类似的这么一条。

"我叫凯特。"她说,"我想我找到问题了,想看看吗?"

我已经挣扎了好多个小时,而这女孩儿——凯特——才五分钟就找到了我的书店的程序漏洞。她是个天才。她向我阐述如何解决漏洞,解释着她的推理,又快又自信。然后,"嗒嗒"两下轻轻一点,解决了漏洞。

"不好意思,我霸占电脑了。"她说着把笔记本电脑转向我。她把一绺头发别到耳后,站直起来,假装泰然自若地说:"那么,克莱,你为什么做这个书店的模型?"说话时,她的眼睛随着书架移向了上方的天花板。

我不确定自己想不想完全老实地说出这地方的怪异之处。你好,很高兴认识你。我向怪异的老人卖不能读的书——想一起吃顿饭吗?(忽然我很确定这些顾客中的一个要从前门迈进来。求求你们了,廷德尔,费德洛夫,所有的人:今晚待在家里读你们的书吧。)

我换了个积极的角度解释。"跟历史有关系。"我说,"这书店开了近一个世纪了。我想它是城里最老的书店——或许是整个西海岸最老的。"

"很让人惊奇。"她说,"相比之下谷歌就像是个婴儿。"这解释了一切:这女孩是谷歌员工。她真是个天才。还有,她的牙齿崩掉一小块,不过很可爱。

"我很喜欢这样的数据。"她说,一边用下巴指指我的手提电脑。"真实世界的数据。老数据。"

这女孩儿充满活力。这就是我交新朋友(女生或是其他的)的主要筛选器。这也是我能得到的最高赞赏。我已经试过很多次,想找出到底是什么点亮了它——是什么特性混在一起而在寒冷、黑暗的宇宙中形成一颗星星。我知道主要是面部——不仅仅是眼睛,也是眉毛、脸颊、嘴和把它们连在一起的微小的肌肉。

凯特的微型肌非常迷人。

她说:"你尝试过制作一个时间数列可视化图吗?"

"还没确定,没有。"实际上我没有,甚至不知道那是什么。

"在谷歌,我们为了搜索记录而制作它们。"她说,"这很酷——你会看到一些新点子在世界上闪现,像是小小的流行病。然后一个星期之内就消耗完了。"

听起来很有趣，不过多半是因为我对这个女孩儿很感兴趣。

凯特的手机响亮地"嗖"的一声，她低头瞥了一眼。"哦，"她说，"是我的公交车。"我诅咒这个城市的公共交通系统偶尔还会准时。"我可以给你看我说的时间数列是什么东西。"她大胆地表示，"想找个时间碰头吗？"

还用问？是的，实际上我很愿意。或许我会干脆给她买了那本塔夫提的书，用牛皮纸包了带给她。等等——这怪吗？这是本贵书。或许有低调点的软皮版本。我可以上亚马逊买。那可真蠢，我就在书店工作。（亚马逊邮寄得够快吗？）

凯特还在等着我的回答。"当然。"我尖声说。

她在半影的一张明信片上潦草地写下自己的电子邮箱地址：katpotente@——当然——谷歌旗下的gmail.com。"我把我的折扣券留着改天用。"她说，挥挥她的手机，"回头见。"

她一离开，我就登录查看起我的超目标广告推广活动。我无意间勾了"漂亮"这一栏吗？（还是"单身"？）我能承担得起广告里介绍的吗？用纯市场营销术语来说，这是一次失败：我什么书也没卖出去，不管是贵的还是其他的。实际上，我还损失了一美元，都是因为那张被草草写了邮箱地址的明信片。不过没有理由担心：谷歌已经从我最初的十一美元预算里扣掉了十七美分。作为回报，我得到了一个广告关注——唯一的，完美的广告关注——就在整整二十三分钟之前。之后，深夜一个小时的与世隔绝和吸入木质素让我清醒了过来，我做了两件事。

首先，我给凯特写邮件，问她是否想明天一起吃午餐，正好是个星期六。我可能有时胆小，不过我也相信要趁热打铁。

另外，我用谷歌搜索了"时间数列可视化"，并开始着手为我的模型制作一个新版本，想着这样也许可以用一个原型让她印象深刻。我真的对可以用原型打动的女孩儿很动心。

我打算按时间把借出的书动画化而不是一次性呈现它们。首先，我从日志本上转录了更多的姓名、书名和时间，记录到笔记本电脑上。然后我开始解码。

程序编写不都一样。正常的书写语言包含不同的音韵和习语，对吗？那么，编程语言也是一样。名叫C的语言都是刺耳的祈使语气，几乎是完全未加工的计算机语言。叫作"表处理语言"的像个长长的、绕圈的句子，充满了附属从句，以至于你常常忘了它最初是关于什么的。叫"厄兰"的语言就像它听上去那样：古怪，斯堪的纳维亚风格。我不会用这些语言里的任何一个来编程，因为它们都太难了。

不过"红宝石"，从在纽贝格公司开始我就用的编程语言，是由一位让人愉快的日本程序师发明的，它读起来就像是友好的、容易理解的诗。像是用比尔·盖茨的方式表达的诗人比利·柯林斯。

但是，当然，编程语言的关键是你不仅读，还要写它。你要让它为你做事。而这一点，我认为，正是"红宝石"的闪光点。

想象一下你在做饭。不过不是一步一步按照菜谱，希望做出最好的，你可以真正地随时把作料放进锅里或是取出来。你可以加盐，尝一尝，摇摇头，再把盐取出来。你可以取一块非常酥脆的面包皮，把它剥离，在里面加上任何你想要的东西。这不再是个线性的，以成功或者以失败（对我来说大多是失败）结束的过程；而是个循环，花体字或者一点潦草的涂写，是玩。

所以我加些盐和一点黄油，得到了新可视化图的原型，直干到了凌晨两点。我立刻注意到什么东西怪怪的：亮光一个接着一个。

我的屏幕上显示，廷德尔会从二号走道的顶层借一本书。之后，在另一个月，拉平会从同一个书架上借书。五周后，英伯特会跟着借——完全是同一个书架——不过与此同时，廷德尔已经还了书并且从一号过道的底层拿了新书。他快一步。

我以前没注意到是因为它在时间和空间上散得很开，就像是一段音乐的每两个音符间有三小时的间隔，还都在不同的音节上。不过这儿，在我的电脑屏幕上经过压缩和加速，它变得明显起来。他们都在演奏同一首歌，或者跳同一支舞，或者——对——解同一个谜。

铃响了，是英伯特：矮小结实，长着硬硬的黑胡子，斜戴着报童帽。他举起他正看的书（一本巨大的红色装帧的书卷）推过桌子。我迅速地擦动可视化图去找他在这个模式里的位置。一个橘色的亮点在屏幕上跳出来，在他开口之前，我知道他要借的是二号走道正中间的一本书，是——

"'普罗霍罗夫'。"英伯特气喘吁吁地说,"'普罗霍罗夫'应该是下一本。"

高高地站在梯子的半腰,我感到头晕目眩。怎么回事儿?这一次没有冒失鬼操控,为了保持平衡,我只得把薄薄的、黑色装帧的"普罗霍罗夫"拉出了书架。

英伯特出示了他的卡——6MXH2I——拿了他的书。铃又响了,我再次成了一个人。

在日志本里,我记录下发生的事,注意到英伯特的帽子和他呼吸里有股大蒜味儿。然后,为了以后的某个店员好,或许也是为了向自己证明这是真的,我写道:

奇怪的事情在半影先生的24小时书店发生着。

最大快乐想象

"……叫作'奇点单身'。"凯特·波坦特说。她还穿着那件上面印着黄色"爽!"字的红色T恤,也就是说,(1)她穿着这件衣服睡觉,(2)她有好几件一模一样的T恤,(3)或者她是个卡通人物——所有的可能都很吸引人。

"奇点单身"。让我们看看,我知道(感谢互联网)所谓"奇点"就是假设在未来的某一点,技术进步的曲线变成垂直的,而文明类似于重启了自身,计算机变得比人聪明,所以我们让它们来操控,或者它们自己让自己……

凯特点点头。"多少算是这样。"

"不过'奇点单身'……"

"给书呆子准备的快速相亲。"她说,"每月一次在谷歌举办。男女比例或者很好,或者很糟。取决于谁——"

"你去参加?"

"对。我碰到过一个给对冲基金写自动运行程序的家伙。我们约会了一阵子。他很喜欢攀岩。他的肩膀很漂亮。"

"呃。"

"不过内心无情。"

我们在"美食家之窟",位于旧金山闪光的六层卖场里。这里是市中心,正好挨着叮叮车终点站。不过我不觉得游客们意识到了它是个卖场,这儿没有停车场。"美食家之窟"是它的就餐区,或许是世界上最好的:本地菠菜做的沙拉,墨西哥五花肉卷,还有不含汞的寿司。而且是在地下,直接通到火车站,所以你从不需要走出去。无论何时我来这儿,都假装自己生活在未来,大气里满是辐射,成群使用生物柴油的疯狂摩托车手统治着灰蒙蒙的地上世界。嘿,就像是"奇点",对吧?

凯特皱起眉。"那是二十世纪的未来。在'奇点'之后,我们能解决这些问题。"她把沙拉三明治掰开给了我一半。"并且我们能永远活着。"

"少来。"我说,"这不过是古老的永生的梦想——"

"这就是永生的梦想。怎么样?"她顿了一下,嚼起来。"让我换个说法。这会听起来奇怪,尤其是我们才见面。不过,我知道我很聪明。"

那是当然的——

"我觉得你也很聪明。所以为什么必须有终结?只要我们有更多的时间,我们可以做成很多事,知道吗?"

我嚼着我的沙拉三明治点着头。这是个有趣的女孩儿。凯特的绝对直截了当说明她接受的是家庭教育,不过她也绝对迷人。

她漂亮,我猜这也有帮助。我向下瞥一眼她的T恤。你知道,我想她有一堆一模一样的T恤。

"你必须是个乐观主义者才会相信'奇点'。"她说,"而且那要比它看起来要难。你玩儿过'最大快乐想象'吗?"

"听起来像是个日本游戏秀。"

凯特直起肩。"好,我们就来玩儿。一开始,要想象未来,好的未来。没有核弹。假装你是科幻小说家。"

好的。"世界政府……没有癌症……悬浮气垫船。"

"再进一步。这之后好的未来是什么样?"

"太空飞船。火星上的聚会。"

"进一步。"

"《星际迷航》。变形金刚。可以去任何地方。"

"进一步。"

我停了一会儿,接着意识到:"我说不出来了。"

凯特摇摇头。"真的很困难。那是什么?一千年?那之后呢?之后会是什么?想象枯竭了。不过这有意义,对吧?我们或许只是基于自己已经知道的东西来想象,而我们的类推到31世纪就枯竭了。"

我努力想象3012年的平常的一天。我甚至想不出个还算像点样的场景。人们会住在大楼里吗?他们会穿衣服吗?我的想象力几乎被扯变了形。思维如手指般摸索着,寻找着大概的想法,可什么也没有。

"我个人认为有最大变化的会是我们的大脑。"凯特边说边轻拍自己耳朵上方,那儿粉粉的很可爱。"我想我们会找到不同的思考方式,感谢电脑。你预计我会说那个,"——对——"但是这以前就发生过了。我们和一千年前的人大脑可不一样。"

等等。"我们的大脑是一样的。"

"我们的'硬件'一样,但'软件'可不一样。你知道盗版的概念完全是近期才有的吗?当然还有浪漫的概念。"

是的,实际上,我想对我来说浪漫的概念是昨天晚上才出现的。(我没大声说出来。)

"每个类似这样的好点子都是一次操作系统升级。"她笑着说。舒适的领域。"作家们负责一部分。人们说莎士比亚创造了内心独白。"

哦,我很熟悉那段内心独白。

"不过我想作者们要轮流来,"她说,"而现在轮到程序员们升级人类操作系统了。"

我无疑是和一个谷歌的女孩儿在聊天。"那么下一次升级是什么?"

"已经开始了。"她说,"你可以做所有的这些事,就像是你同时处在多个空间一样,而且这很正常。我是说,看看周围。"

我环顾一周,看到她想要我看的:几十个人坐在小桌子旁,都俯向他们的手机,上面显示着并不存在的地方,然而似乎比

"美食家之窟"更有趣。

"不古怪,也根本不是科幻小说,是……"她放慢了语速,眼睛里的光也黯淡下来。我想她觉得自己太投入了。(我怎么知道?我脑子里有相关的应用程序吗?)她的脸颊变红了,血冲上皮肤表层,她看起来漂亮极了。

"好吧,"她最后说,"只不过我认为想象'奇点'是完全合理的。"

她的真诚让我笑起来。我感到自己很幸运,能和这个聪明乐观的女孩儿一起坐在这地下深处的餐厅,身处发亮的未来里。

我决定是时机向她展示升级版3D书店了,现在模型有了很棒的新的时间数列性能。你知道:还仅仅是个原型。

"你昨晚做的?"她说着挑起一条眉毛,"相当不错。"

我没说这花了我一整晚还有今天早上的一会儿时间。凯特可能会觉得是十五分钟。

我们注视着彩色的光一个弯过一个。我倒回去,我们又看了一遍。我解释关于英伯特的事——原型的预测功能。

"也可能是运气。"凯特摇着她的头说,"我们需要看更多的数据,以确定是否真有个模式。我是说,也许只是你在假想,就像是火星上的脸。"

或者像是你完全确定一个姑娘喜欢你,但是结果证明她不喜欢。(我没大声说出来。)

"还有更多的数据可以加入这个可视化程序吗?这才涵盖了

几个月的,对吗?"

"呃,有其他的日志本,"我说,"不过它们不是真的数据——只是描述。而且要输进电脑得花一辈子时间。都是手写的,我自己几乎看不懂自己写的……"

凯特的眼睛亮起来。"自然语言语料库!我一直在找理由用图书扫描仪。"她拍着桌子咧嘴一笑,"带到谷歌来,我们有个机器可以做这个。你必须把它带到谷歌来。"

她几乎从座位上弹了起来,在她说"语料库"这个词时,嘴唇弯成了一个漂亮的形状。

书的味道

我的挑战：从书店里拿本书。如果成功了，我也许会弄清楚关于这地方和它的目的的一些有趣的事。更重要的是：我会让凯特印象深刻。

我不能就那么拿日志本，因为半影和奥利弗也要用。日志本是书店的一部分。如果我要求把它拿回家，我需要一个好理由，而我真的想不出一个好理由。就说：嘿，半影先生，我想仔细查看一下我给廷德尔画的水彩速写？啊，对。

有另一种可能：我可以拿另一本日志，比较旧的那一本——不是第九号本子，而是第八号，甚至第二或是第一本。这感觉挺冒险。有些日志本比半影还要老，我害怕一碰它们会散架。所以最近退休的日志本——八号日志本最牢固，拿它最安全……不过它也是离手最近的，每次把正在用的日志本放回书架时，都会看到八号日志本，我很确定半影会发现它不见了。那么，或许七号或者六号……

我蜷缩在前台后面，用一根手指戳着日志本的书脊，测试它结实与否，突然门上的铃铛响起来。我跳起来，挺直身子——是半影。

他解下脖子上薄薄的灰色围巾，怪怪地在书店前绕了一圈，指关节叩在前台上，目光穿过那些矮书架，直望向古旧书库，轻轻地叹了口气。发生什么事了？

"就是今天，小子，"他终于说道，"三十一年前的今天，我接手了这个书店。"

三十一年。半影坐在这张桌子旁的时间比我活的时间都要长。这让我意识到对这个地方来说我是多么年轻——多么短暂的附加物。

"但是直到十一年后，"他继续说，"我才改了店前面的名字。"

"以前那上面是谁的名字？"

"阿尔-阿斯马拉。他是我的导师，而且很多年都是我的雇主。穆罕默德·阿尔-阿斯马拉。我一直觉得他的名字在橱窗玻璃上看起来更好，现在仍然这么认为。"

"'半影'看起来很好，"我说，"很神秘。"

他笑笑。"改名字时，我想我会改变这书店。可是它并没改变多少。"

"为什么没有？"

"哦，有许多原因。有些好，有些坏。和我们的筹资有点关系……而且我一直犯懒。开始的时候，我读得更多，挑出新的书。不过现在，似乎我固定在了自己喜欢的书上。"

现在既然你提到了……"或许你应该考虑弄些更流行的东西，"我大胆地建议，"独立书店是有市场的。许多人甚至都不知道有这个地方，不过当他们发现了这儿，却没什么可选择的。我的意思是，我的一些朋友来看过，然而……我们没有什么他们想买的。"

"我不知道你这个年龄的人还读书。"半影说，扬起他的一条眉毛。"我的印象是他们什么都在手机上看。"

"不是每个人。你要知道，有许多人——还是喜欢书的味道。"

"味道！"半影重复道，"当人们开始谈论味道，你就知道没救了。"他笑起来——然后他想起了什么事，眯起了他的眼睛。"我不认为你有……Kindle？"

啊哦，感觉就像是校长在问我背包里有没有藏大麻，不过以友好的方式，就好像是他想分点儿。的确，我有Kindle。我从我的邮差包里把它拿出来，有点压扁了，背面有很大一片刮痕，屏幕的底部还有些散乱的笔印。

半影高高地举着它，皱起眉头。空白一片啊。我够过来按了下Kindle的一角，有反应了。他猛吸了口气，灰白的长方形反射在他明亮的蓝色眸子里。

"神奇，"他说，"想想看，我仍然对这类东西感到惊讶"——他冲老苹果电脑点下头——"这些魔镜似的东西。"

我打开Kindle的设置系统，给他把文本调大些。

"排印很漂亮。"半影说道，把眼镜举到Kindle的屏幕上，靠近仔细看着。"我知道这种字体。"

"啊，"我说，"是默认的。"我也喜欢。

"是经典。格里茨宗体。"他顿了一下。"我们在书店前面用的就是这个字体。这机器会没电吗？"他摇了摇Kindle。

"电池应该可以用一两个月。我的不行。"

"我想这算是个安慰。"半影叹了口气，把它递还给我。"我们的书还不需要电池。不过，我可不傻，这是个微弱的优势。所以我想还好我们有个"——说到这儿他冲我使个眼色——"相当慷慨的赞助人。"

我把Kindle塞回包里，并不觉得受到安慰。"老实说，半影先生，如果我们弄些流行的书来，人们会爱上这地方的。那将会……"我的声音变小了，然后说出了事实，"那将会更有趣。"

他摩挲着自己的下巴，目光望向远方。"可能，"最后他说，"可能是时候鼓起点儿我三十一年前的活力了。我会考虑的，我的孩子。"

我还没放弃把这些老日志本中的一本弄到谷歌公司去。回到公寓，在"大都会"的阴影里，我四肢摊开躺在沙发上，小口喝着"铁锚蒸汽"牌啤酒，尽管才早上七点。我把自己的事告诉马特，他正在一个堡垒一样的灰白大理石外层的建筑表面戳出弹孔。他立刻构想了一个计划,我正指望着这个呢。

"我可以制作一个完美的复制品,"他说,"不成问题,杰侬。只要把参考图片拿给我。"

"但是你不能复制每一页,是吗?"

"只是外面的部分。封皮,书脊。"

"如果半影打开这个完美的复制品,会出现什么情况?"

"他不会。你说过这像是……档案,对吗?"

"是的。"

"所以表面才重要。人们想让东西是真的,如果你给他们理由,他们就相信你。"这话出自特效魔法师之口,并非不可信。

"好,那你就只需要图片?"

"好的图片。"马特点点头,"很多,各个角度的。明亮的,甚至光线。我说明亮,甚至光线,你明白是什么意思吗?"

"没有阴影?"

"没有阴影。"他表示同意,"当然,在那地方没阴影不可能。那儿基本上是个二十四小时都有阴影的书店。"

"没错。影子和书的气味,我们全都有。"

"我可以带些光源过去。"

"我想这可能会让我露馅儿。"

"是。可能有点阴影也可以。"

就这么安排好了。"说起暗地里行事,"我说,"和阿什莉的事怎么样了?"

马特深深地吸口气，说："我在用传统的方式追求她。而且，我不能在公寓里聊这事。不过她答应周五和我共进晚餐。"

"分得这么清楚啊。"

"我们的室友事事都分得清楚。"

"她是吗……我的意思是……你们都聊些什么？"

"我们什么都聊，杰侬。你意识到了吗？"他指向下方那个弄成灰白色大理石表面的建筑，"是她发现的这个盒子。她从她办公室的垃圾里捡的。"

太奇妙了。攀岩和做意大利调味饭的公共关系专业人员阿什莉·亚当斯为建造"大都会"出力。或许她毕竟不是个机器人。

"那是个进展。"我举起我的啤酒瓶说道。

马特点点头。"是个进展。"

孔雀羽毛

我自己也有进展：凯特邀请我参加家庭聚会。不走运，我不能去。我什么晚会也不可能去，因为我在书店的值班时间正好就在晚会的时间段开始。我的心因为失望而纠结；就像她控制着球，漂亮轻松地传给了我，可我的手却被束缚住了。

"太糟了。"她打道。我们在用Gmail聊天。

是的，太糟了。不过，等等。"凯特，你相信有一天我们人类将超越身体，以某种无维的数字顶级状态存在，对吗？"

"对！！"

"我打赌你不会真的拿这个做试验。"

"你什么意思？"

我的意思是："我会去你的晚会，不过我会通过手提电脑参加。"——通过视频聊天。"你得做我的陪护：带我到处转，把我介绍给大家。"她绝不会这么做。

"你太有才了！好，我们就这么办！不过你必须好好打扮，而且必须喝酒。"

她答应了。不过——

"等等，我得工作——不能喝酒。"

"必须喝。否则就不算是晚会了，不是吗？"

我感到凯特对无实体的人类未来的信念与她坚持要喝酒是不相容的，不过我不管了，因为我就要去参加晚会了。

现在是晚上10点，我在半影书店的前台桌子后面，穿着一件蓝色条纹的衬衫，外面罩一件浅灰色的外套。说句玩笑话，我想让自己在晚上的晚些时候成功地展现自己，所以还穿了疯狂的紫色涡纹花呢裤子。明白吗？因为没人会看到我腰部以下的样子——好了，是，你明白了。

凯特晚上10:13上线，我点了绿色的照相机形状的按钮，她出现在我的电脑屏幕上，像平常那样穿着她的红色"爽"字T恤。"你看起来很可爱。"她说。

"你没打扮。"我说。其他人也没打扮。

"是啊，不过你只是个浮在空中的脑袋，"她说，"你必须看起来格外好。"

书店消失了，我头朝前进入了凯特公寓的视野——提醒你，那是我从没亲身去过的地方。左边有个开阔的空间，凯特端着手提电脑，像提摄像机那样到处移动，给我展示都是什么。"这是厨房。"她说。闪着微光的玻璃面橱柜，工业电炉，冰箱上有个漫画《xkcd》中的角色模型。"客厅。"她说，一边带我快速扫过一圈,我的视线模糊一片,眼前都变成了颗粒状的条纹,之后又出现一片随意散乱的空间,摆着一个大大的电视和长长的矮沙发,还有用整洁的窄画框镶着的电影海报,有《银翼杀手》、《人猿星球》、《机器人总动员》。人们围坐成一圈——一半坐在沙发上,一半坐在地毯上——正在玩游戏。

"那是谁?"一个声音尖声说。我被转过来,看到了一个圆脸、黑色卷发,戴着厚重墨镜的女孩儿。

"这是个实验性模拟智能人,"凯特说,"设计用来在晚会上制造出吸引人的逗趣效果。给,试试。"她把手提电脑放在大理石台上。

"黑卷发"靠过来——哎哟,真的很近——斜着眼审视着。"等等,真的?你是真的吗?"

凯特没有抛弃我。很容易就会那样:把电脑放下,被人叫走,不再回来。但是没有:整整一小时她领着我在晚会转悠,把我介绍给她的室友("黑卷发"也是其中之一)和她在谷歌的朋友。

她把我带到客厅,我们围成一圈一起玩游戏。游戏名叫"叛徒"。一个留着一小撮胡子,骨瘦如柴的兄弟侧身过来解释说这游戏是克格勃发明的,六十年代所有的特工人员都曾玩过。这是关于撒谎的游戏。你被分配一个特定的角色,但是你必须完全说服小组成员们相信你是另外的身份。角色分配通过发牌决定,凯特把我的牌举到摄像头前。

"这不公平。"坐在圈对面的女孩说。她的发色浅到几乎成了白色。"他占优势。他有什么泄密的迹象我们都看不到。"

"你说得完全正确。"凯特说,皱起了眉。"我知道他只要撒谎就会穿涡纹花呢裤子。"

恰在这个时候,我把手提电脑斜下去,让他们看到我的裤子,扩音器里传来大伙儿的笑声,大得让喇叭噼啪作响。我也笑了,给自己又倒了一杯啤酒。我正在书店里拿着一个红色的晚会酒杯喝酒。每隔几分钟我就抬眼瞅瞅门,恐惧像匕首一样在我心尖上跳舞,不过肾上腺素和酒精充当了这种紧张的缓冲器。不会有什么顾客来的,从来也没有任何顾客。

我们和凯特的朋友特雷弗聊起天来,他也在谷歌工作,然后另一种形式的匕首仿佛躲过我的防守刺过来。特里弗正在娓娓讲述一个关于他去南极洲的长故事(谁去南极洲啊?),凯特的身子正倾向他。看上去仿佛有某种引力,不过也许是她手提电脑的角度问题。渐渐地,其他人都走开了,特里弗的注意力集中到凯特一个人身上。她的目光闪动着回应,不停地点着头。

不,少来了。这没什么,只是个好故事而已。她有点醉了,我有点醉了。然而,我不知道特里弗是否醉了,或者——

门铃响了。我匆忙抬起头,见鬼,不是个午夜来随便逛逛的孤独顾客,也不是随便一个什么我能安全地无视的人,是俱乐部的会员之一——拉平女士。她是(我知道的)唯一一个从古旧书库借书的女性。她正跨进书店,手里像抓着盾牌一样抓着她那个沉重的钱包。一根新的孔雀羽毛插在她的帽子里。

我设法让自己的眼球单独聚焦，一只眼看着手提电脑，一只眼看着拉平，可是不成。

"你好，晚上好。"她说。拉平的声音听起来就像是变形的老磁带，总是颤颤巍巍的，还老变换调子。她举起一只戴着黑色手套的手扶直孔雀羽毛，或者只是检查它还在那儿，然后从自己的包里掏出一本书。她要还"伯恩斯"。

"你好，拉平女士！"我说得太大声也太快了。"我能为你做什么？"我想不等她说，用我不可思议的模型来预测她的下一本书是什么名字，可我的屏幕现在正被占着——

"你说什么？"凯特的声音很快传出来。我把手提消了音。

拉平没有注意。"嗯，"她说，挪到前台边，"我不确定应该怎么发音，不过我想应该是帕——瑞——比，或者可能是普拉——英科伊——布灵科……"

开玩笑吧。我尽力把她说的音译过来，可是数据库里什么也没显示出来。我假设另一套拼法又试了一遍，还是没有，什么也没显示。"拉平女士，"我说，"你怎么拼那本书的编号？"

"哦，P、B，是一个B、Z、B，不，对不起，Y……"

你——是——开玩笑吧！

"再一个B，只有一个B，Y，不，我是说，对，Y……"

数据库显示："普拉比尔奥维克"。简直荒谬。

我快速爬上梯子，猛地把编号"普拉比尔奥维克"的书从架子上抽出来,差点把旁边编号"普赖尔"的书带出来掉到地上。回到拉平那儿,我的脸上仿佛戴了面具,显出冰冷的厌烦。凯特在屏幕上无声地移动着,正在和什么人招手。

我把书包起来,拉平也把她的卡掏出来——6YTP5T——然后她挪到前面那些矮书架其中的一个旁边,就是放着正常图书的那些书架。哦,不。

很长的一会儿过去了,她穿过标着"浪漫小说"的书架,歪着头读书脊时那根孔雀羽毛跟着上下晃动着。

"哦,我想我也要这本。"她最后说,拿着一本亮红色的丹妮尔·斯蒂尔的精装书回到我这儿。然后她花了简直有三天时间找她的支票本。

"那么,"她声音颤抖地说,"是十三块,让我看看,十三块多少分?"

"三十七。"

"十三……块……"她用让人痛苦的缓慢速度写道。但是我必须承认,她的字写得很漂亮,深色的圆体字,几乎是艺术字。她把支票压平,慢慢地签上名字:罗斯玛丽·拉平。

她把支票递给我,完成了。支票底部有一行细小的打印的字,告诉我她是电报山信用社的成员,从——哇——从1951年起就是。

哎,我为什么因为自己怪异的活动要对这个老夫人态度不好呢?我的心软起来。我显出烦闷表情的面具不见了,向她露出了笑脸——是真心的笑容。

"祝您晚间愉快,拉平女士。"我说,"早点再来哦。"

"哦,我在尽可能快地读。"她说,甜甜地笑了,这让她的脸颊像没有血色的李子一样鼓起来。

"'欲速则不达'。"她把她的古旧书库宝贝和她"愧疚的愉悦"一起装进了自己的手袋,它们露在钱包上面:皱皱的棕色和明亮的红色。铃响了,她和她的孔雀羽毛都消失了。

顾客们有时候会这么说:"欲速则不达。"

我向下冲到屏幕前。当我恢复扩音器的音量时,凯特和特里弗还在愉快地聊着。他在讲另一个故事,这次是为了鼓动一些沮丧企鹅而进行的探险,而且显然故事很有趣。凯特在笑。不停地有大笑声从我的电脑喇叭里传出来。显然特里弗是整个旧金山市最聪明、最有趣的男人。他们都不在屏幕上了,所以我猜测她正摸着他的手臂。

"嘿,伙计们,"我说,"嘿,伙计们。"

我意识到他们也把我消音了。

突然我觉得很蠢,我确定这整件事是个糟糕透了的主意。在凯特的公寓举办晚会的重点在于我讲个有趣的故事,而且凯特摸着我的手臂。但现在正在远程呈现的事却毫无意义,大家可能都正在镜头外嘲笑我,冲我做鬼脸呢。我的脸烧得通红,他们看得出来吗?我是不是正在变成屏幕上一片奇怪的红色影子?

我站起来移开几步,不再盯着摄像头。疲惫一下子涌进我的脑子。我已经努力表演了两个小时了，我意识到——自己仿佛就是个铝制舞台上咧嘴笑的木偶。真是个错误！

我把手掌放在书店宽大的前橱窗上，透过栅栏一样的高高的金色字体向外看。是格里茨宗字体，不错，这是组成这孤独的地方那熟悉的优雅的一小部分，那个字母P的弧度很漂亮。我的呼吸让玻璃上蒙了一层雾。正常点吧，我对自己说，回去吧，正常点。

"你好？"我的手提电脑里冒出一个声音，是凯特。

我挪回桌子后面的位子。"嗨。"

特里弗走了，凯特一个人。事实上，她完全身处不同的地方。

"这是我的房间，"她轻柔地说，"喜欢吗？"

简直是斯巴达人式的简朴，除了一张床、一张桌子和一个沉重的黑色大衣箱外，没有更多的东西，看起来像是远洋客轮上的一个小房间，不对，是太空飞船上的一个小仓。房间的一角，有一个白色的塑料洗衣筐，周围散乱地扔着——差点没注意到——我看到一打儿一模一样的T恤。

"那是我的理论。"我说。

"对呀，"凯特说，"我决定不要浪费我的脑循环电波"——她打了个哈欠——"去想每天早上要穿什么。"

手提电脑摇晃着模糊了一下，我们在她床上了。她把头架在一只手上，我能看到她胸部的线条。我的心突然剧烈地跳起来，就像是我在那儿和她一起，四肢伸展，充满了期待——好像我不是在这儿一个人坐在书店昏暗的灯光下，还穿着那条涡纹花呢裤子。

"这可真好玩儿，"她平静地说，"不过我但愿你能真的过来。"

她像猫一样伸伸懒腰，按按闭着的眼睛。我想不出来一件事可说，所以只是把下巴放在手心里，盯着摄像头。

"如果你能来就好了。"她咕哝着，睡着了。我独自在书店里，通过电脑穿越城市看着她睡觉的样子，只有她的手提电脑发出的灰白光线照着她。这时她的电脑也休眠了，屏幕变黑了。

聚会之后一个人在书店里，我做起我的作业。我已经做了选择：我轻轻地把七号日志本（旧的，但是也不太旧）从书架里抽出来，给马特弄了资料图片。用我的手机从一堆角度拍了全景和特写，都是展示同样一本宽大平整的被压扁的长方形棕色书本。我拍了书签、封面、灰白色的书页以及封皮上印的位于书店图标上方明显的浮雕字体"叙述"二字的细节照。到早上半影来时，我的手机已经放回我的口袋，图片也已发送给马特的邮箱。每张发出去时，手机都发出"嗖"的声音。

我把正在做记录的日志本留在了桌子上，从现在开始我要这么做了。我的意思是，为什么总要把它放到书架上呢？如果你问我，这听起来就像是坐返程火车的诀窍。运气好的话，这种做法会流行起来，慢慢形成常态，变成我的掩护，像是看似正常状态的阴暗处一样，可以供我蜷缩着躲藏在里面。间谍们就是这么做的，对吧？他们每天步行到面包店买一条面包——完全正常——直到有一天他们不是买面包，而是买了一条重金属铀。

制造商和型号

接下来的日子,我花更多时间和凯特待在一起。我看了她的公寓,不是通过屏幕。我们玩电子游戏,亲热。

一天晚上,我们试着在她的工业炉上做晚餐,不过做到一半我们就认定蒸羽衣甘蓝酱失败了,因此她从冰箱里拿出一个装满了辣粗燕麦沙拉的整洁的塑料盆子。凯特找不到任何勺子,所以她用舀冰激凌的铲子挖出来。

"你做的吗?"我问,因为我不觉得是她做的。非常好吃。

她摇摇头。"公司的。大多数时候我都带食物回家,是免费的。"

凯特大部分时间都待在谷歌。她的大多数朋友在谷歌工作,她的谈话也大部分围绕着谷歌。现在我知道她身上的大多数卡路里也来自谷歌。我想这很让人印象深刻:她聪明而且对工作充满热情。不过这也让人觉得受到威胁,因为我的工作场所并非到处都是微笑专家的闪光的水晶城堡。(我就是这么想象谷歌的。而且,有许多滑稽的帽子。)

我很难在凯特的非谷歌时间里和她的关系更进一步，就是因为她没有很多非谷歌时间，而我想要更多这样的时间。我想要设法进入凯特的世界，我想要看到公主在她的城堡里。

我通往谷歌的入场券就是七号日志本。

下面的三周时间里，我和马特辛辛苦苦地制作着日志本的替代品。做表面是马特的专长。他从一块新皮子开始，用咖啡做出污渍，然后从他阁楼上的房子里拿下来一双旧高尔夫防滑鞋。我把双脚塞进去，前前后后地在皮子上蹭了两个小时。

做日志本的里面需要做更多研究。深夜在客厅里，马特制作他的迷你城市，我就抱着电脑坐在沙发上，疯狂地用谷歌搜索着，大声地读出详细的图书制作指南。我们学习装订，搜寻牛皮纸批发商，找到暗象牙色的布料和粗粗的黑线，还在eBay上买了一个书模。

"你很擅长这个，杰侬。"马特把空白页粘在一起时对我说。

"什么，做书？"（我们在厨房的台子上做。）

"不，边做边学。"他说，"我们在工作中就是这么做的。不像那些用电脑的家伙，知道吗？他们只是每次都做同样的事，总是像素啊。对我们来说，每一个工程都不一样。新的工具，新的材料，每件事总是新的。"

"就像丛林怪兽。"

"完全正确。我有四十八个小时来变成盆景大师。"

马特·米特尔布兰德还没见过凯特·波坦特，不过我觉得他们会相处得不错：凯特深深地相信人类大脑的潜质；而马特能在一天之内学会任何东西。想想吧，我感到突然之间非常认同凯特的观点。如果我们能让马特这么活上一千年，他可能会给我们建造一个全新的世界。

冒牌日志本顶级的细节，也是最大的挑战，是封皮上的压花。原版的封皮上，"叙述"两个字深深地压进了皮面。经过仔细研究放大的参考照片，我发现这两个字采用的也是古老漂亮的格里茨宗字体。这是个坏消息。

"为什么？"马特问道，"我想我的电脑里有这种字体。"

"你有格里茨宗字体。"我大声叫出来，"适合写电子邮件，适合写读书报告，适合写简历的格里茨宗字体。这……"——我指着我的手提电脑上放大的"叙述"两个字——"是格里茨宗字体的样本，适合用于广告牌、杂志折页，显然，还有神秘的图书封面。看，它有非常尖的装饰衬线。"

马特严肃地点点头。"衬线的确非常尖。"

在纽贝格公司，当我设计菜单、海报和（我可以提醒你吗？）那个获奖的标志时，我了解了数字字体市场的方方面面。没有别的地方是这么严格地按照比例多少字节就给多少钱的。我的意思是：一本电子书大概要花十美元，对吧？而这通常包含上兆字节。（负责任地说，你下载的资料要比你每次上脸书网站浏览的资料要多。）对于电子书，你可以看你付了钱的部分：文字，段落，或许还有数字市场乏味的展示。可是，数码字体虽然正好也是大约一兆字节，但它的价值可不是几十美元，而是几百美元甚至几千美元，而且它是抽象的，基本上是无形的——薄薄的信封里装着描述细微字体的数学方法。这整个安排违反大多数人的消费本能。

所以当然人们想用盗版字体。我不是这些人中的一员。我在学院上过排印课，每个人必须自己设计一种字体作为期末作业。我对自己的设计抱有很大的雄心——它叫"电数体"——可是实在有太多字母要画，我没能及时完成。最后只有大写字母，适合用于招摇的海报和石板。所以相信我，我知道这些字体形状得付出多少汗水。排字工是设计师，设计师是我一伙的人，我衷心支持他们。但是现在"字体店.com"网站告诉我，由纽约市FLC字体铸造厂发布的格里茨宗字体如公开显示需要花3989美元。

那么当然我想盗用这个字体。

一个关联像之字形一样穿过我的大脑。我关掉"字体店"的窗口，打开格拉姆博的图书馆。这儿不仅有盗版的电子书，也有盗版字体——各种形状和大小的盗版字母。我在清单里翻查："美俏"、"哥谭"和"搜猴"这些字体都可免费下载。"米瑞雅"、"宠儿"和"伊芙斯太太"这些字体也有，还有格里茨宗字体也在那儿。

下载的时候，我感到一种自责的痛苦，不过真的就是一点点而已。FLC字体铸造厂没准儿是时代华纳的子公司。"格里茨宗"是个老字体，它同名的创造者已经死了很久。他才不会关心他的字体被怎么使用和被谁使用呢！

马特把这些字摆在仔细描绘的书店图标上面——两只手，像书那样摊开——这样我们有了我们自己的设计品。第二天在工业光魔，他用空气等离子切割机在一块废铁上切出整个形状——在马特的世界里，用空气等离子切割机就像用剪刀一样习惯——最终我们用C形平压板把它压进仿造的皮子。它就这样被压着，在厨房的工作台上静静地待了三天三夜，当马特去掉压板时，这假封皮堪称完美。

终于，时候到了。夜幕降临，我在前台接了奥利弗·格罗恩的班，开始值我的班。今晚我要兑换去凯特的世界冒险的入场券。今晚我会偷梁换柱。

不过事实证明我是个糟糕的间谍——我似乎不能让自己保持冷静。我试过所有的方法：看长长的深入报道；玩电脑游戏版的"火箭与术士"；在古旧书库里来回踱步。我不能在任何事情上集中精力超过三分钟。

现在我要求自己在前台桌子边坐下，但我不能停止蠕动。如果一阵阵的坐立不安促成了维基百科的编辑工作，我现在已经把"内疚"这个词条补充完整了，而且把它翻译成了五种新语言。

最后，六点差一刻了。黎明的微光正从东方悄悄来临。纽约人逐渐开始上推特了。我完全精疲力竭，因为一整晚我都在发抖。

真的七号日志本被塞进了我的邮差包里，不过对我的包来说，它实在是太大了，所以凸在外面，在我看来像是世界上最滑稽可笑的犯罪证据，就像是当一条非洲蛇吞了一整只动物时，你能看到那动物蠕动着一路被吞咽下去。

那本伪造的日志本和它的"同胞们"摆在一起。当我把它摆到位置上时，发现在书架边缘的灰尘上留下了一道暴露痕迹的条纹。起初我很惊慌，之后我冒险深入到古旧书库里面，在那儿把架子上的灰铲掉撒在冒牌日志的前面，直到灰尘的深浅完全一致。

如果半影察觉了不同，我有一打儿的解释（和不同的次要情节）。但我不得不承认：冒牌日志本看起来棒极了。我弄的帮助润色的灰尘是工业光魔级别的高品质，它看起来很真，我不觉得他会看它第二眼……啊！前门上的铃铛响了。

"早上好，"半影说，"晚上怎么样？"

"不错，挺好，好极了。"我说。语速太快了，要放慢速度。记住：看似常态的暗处，我可以躲在那儿。

"你知道，"半影说，一边脱掉他的厚呢大衣，"我在想，我们应该让这伙计退休了，"——他用两根手指拍着老式的苹果电脑上方，发出轻轻的"啪啪"声——"然后弄点更现代的东西，不要太贵的。或许你能推荐一个制造商和型号?"

制造商和型号。我从没听过任何人这么谈论电脑。你可以买你想要的任何颜色的苹果笔记本电脑,就像它是裸金属一样。
"啊,太好了。"我说,"当然我会做些研究,半影先生,也许弄一个翻新的苹果笔记本电脑,我觉得它们和新的一样好。"我一口气说完,已经朝门走去。我觉得恶心。

"而且,"他谨慎地说,"或许你可以用它来建一个网站。"
我的心几乎要跳出来。
"书店应该有一个。它过时了。"
完了,我的心已经爆炸了,其他的一些小器官可能也破了,不过我忠于这件事——我忠于凯特·波坦特的语料库。

"啊,那太棒了,我们绝对应该这么做,我爱网站,不过我必须得走了,半影先生,回头见。"
他顿了顿,歪嘴笑了一下。"很好,祝你愉快。"
二十分钟以后,我坐上了去山景城的火车。我鼓鼓的包被我紧紧地抓在胸前。奇怪——我犯的罪是如此微小。谁会在乎一本来自昏暗的二手书店的旧日志在微不足道的十六个小时里的下落?但感觉上并不是那么回事儿。我感觉自己是半影在这个世界上可以指望的两个人中的一个,结果证明我不能被信任。

所有这些就是为了引起一个女孩儿的注意。火车的晃动和隆隆声让我睡着了。

蜘蛛

火车站旁边指示去谷歌园区的彩虹标志在硅谷的阳光下已经有点褪色了。我顺着褪色的箭头走下了一条两旁被桉树和自行车架包围的弯曲的人行道。弯道旁，我看到宽阔的草坪和低矮的楼房，树木之间闪着标牌：红的、绿的、黄的、蓝的。

最近关于谷歌到处流传的说法是，它就像是美国本身：仍然是镇上最大的生意，但是不可避免的，已经无可挽回地走上了下坡路。两者都是拥有无可匹敌的资源的超级强大势力，但两者都面对快速增长的对手，都将最终衰落下去。对美国来说，对手是中国。对谷歌来说，是脸书。（这些都是技术八卦博客上的消息，所以也不可尽信。他们还说一个刚起步的名叫猴子猴子的公司明年会很火。）不过这是两者的不同之处：按照惯例，美国付钱给国防承包商建造航空母舰；谷歌付钱给才华横溢的程序员做他们想做的任何见鬼的事。

凯特和我在一个蓝色的安检处见面了。我得到并被要求佩戴一个写着我名字并印有红色身份说明的来访者胸牌。凯特把我领进了她的工作区。我们横穿过一个宽阔的停车场,柏油的路面在太阳下炙烤着。这儿没有车,反而堆满了安放在矮架子上的白色集装箱。

"这些是'大盒儿'的部件。"凯特一边指着一边说道。一辆拖车呼啸着轰轰驶到停车场的另一头,它的车厢被漆成了鲜亮的红绿蓝色,正在拖这些白色集装箱其中的一个。

"它们就像是乐高积木块儿,"她接着说,"只不过每个都有磁盘空间,很大的空间,还有中央处理器和所有其他的东西,以及连接水、电和互联网的线路。我们在越南制造它们,然后运往各地。不管它们在哪儿,都会自动连接。所有的在一起,就是'大盒儿'。"

"哪个……"

"全部。"她说,"谷歌的所有东西都在'大盒儿'里运转。"她用一条深色皮肤的胳膊指着一个上面印着长长的绿色字母WWW的集装箱。"那里面有网络的备份。"YT:"YouTube网站上的所有视频。"MX:"你的全部邮件。每个人的邮件。"

半影的书架似乎不是那么高了。

宽阔的人行道在主场地上蜿蜒。也有自行车道,谷歌员工们骑着碳纤维的赛车,用电池组调整着挡位从上面呼啸而过。有两个胡须灰白的老人在那儿靠着休息,还有一个染着蓝色发绺的高个小伙儿正踩着一辆独轮车。

"我预约了十二点半用图书扫描仪。"凯特说,"先吃午饭吧?"

谷歌的食堂出现在眼前,低矮而宽大,用白色的帐篷圈出了一块地方,像是游园会。前面敞开着,入口通道处的防水布被卷了起来,谷歌员工们正在那儿排队,排到了草坪上,队伍倒不长。

凯特停了一下,斜眼看看,数着数。"这一队。"终于她开了口,把我拽到最左边的一队。"我是个很不错的排队策略家。不过在这儿这可不简单——"

"因为谷歌的每个人都是排队策略家。"我说道。

"完全正确。所以有时会有装样子的。这是个装样子的家伙。"她说着,用手肘戳了一下正好站在我们前面的谷歌员工。他高高的,一头沙色头发,看起来像个冲浪运动员。

"嘿,我是菲恩。"他说着,伸出一只结实的,长着细长手指的手。"第一次到谷歌吗?"他把谷歌发成了"姑哥儿",中间还稍稍顿了一下。

的确是第一次,我口齿不清的欧洲朋友。我和他小聊一下:"食物怎么样?"

"哦,棒极了。厨师很出名⋯⋯"他停了下来,突然想到了什么。"凯特,他必须到别的队伍去排队。"

"对!我老是忘记。"凯特说。她解释道:"我们的食物都是个人定制的,里面有维生素,一些天然激素。"

菲恩赶忙点点头。"我正在做钾元素水平实验。现在我每天都要吃十一根香蕉。身体黑客攻击!"他咧开嘴大笑起来。等等,粗燕麦沙拉里有激素吗?

"对不起。"凯特说,皱起了眉头。"来访者的队伍在那边。"她指着草坪的另一边,于是我离开她,剩下她和那个遭受身体黑客攻击的欧洲倒霉蛋在一起。

所以现在我正和三个穿着卡其布蓝色开衫、戴着皮手机套的小伙儿等在写着"外来访客"的标志牌旁边。草坪的另一半,谷歌员工们都穿着紧身牛仔裤和亮色的T恤衫。

凯特正和另外一个人说着话,是个棕色皮肤的苗条男孩儿,也站在队伍里,正好在她后面。他穿得像个滑冰的,所以我猜他是人工智能方面的博士。我的眼睛被嫉妒的长矛刺中了,不过我做好了这种准备。我早知道会这样,在这个水晶城堡里,凯特认识所有人,而大家也都认识她。所以我暂且不管它,并提醒自己是她带我来这儿的。这是在此种情况下的王牌:是的,其他人都很聪明,其他人都很酷,其他人都很健康、有魅力——但是她带的是你。你得像戴着胸针、戴着徽章一样记住这一点。

我低头看看,意识到我的来访者胸牌的确说明了这一点:

姓名:克莱·杰侬
公司:半影先生的24小时书店
接待人:凯特·波坦特

——所以我把它撕下来,重新在我的衬衫上又贴高了一点儿。

食物就像他们保证的那样棒极了。我要了两铲小扁豆沙拉和一条厚厚的粉色鱼肉,七大根绿色的芦笋,还有一块经过酥脆改良的巧克力块儿小甜饼。

凯特招呼我坐到靠近帐篷边儿的一张桌子旁,一阵微风把那白色的防水布吹得瑟瑟作响。几小束光线在对面的桌面上跳动着,桌子上铺着画满浅蓝色格子的纸。在谷歌,他们在方格绘图纸上吃午餐。

"这是拉杰。"她说着,向滑冰的博士挥挥满是小扁豆沙拉(看起来很像是我的)的叉子。"我们一起上的学。"凯特在斯坦福大学学过符号系统。是不是这儿的每个人都上过斯坦福大学?是不是毕业以后他们就给你在谷歌安排个工作?

拉杰一开口说话,显得似乎突然年轻了十岁。他发音清晰,讲话直接:"那么你是做什么的?"

我希望这问题在这儿被宣布为不合法,而被一些古怪的谷歌式话题取代,比如:你最喜欢的指数是哪个?我指着自己的胸牌,承认我在和谷歌完全相反的地方工作。

"啊,书。"拉杰停了一会儿,咀嚼着食物。然后他的脑子开动起来。"你知道,旧书对我们来说是个大问题。基本上就是旧知识。我们管它叫'旧知'。旧知识,'旧知'。你知道互联网的95%都只是最近五年内创造的吗?不过我们知道对整个人类知识来说,这个比例却正好翻个个儿——事实上,大多数人知道的大多数事情甚至知道的全部都是'旧知'。"

拉杰的眼睛眨也不眨,可能连呼吸都屏住了。

"那么它在哪儿,对吧?那个'旧知'在哪儿呢?对,在旧书里,这是其中一个地方"——他拔掉一根细头马克笔的笔盖儿(这笔从哪儿来的?),开始在方格绘图纸桌布上画——"也在人们的头脑中,许多的传统知识,那就是我们说的'经验'。'旧知'和'经验'。"他画着重叠的小块儿,用缩写字母标出名字。"想象一下,如果我们能让所有的这些'旧知'或'经验'对人们来说总是能够获得,在网上、在手机上,就再也不会有未解答的问题了。"

我想知道拉杰午餐吃了什么。

"维生素D,欧米茄-3脂肪酸,发酵茶叶。"他说,还在纸上涂画着。他在块状的边缘外画了一个单独的点儿,用马克笔用力地一戳,黑墨水溅了出来。"这就是我们现在存储在'大盒儿'里的,"他指着那个点儿说,"想想它多么有价值!如果我们能把这些都加进去。"——他的手扫过标着'旧知'、'经验'的区域,仿佛将军在部署胜仗——"那么我们就真该认真起来了。"

"拉杰在谷歌很长时间了。"凯特说。我们晃出了餐厅,出去时我还顺手又抓了一块儿小甜饼,现在正一小口一小口地咬着。"他是做首次公开募股前投资规划的,而且做了超久的PM。"

这种地方的首字母缩写啊！不过我想我知道这个PM。"等等，"——我被弄晕了——"谷歌有总理（Prime Minister）？"

"哈，不是，"她说，"PM是指产品管理（Product Management）。它是个委员会，以前有两个人，后来变成四个人，现在更多了，六十四个。PM管理着公司。他们批准新项目，指派工程师，分配资源。"

"所以这些都是高层主管。"

"不，重点就在这儿。像是抽奖，你的名字被抽到，你就到PM任职十二个月。任何人都可能被抽中，拉杰、菲恩、我、佩珀。"

"佩珀？"

"厨师。"

哇——这么平等，简直都超越民主了。我意识到："这是陪审团式的职责。"

"在这儿工作满一年以后才有资格。"凯特解释道，"你也可以不履行这个职责，如果你正在从事超级重要的工作。不过人们真的把这个看得很严肃。"

我想知道凯特·波坦特是否被抽到过。

她摇摇头。"还没，"她说，"不过我很乐意做这个。我是说，机会并不很大。三万人在这儿工作，六十四个在产品管理委员会。你算算。不过人数一直在增长，人们说他们可能会再次扩大它。"

现在我在想，如果我们像这样管理整个国家会是什么样子。

"那完全是拉杰想要做的！"凯特笑起来。"当然，是在他找到所有的'旧知'和'经验'以后。"她对此摇摇头，有点在取笑他。"他有一整套计划要通过一个宪法修正案。如果有人能够那么做……"她又嘟了嘟嘴。"实际上，可能不会是拉杰。"她笑起来，我也笑了。是啊，对中美洲来说，拉杰太感情丰富了。

所以我问道："谁能实现呢？"

"可能是我。"凯特说，挺起了胸脯。

可能是你。

我们步行经过凯特的部门：数据可视化部。它坐落在一个矮坡上，是围着一个小环形剧场的一片活动板房，一些石阶通向一堆巨型的屏幕。我们向下瞄了一眼，那儿有两个工程师正坐在环形剧场的台阶上，膝盖上放着手提电脑，看着在屏幕上跳跃的一堆泡泡，泡泡之间都有波状的线连接着。每隔几秒钟这些泡泡就定住一下，那些线也会突然变直，像是你脖子后面的头发支棱起来。之后屏幕闪出一片纯红色。其中一个工程师嘀咕着，没出声地咒骂了一句，靠向她的手提电脑。

凯特耸耸肩。"工作正在进展中。"

"它是干吗的？"

"不确定。可能是些内部的东西。我们做的大部分东西都是内部的。"她叹口气。"谷歌这么大，自己就可以做自己的观众。我做的可视化主要是被其他的工程师，或是广告销售，或是产品管理委员使用的……"她降低声音说,"告诉你实情吧,我想做些大家都能看到的东西!"她笑了,好像因为大声说出来而得到了解脱。

我们穿过一片场地边缘的高高的柏树丛——它们在人行道上投下美丽的金色斑纹——来到一栋没有标记的矮砖楼前,只有深色的玻璃门上贴着一张手写的标牌:"图书扫描仪"。

大楼里面感觉就像是一个野战医院,黑乎乎的,有点暖意。刺眼的照明灯在一个被一些长长的、多关节的金属手臂环绕的操作台上闪耀着。空气里有漂白剂的刺鼻气味。台子也被书包围着:成堆成堆地,高高地堆在金属推车上。有大书有小书,有畅销书,也有旧书,看起来会适合放在半影的书店里。我发现了达希尔·哈米特的书。

一个名叫贾德的高个儿谷歌员工操作这个图书扫描仪。他毛茸茸的棕色胡子上长着一个完全是三角形的鼻子。他看起来像是个希腊哲学家,也许只是因为他穿着踝部带扣儿的拖鞋。

"嘿,欢迎。"他说着笑笑,握握凯特的手,又握握我的手。"很高兴有数据可视化部的人来这儿。你是?"他看着我,眉毛扬了起来。

"不是谷歌员工,"我坦白道,"我在一个老书店工作。"

"哦,酷。"贾德说,然后又语气凝重地说,"除了……我是说,对不起。"

"对不起什么？"

"呃，因为把你们这些人都弄得没活干了。"他说得一副事实如此的样子。

"等等，哪些人？"

"书……店？"

对啊。我没真的把自己想成书店行业的一员，半影的书店感觉上完全就像是另一回事。不过……我是在卖书。我是一个旨在获得潜在图书购买者的谷歌广告活动管理人。不知怎么，我隐隐地开始觉得：我是个卖书的。

贾德继续说："我的意思是，一旦我们把所有的东西都扫描了，而便宜的阅读设备到处都是……就没人会需要书店了，对吧？"

"那就是这个的商业模式吗？"我说着，冲扫描仪点点头。"卖电子图书？"

"我们并没有什么商业模式。"贾德耸耸肩。"我们不需要。广告很赚钱，几乎能解决所有问题。"他转向凯特，"你觉得这对吗？即使我们赚了，差不多五……百万……美元？"（他不确定这听起来是不是很多钱。负责任地说：很多。）"对啊，甚至没人注意到。在那边，"——他挥动长长的手臂含糊地向后方的电脑中心一指——"他们大概每二十分钟就赚那么多。"

这太让人郁闷了。如果我卖书能赚五百万，我就会坐在用第一版《龙之歌传奇》做的轿子里，让人们抬着到处转。

"没错,多少是这么回事,"——凯特点点头——"不过这是好事。这给我们自由。我们可以长远地看。我们可以投资在类似这样的东西上。"她走近扫描仪那带着长长的金属臂的明亮的台子。她的眼睛在灯光下睁得大大的,闪着光。"瞧它。"

"无论如何,对不起了。"贾德轻声对我说。

"我们会没事的,"我说,"人们还是喜欢书的味道。"而且除此以外,贾德的图书扫描仪不是唯一有长期投资的项目。半影的书店也有自己的赞助人。

我从包里掏出日志本把它交过去。"这就是扫描对象。"

贾德在照明灯下拿着书。"这是本漂亮的书。"他说,长长的手指拂过封面上的花纹。"是什么书?"

"只是个私人笔记本。"我顿了一下,"非常私人。"

他轻轻地打开日志本,把前后封皮夹进一个调整了角度的金属框里。书脊完好无损。然后他把框架放在台子上,用四个卡子固定住。最后,他晃了晃,试了一下,框架和它的"乘客"都很安全。日志本就这样,像试飞员,或者说像撞击实验的假人一样被固定好了。

贾德把我们从扫描仪前弄走。"待在这后面,"他说道,指着地上的一条黄线,"这些机械臂很尖锐。"

他的长手指在一个扁平的遥控器上"啪啪"轻拍着。先是低沉的、内脏咕噜般的嗡嗡声,接着是高声的警报,图书扫描仪突然动了起来。照明灯开始一闪一闪,把小房间里的一切都变成了定格电影。一帧一帧地，扫描仪蜘蛛一样的机械臂伸下来，抓住页角，把它们翻过去。这像是催眠术。我从没有见过任何东西这么迅速这么精巧。机械臂抚摸着书页，爱抚着它们，安抚着它们。这东西简直是爱书。

灯光每闪一次，两个设置在台子上方的巨型照相机就会一前一后地旋转，捕捉影像。我溜到贾德旁边，在这儿我能看到日志本的页数正在他的监视器上逐渐增多。两个照相机就像两只眼睛，所以图像是3D的，我看着他的电脑从灰白的书页上把文字拎起来，就像是在驱魔做法。

我走回凯特身边。她的脚趾踩在黄线上，身子探近图书扫描仪。我害怕她会被戳到眼睛。

"这太妙了。"她喘息着。

的确是。我可怜起这本日志来，几分钟之内它的秘密就被这股灯光和金属的旋风揪出来了。在过去，书曾经也是很高科技的东西，然而如今不再是了。

创立者之谜

过后，大概八点的时候，我们回到了凯特太空舱一般的卧室，坐在她太空飞船控制台一般的白色桌子旁。她坐在我腿上，趴在她的苹果笔记本电脑前。她正在解释"光学字符识别"，即电脑把一堆油墨和黑铅条纹转换成它能识别的字母，比如K、A和D的过程。

"这不简单。"凯特说，"那是本厚书。"而且，我的前任写字几乎和我一样烂。不过凯特有个计划。"我的电脑要花一整晚来处理这些书页。"她说，"不过我们没耐心，对吧？"她用超光速敲出了一长串我看不懂的命令。是的，我们绝对地没有耐心。

"所以我们要弄上百的机器同时来做。我们要用海肚普（Hadoop）。"

"海肚普。"

"大家都在用，谷歌、脸书、国家安全局。是个软件——它把大的工作分解成许多微小的部分，然后同时散布到许多不同的电脑中。"

海肚普！我喜欢它的发音。凯特·波坦特，你和我如果有个儿子，我们就叫他海肚普。他会成为一个伟大的武士，一个国王！

她向前伸展着，手掌扶着桌面。"我爱这个。"她的目光紧紧地盯着屏幕，一个图标正在上面形成：那是一朵花的框架，有一个闪光的中心和几十个——不，上百个花瓣。长得很快，从一朵小雏菊变成了一朵蒲公英，又变成了一朵巨大的向日葵。"上千台电脑现在正在做我想要它们做的。我的思维可不仅仅在这儿。"她说着，拍着自己的头，"还在别处。我爱这个——这种感觉。"

她转过来背对着我。我忽然能清楚地闻到一切：她的头发，最近用的洗发水味儿冲到我的脸上。她的耳垂有点向外翘，粉红色的、圆圆的。她的背因为爬谷歌的攀岩墙而变得很强壮。我的大拇指循着她的肩胛骨，拂过她内衣的带子。她又动了一下，摇晃起来。我把她的T恤推了上去，上面的字母皱在了一起，映在手提电脑的屏幕上："砰！"

过了一会儿，凯特的手提电脑发出了一声低沉的嗡鸣。她从我这儿溜走，跳下床，爬回她的黑色办公椅上。她坐在自己的脚趾头上，脊柱弯向屏幕，看起来像是哥特建筑上的怪兽滴水嘴装饰。一个漂亮的裸体女孩形状的怪兽滴水嘴。

"成功了。"她说着，转向我，脸上生出一股红晕，头发又黑又野性。她笑着："成功了！"

早过了午夜，我也回到了书店。真正的日志本安全地待在自己的书架上了。冒牌日志本已经被我塞进了包里。一切都是完全按照计划进行的。我很警觉，我感觉很好，我准备好要可视化这个书店了。我把扫描的资料从"大盒儿"里调出来，连上"交好"的无线网络花了还不到一分钟。任何人草草写进那本日志的所有小故事都被完美地处理后，输入了我的手提电脑。

现在，电脑，轮到你来执行我的命令了。

这种事一开始总是不会完全顺利。我把原始文本导入，视觉化后，看起来就像是抽象表现主义画家杰克逊·波洛克动过了我的原型。到处都是数据的花点，粉的、绿的和黄的，都是粗糙的街机游戏色调。

我首先做的就是更换调色板。大地色调，拜托！

现在我这儿要处理太多信息。我只想知道谁借了什么书。凯特的分析已经足够灵巧地能在文本里标记出姓名、书名和时间了，可视化软件也知道怎样划分它们，所以我把数据结合起来展示，看到了些熟悉的东西：一大堆五颜六色的光点在书架那儿闪着，每个都代表了一个顾客。不过这些都是多年以前的顾客。

这看不出什么——只是在古旧书库间穿梭的一堆五颜六色的东西。之后，带着某种预感，我把这些光点连起来，它们不再是一堆了，而变得像一组星群一般。每位顾客都留下了一条轨迹，仿佛是醉汉穿过书架走过的弯弯曲曲的路径。最短的用红陶土色标示的"星群"形成了一个微小的Z字,只有四个数据形成的点。在这黑色迷沼里最长的一条轨迹则弯弯曲曲地占据了整个书店的宽度,形成了一个长长的凸凹不平的椭圆形。

还是看不出来像什么。借助触控板,我给了这个3D书店一个推力,让它绕轴旋转起来。我站起来伸展一下腿,在桌子另一边挑了本达希尔·哈米特的书,自从我第一天在书店里注意到这些书,还没人翻过它们。真让人难过,我真的是这么想的:大家都只关注放着满是读不懂的胡言乱语的书的书架,而《马耳他之鹰》也被放在那儿落灰?简直太让人伤心了。愚蠢!我应该着手找份儿别的工作。这地方会把我弄傻的。

当我回到桌前时,电脑屏幕上的书店还在旋转着,就像是喧闹的舞会……而奇怪的事发生了。

每旋转一次,这黑色迷沼一般的"星群"就会突然聚焦出一幅图像。只一瞬间,形成一幅图像——不可能!我拍着触控板,让模型慢慢停下来,往回旋转。这黑色迷沼一般的"星群"形成了一幅清晰的图像。其他的"星群"也是一样。不过没有一个像这一个这么完整。它们都遵循着同样的轨迹,不管是下巴的曲线还是眼睛的凹陷。当模型整齐地排列起来,仿佛我正从前门向内张望一般——望着离我现在坐的位置很近的地方——"星群们"活起来,它们在做鬼脸,是半影。

门铃响了,半影走进来,身后拖着长长的一圈雾气。我舌头打结,不知如何开口。我同时面对着两个半影:一个是我手提电脑屏幕上那个正沉默地注视着我的、由线条连接形成的半影的形状，另一个是在门口正露出笑容的老头。

"早上好，我的孩子。"他兴高采烈地说，"晚上有没有值得记录的事发生啊？"

有一阵子，我强烈地想要盖上我的电脑盖子，永远不再提到这个。然而没有，我太好奇了。我不能仅仅坐在桌边，让这个古怪的线条形成的东西在我身边转着。（我意识到这东西记述了这书店许多的工作，不过这魔法一般的特殊图像处理很诡异。）

"你那儿是什么？"他问道，"你开始做我们的网站了吗？"

我把手提电脑转过来给他看。"不完全是。"

带着浅笑，他把眼镜调整一下，向下瞄着屏幕。他的脸色松弛下来，平静地说："是创始人。"他转向我："你解出来了。"他一只手拍着前额，脸上露出欣喜的笑容。"你已经解出来了！看看他呀！就在屏幕上！"

看看"他"？难道这是——啊！现在半影靠得这么近，我意识到，我犯了普遍会犯的觉得所有老年人长得都一样的错误。屏幕上由线条构成的肖像外形有着半影的鼻子，但是那嘴像弓一样有点微微的弯曲。半影的嘴则扁扁宽宽，就是用来咧嘴笑的。

"你怎么做到的？"他继续说道。他很骄傲，仿佛我是他的孙子一般，刚刚击出了一记全垒打，或是治愈了癌症。"我必须看你的记录！你是用了数学家欧拉的方法吗？还是布里托的反演？这没什么可羞愧的，它消除了早先的很多迷惑……"

"半影先生,"我说道,带着得胜的语气,"我扫描了一本老日志本——"接着我意识到这话有个很大的暗示,所以我结结巴巴地坦白道,"好吧,我拿走了一本旧日志本。是借。暂时的。"

半影眯起了他的眼睛。"哦,我知道,孩子,"他说,并没有显得不友好。他顿了一下。"你的冒牌货一股子很浓的咖啡味儿。"

是的,所以:"我借了一本旧日志本,我们扫描了它"——他的脸色变了,突然变得关切起来,好像不是我治愈了癌症,而是得了癌症——"因为谷歌有那么台机器,超级快。还有海肚普软件,它能运行——我是说,一千台电脑,就是那么回事!"我打了个响指表示强调。我觉得他完全不知道我在说什么。"无论如何,重点是,我们刚刚弄出了数据,全是自动的。"

半影身上的肌肉抽动了一下。挨得这么近,我意识到他实际上很老了。

"谷歌。"他吸了口气。长长的一阵间隔。"多奇怪!"他直起身子,脸上带着最奇怪的表情——仿佛代查无此页网站故障的表情符号一般。他多半是自言自语地说:"我必须写个报告。"

等等,什么样的报道?我们是在说警局的报告吗?大盗法典?"半影先生?有什么问题吗?我不明白为什么——"

"哦,是的,我知道。"他尖声说,眼睛盯着我。"现在我明白了。你作弊了——这么说没冤枉吧?结果是,你根本不知道你完成了什么。"

我低头看着桌子。这么说倒是合理。

当我抬头再看半影时,他的目光变温和了些。"不过……你做的完全一样。"他转过身踱进古旧书库里。"多奇怪啊!"

"是谁?"我突然问,"谁的脸?"

"创始人。"半影说,一只手沿着一个书架向上划了一下。"那个等待着,藏起来的人。他让新手们苦恼很多年了。很多年!可是你却把他在——多少?才一个月里就找出来了。"

不太对:"才一天。"

半影大抽了一口气。他的目光又向我射来,眼睛睁得大大的,反射着窗户的光,蹦出我从未看过的电光的蓝色。他大口喘着说:"难以置信。"他深深地吸了口气,看起来慌乱而兴奋,事实上,有点疯狂。"我有活儿要干,"他说,"我必须做计划。回家去,我的孩子。"

"但是——"

"回家。不管你明不明白,你今天干了重要的事。"

他转过身,走到那昏暗的灰尘遍布的书架深处,轻声地自言自语起来。我收起我的手提电脑和我的邮差包,溜出了前门。门铃很小声地响了一下。我回头透过高高的窗户和那弯弯曲曲的金色字体瞥了一眼,半影已经消失了。

为什么你这么爱书?

当我第二天晚上回去时,我看到些以前从没见过的东西,一些让我倒吸一口气停在路上的东西:半影先生的24小时书店一片漆黑。

看起来不对劲儿。书店总是开着的,就像是百老汇街那破败的延伸线上一座小小的灯塔,总是醒着的。但是现在灯都熄了,前门里面贴着一张整齐的四方形的纸,是半影精巧的字体,上面写着:

关门(图书馆告)

我没有书店的钥匙,因为我从来不需要,总是手传的——半影传给奥利弗,奥利弗传给我,我传给半影。有一阵子我很生气,充满了自私的愤怒。搞什么鬼?什么时候再开门?不该给我发个邮件或什么的吗?一个雇主干出这种事真是太不负责了。

不过之后我担心起来。今天早上碰到的事太出格了。如果是半影太生气结果心脏病轻微发作了呢?或者是严重的心脏病?如果他死了呢？或者是他正独自在某个公寓里伤心落泪，因为半影爷爷很古怪而且闻起来一股书味儿，所以他的家人从没来看过他？我感到一阵羞愧如洪水一般冲进我的血液，和着气愤翻滚成一股浓烈的情绪，让我觉得恶心。

我走到街角的酒店买了点薯片。

接下来的二十分钟，我站在街边，默默地大口嚼着福利兔牌薯片，然后在裤子大腿上把手擦干净，不确定接下来要干什么。我该回家还是明天再过来？我应该在电话簿上查找半影然后试着给他打电话吗？划掉这个选项。不查我也知道电话簿里不会有半影，而且，我也不知道到哪儿去找本电话簿。

我站在那儿，努力想象着能有个机灵的举动，突然看到一个熟悉的身影在街上挪动过来。那不是半影，半影不是这么走路的。这是——是拉平。我蹲在一个垃圾桶后面（我干吗不就躲在垃圾桶后面算了？）看着她疾步向书店走去。当她到达能看清书店关门的距离时，她倒吸了一口气，迅速地来到前门处，踮着脚，鼻子压在玻璃上查看着"关门（图书馆告）"的牌子，毫无疑问正在揣测着这几个字的深层意义。

然后她偷偷地来回瞄了一下街道。当她苍白的鹅卵形的脸转到我这边时，我看到她脸上那因恐惧而严重扭曲的表情。她转过身，沿着来时的路挪回去了。

我把我的"福利兔"扔进垃圾桶，然后尾随着她。

拉平离开百老汇街，走上了通向电信山的小路。她走路的速度很平稳，以至于周围的风景好像是从她下面冒出来的，她就是能产生这种效果的这么个古怪的小个子。我气喘吁吁地快步尾随在她后面一个街区的距离，努力跟上她。柯伊特塔喷头一样的顶端在我们头顶的山上高高地冒出来，深色的天空下出现了一个灰色的细长剪影。走到一条弯曲地通到山上的窄街中间时，拉平消失了。

我赶快跑到她最后站立的地点，在那儿发现山坡上有一条很窄的石阶，像是在房子间穿行的巷道，在一片横向延伸的岔道间突然向上插过去。拉平已经不知怎么上到半腰了。

我想在她后面大喊——"拉平夫人！"——然而我喘得太厉害了，只发出了一声喘息般微弱的喊声。所以我咳嗽着，哼哼着，倚着山继续跟着她往上走。

台阶上一片静谧。仅有的灯光是两边房子高处的小窗户里射出的。灯光涌出来，射到高处结满了深色李子的树枝上。前方有很大的沙沙声和鸟的齐鸣声。一会儿一群野鹦鹉从栖息的地方飞出，沿着两边种着树的街道飞过，又向开阔的夜空飞去，翅膀尖儿扫着我的头顶。

前面向上的地方发出了尖利的咯咯叽叽声，接着一道射出的光线变宽了一下，我追踪的人影闪了进去，门紧紧地关上了。罗斯玛丽·拉平到家了。

我来到阶梯的平台处，坐在一级台阶上喘气。这位女士相当有体力。或许是她体重轻,骨头像鸟那样;或许是她有点浮力。我回头向下看着我们来时的路,穿过那黑色的树枝能看到下面远处城市的灯火。

里面传来餐具叮当作响的声音,我敲响了拉平夫人的门。

一段明显的长时间沉默。"拉平夫人?"我喊道,"我是克莱,呃……书店的,那个店员。我只是想问你些事。"或者可能所有的事。

又是一阵沉默。"拉平夫人?"

我看到一个影子遮住了门后的光线,在那儿犹豫地来回踱步——之后锁响了,拉平夫人从里面向外瞄着。"你好。"她甜甜地说。

她的家仿佛是小说里"霍比特"藏书家的洞穴——低矮的屋顶,拥挤的四壁,到处堆满了书。房子小但是并非不舒适,空气里弥漫着浓烈的桂皮味儿和淡淡的锅味儿。一把高背椅子对着整洁的壁炉摆放着。

拉平没有坐在椅子里,而是退到了她船一般的屋子的厨房一角,和我同在一个房间的同时也尽量地离我远远的。我想她甚至会爬窗户,如果她能够到的话。

"拉平夫人,"我说,"我需要联系半影先生。"

"要喝点茶吗?"她说,"是的,喝点茶,然后你就会离开。"她摆弄着一个沉重的铜茶壶。"年轻人忙碌的夜晚,我觉得是，有很多地方要去，很多人要见——"

"实际上，我本来应该在工作。"

她的手在炉子上颤抖着。"当然，是的，需要很多工作，别烦——"

"我不需要工作！"缓和了一下语气，我接着说，"拉平老夫人，真的，我只是需要联系上半影先生。"

拉平顿了一下，不过仅仅一小下。"有很多职业，你可以成为一个面包师、标本剥制师、轮渡船长……"然后她转过身，我想这是她第一次直接看着我。她的眼睛是灰绿色的。"半影先生走了。"

"那么他什么时候回来？"

拉平什么也没说，只是看着我，然后慢慢地转过去料理起已经在她的小炉子上开始震颤并发出"刺刺"声的茶壶来。好奇和恐惧糅杂在一起的情绪慢慢地渗进我的大脑。是时候打破僵局了。

我掏出我的笔记本电脑——这可能是进入过拉平小窝的门槛儿的最先进的科技产品了——把它放在一摞厚书上，这些书都是从古旧书库借的。我闪亮的苹果笔记本就像是努力想要融入默默的人类文明坚定捍卫者的倒霉外星人。我打开电脑——闪闪发光的外星人的内脏暴露无遗！——当拉平端着两杯放在碟子里的茶走过房间时，我调出了那个可视化图像。

当她的目光注意到电脑屏幕，认出那3D的书店时，碟子被她重重地放到了桌上，发出哗哗啦啦的声音。双手在下巴下紧握着，她低低地弯下腰，盯着那线框形成一个人脸的轮廓。

她尖叫道："你找到他了！"

桌上的书已经被清走。拉平在上面摊开一个用几乎透明的薄纸做的宽卷轴。现在轮到我目瞪口呆了。那是一张用灰色铅笔描绘的书店的图，也显示出连接书架间空间的网状线条。不过还没有完成，事实上，才刚刚开始。可以看到下巴和鼻子的线条，不过没有其他的了。那些深色的确定的线条被模糊的橡皮擦过的痕迹围绕着——显示出这些幽灵般若隐若现的线条是被反复描绘和移动过多次的。

我想知道拉平在这上面花了多长时间。

她脸上的表情说明了一切。她的脸颊颤抖着，仿佛就要哭出来了。"那就是为什么，"她说，眼睛瞟回我的电脑，"那就是为什么半影先生走了。哦，你做了什么啊？你怎么弄的？"

"电脑。"我告诉她，"大电脑。"

拉平叹了口气，最终瘫坐在椅子里。"这太可怕了，"她说，"干了所有的那些活以后。"

"拉平夫人，"我说，"你在做什么？这所有的一切都是为了什么？"

拉平闭上眼睛说："我不能说出来。"一只眼睛偷偷张开瞟了我一下。我没吭气儿，带着坦率的表情，尽量让自己看起来无害。她又叹了口气。"不过半影先生真的喜欢你。他曾非常喜欢你。"

我不喜欢她在这儿用过去时。拉平伸手去够她的茶，不过不太能够到，所以我拿起茶杯和茶碟递给她。

"谈这个感觉很好，"她接着说，"因为经过这么多年的阅读，阅读，阅读。"她顿了一下，呷了一口茶。"你不会对任何人说吧？"

我摇摇头，不会。

"很好。"她说，深深地吸了一口气。"我是一个名叫'完好书脊'的团体的新成员。这个团体有五百多年了。"接着，她一本正经地说："像书本身一样老。"

哇，拉平，只是个新成员？她肯定有八十岁了。

"你怎么开始的？"我大胆地问。

"我是他的一个顾客。"她说，"我已经去书店有，哦，有六七年了。有一天我正在为一本书付钱——我对这记得很清楚——半影先生看着我的眼睛说：'罗斯玛丽'"——她模仿半影很像——"'罗斯玛丽，你为什么这么爱书？'"

"然后我说：'呃，我不知道。'"她生动地模仿着，几乎有点像小女孩儿。"'我想我爱它们是因为它们安静，而且我可以带它们去公园。'"她眯起眼睛。"他看着我，没说一个字。所以我接着说：'其实，我爱书是因为它们是我最好的朋友。'然后他笑了——他的笑容很棒——然后他走过去爬上那个梯子，爬得比我以前看到过的都要高。"

当然，我明白了。"他给了你一本古旧书库的书。"

"你叫它什么？"

"哦，那个——你知道的，后面的那些架子。那些密码书。"

"它们是'生命之书'。"她说，清晰准确地发出每个字的音。"是的，半影先生给了我一本，还给了我解码它的钥匙。不过他说这是他能给我的唯一一把钥匙。我必须自己找下一个，以及下下一个。"拉平微微皱了下眉头。"他说不需要很长时间就能成为未成册者，不过对我来说很困难。"

等等。"未成册者？"

"有三个层次。"拉平说，一边用细细的手指比画着，"新手、未成册者和成册者。要成为未成册者的其中一员，你必须解开创立者之谜。就是那个书店，你明白吗？从一本书看到另一本，解码每一本书，找到通往下一本的关键。它们都按一种特别的方式摆放在书架上。就像一根杂乱的线绳。"

我明白了："就是我解开的谜。"

她点了下头，皱起眉，喝了一小口茶，然后像是突然记起什么似的，说："你知道，我曾是个电脑程序员。"

不可能！

"在它们还是大大的、灰白色的、像是大象一样的年代。哦，真是辛苦的工作。我们是最早做这个的。"

不可思议。"是在哪儿？"

"太平洋贝尔,就在下面的萨特街"——她朝市中心的方向挥了挥手指——"在那个电话还是高科技的年代。"她咧开嘴笑着,睫毛戏剧性地扇动着。"我以前可是很摩登的年轻女人,你知道。"

哦,我相信。

"不过我已经很久没用过那样的机器了。我从没有闪过念头要做你做的这些。哦,甚至想到这些"——她冲着那一大堆的书和报纸挥着手——"是如此庞杂。奋力地从一本书到另一本,有些故事不错,不过有些……"她叹着气。

外面传来嘈杂的脚步声,大声抱怨的声音,接着是急促的敲门声。拉平的眼睛睁得大大的。敲门声没有停止,门震动着。

拉平从椅子里站起来,拧开门把手,是廷德尔。他眼睛睁得大大的,一头乱发,一只手摸着头,一只手停在空中保持着敲门的姿势站在那儿。

"他走了!"他喊道,探身进了屋。"被叫到图书馆了,怎么会这样?"他快步踱着圈,嘴里重复着自己的话,显得很紧张。他的眼光瞟过来看着我,不过脚步并未停止或减慢。"他走了!半影走了!"

"莫里斯,莫里斯,冷静。"拉平说。她扶他坐进自己的椅子。他崩溃了,烦躁不安地在椅子里蠕动着。

"我们要做什么?我们能做什么?我们必须做什么?既然半影走了……"廷德尔的声音渐渐变小了,然后他把头冲我探过来说,"你能接管书店吗?"

"等等,别忙,"我说。"他没死。他只是——你刚刚不是说他只是去造访一个图书馆?"

廷德尔脸上的表情说明那完全是另一回事儿。"他不会回来了,"他说,摇着头,"不会回来了,不会回来了。"

那种复杂的感觉——现在看恐惧多于好奇了——蔓延到了我的胃部,感觉很糟糕。

"从英伯特那儿听说的,他是从莫瑟夫那儿听说的,科维纳生气了。半影会被烧掉,被烧掉!这也是我的结局!你的结局!"他用一根手指指指罗斯玛丽·拉平。现在她的脸颊也颤抖起来。

我一点也不明白。"你什么意思,半影先生会被烧死?"

廷德尔说:"不是人,是书——他的书!就像那么糟,甚至更糟。比书页还好的东西。他们会烧了他的书,就像对桑德斯、莫法特、唐·亚历杭德罗,'完好书脊'的敌人们那样。他,格兰柯,最糟糕的一个——他有十二个新手!都被抛弃了,失踪了。"他用那湿润的、绝望的眼睛看着我,然后突然说道,"我就要完成了!"

我真的把自己和一个邪教搅和在了一起。

"廷德尔先生,"我语调平缓地说,"它在哪儿?那个图书馆在哪儿?"

廷德尔摇摇头。"不知道。我只是个新手。现在,永远,永远也不会……除非。"他抬起头,眼睛里闪出希望的光芒,再一次说道,"你能接管书店吗?"

我不能接手这个书店,不过我可以利用它。多亏了廷德尔,我知道半影在什么地方正有麻烦,而且我知道这是我的错。我不明白怎么回事儿和为什么,不过不可否认是我让半影不得不打包上路,而现在我非常担心他。似乎这个邪教专门设计好了要诱捕这些喜欢书的老年人——就像科学教专门针对老年学者。如果这是真的,那么半影已经被它钳制得很深了。因此,就不能再这样到处闲逛,做些温和的猜想了:我打算搜查半影先生的24小时书店找到我需要的答案。

不过首先我必须进去。

现在是第二天的中午,我正站在百老汇大街上,哆哆嗦嗦地思考着书店的那些厚玻璃窗,突然发现奥利弗·格罗恩正站在我旁边。我的天,这家伙这么大的块头还真是悄无声息。

"怎么了?"他问道。

我仔细地打量着他。如果奥利弗已经被吸纳进了这个邪教组织呢?

"你怎么站在这外面?"他问道,"天气很冷。"

不。他像我一样,是个局外人。不过也许他是个有钥匙的局外人。

他摇摇头。"门从来不锁。我总是直接走进去接替半影先生的工作,你知道。"

是的,而我是接替奥利弗的。可是现在半影失踪了。"现在我们被困在这外面了。"

"既然这样,我们可以试试防火梯。"

二十分钟后,奥利弗和我就开始利用起我们在半影那些阴影重重的书堆上锻炼出来的攀爬肌了。我们曾经在五个街区外的五金店买过一把活动梯子,架在书店和脱衣舞俱乐部之间的窄巷子里。

"交好"店里一个骨瘦如柴的吧台服务员也在这后面,正坐在一个倒扣着的塑料桶上吸烟。他瞅了我们一眼,又继续看他的手机去了。他正在玩手机游戏"水果忍者"。

我扶着梯子,奥利弗先上,然后我自己在他后面也爬上去。这都是陌生地带。我只是大概知道有这么条窄巷,有个防火梯,不过不知道防火梯连着书店的哪个部分。半影书店后面的很大一部分我不经常涉足。在前面明亮的书架和古旧书库黑乎乎的高处以外,有个摆着小小的桌子、带小卫生间的小小的休息室。此外,挂着"私人"牌子的门通向半影的办公室。我严格地执行指令,就像我认真地对待第二条规定(考虑到古旧书库的神圣性)一样,至少直到马特介入为止都是。

"对,那门连着一道楼梯,"奥利弗说,"它通到上面。"我们两个站在防火梯上,谁动一下,就会听到很大的金属吱呀声。那里有扇宽宽的窗户,旧旧的玻璃嵌在满是擦痕的凹陷的木头里。

我拉了拉，没有动。奥利弗弯下腰，嘴里发出一声研究生式的低声咕哝，随着噼啪的爆裂和咯吱声，窗户被打开了。我向下瞥了一眼巷子里的吧台服务员。他正像工作训练要求他的那样完全无视我们俩。

我们跳过窗户框，进入一片漆黑的半影书店二层书房。一阵咕哝推搡和清楚的低声"哎哟"之后，奥利弗找到了电源开关。橘色的光线从一个长桌上放着的台灯射出来，映出了我们周围的空间。

半影比他平时表现出来的要书呆子多了。

桌子上堆满了电脑，没有一台是1987年以后生产的。一台旧TRS-80连着一台矮小的茶色电视。有一部长方形的雅达利游戏机和一部亮蓝色外壳的IBM电脑。长长的盒子里装满了软盘和成摞的厚手册，标题都是四方字体：

《咬一口你的苹果》
《娱乐实用程序基础》
《软件包高级课程》

电脑旁边有一个长长的金属盒子，上面放着两个橡胶的杯状物。盒子旁边是一台老式的回转拨号电话，带着长长的弯曲的听筒。我想这盒子是个调制解调器，可能是这世界上最古老的一台了。当你准备上网时，你要把听筒插进这些橡胶杯状物里，就像是这电脑真的在打电话一样。我还从没亲眼见过,只在恶搞的博客"你能相信以前是这么工作的吗"里的帖子上看到过。我服了,因为这意味着半影在生命的某个时刻,曾悄悄地走进过电脑的世界。

桌子后面的墙上有一张世界地图,很大很旧。地图上没有肯尼亚,没有津巴布韦,没有印度。阿拉斯加也是一大片空白的区域。一些隐隐发亮的大头针钉在地图上,标出了伦敦、巴黎和柏林。大头针还钉在圣彼得堡、开罗和德黑兰上。还有更多——这些一定是书店,小的图书馆。

当奥利弗在一堆报纸里翻找时,我给电脑通上了电。随着大声的"啪"的一下,电源开关翻转过来,电脑轰隆隆地活了。听起来就像是飞机起飞,先是大声的轰隆声,然后是尖厉的声音,接着是断断续续的哔哔声。奥利弗到处乱翻着。

"你在干吗?"他小声问道。

"寻找线索,和你一样。"我不知道他干吗要小声说话。

"可是如果有什么古怪的东西在那上面呢?"他说,还是压低着声音。"比如黄色的东西。"

电脑上出现一条命令行提示。这很好,我能把这弄明白。当你在网站上工作时,你和远处的服务器互动的方式自从1987年以来没有很大的改变,所以我回想纽贝格时期的工作,输入了一些试探性的指令。

"奥利弗,"我心不在焉地说,"你学过任何数字考古学吗?"

"没有,"他说,快速地翻着一排抽屉。"我不掺和任何12世纪以后的玩意儿。"

电脑的小磁盘里装满了文本文件,都起着让人费解的名字。我检查其中的一个,是一堆杂乱的字符。所以这意味着它或者是原始数据,或者是加过密的,或者……是的,这是一本古旧书库里的书,被拉平叫作"生命之书"的书的其中一本。我想是半影把它转录到了电脑里。

有个程序名叫"欧拉方法"。我把它键入电脑,深呼吸了一下,按下回车键……电脑发出抗议的哔哔声。亮绿色的字符告诉我编码里有错误——很多错误。程序不运行,也许从未运行过。

"看看这个。"奥利弗在房间的另一边说。

他从一个档案柜的顶部俯下身递过一本厚书。封面是皮革的,像那些日志本一样装饰着浮雕的字,上面写着"资金"。也许这是本关于图书生意所有真正有趣的盈利细节的私人记录本。然而不是。当奥利弗翻开它时,这本书的内容显现出来。它是个账簿,每一页都被分割成两个宽的纵列和几十个窄的横行,每一行里都用半影那细长精致的字体登记着一个条目:

  欲速则不达公司 10847.00美元
  欲速则不达公司 10853.00美元
  欲速则不达公司 10859.00美元

奥利弗翻看着账本。条目按月记录，已经有几十年之久。那么这就是我们的资助者：欲速则不达公司一定以某种方式和科维纳有联系。

奥利弗·格罗恩就是个受过训练的开凿机。当我在扮演电脑黑客的角色时，他找到了有用的东西。我按照他的指引，一步步在房间里到处移动，寻找线索。

另外有一个低矮的柜子，上面放着一本字典、一本词典、一本弄皱的1993年的《出版人周刊》，一张缅甸外卖的菜单。柜子里面有纸、铅笔、橡皮擦和一个订书机。

还有一个衣架，除了一条细细的灰色围巾没有挂其他东西。我以前见半影围过。

远处的墙壁上挂着镶在黑色相框里的照片，就挨着通往下面的楼梯。其中一张照片上就是这个书店，不过肯定是几十年前的了：是黑白的，街道看起来也不一样。隔壁不是那个"交好"店，而是一家叫作阿里戈尼的餐厅，摆着蜡烛和格子花纹的桌布。另一张照片用的是柯达彩色胶片，上面是一个金色短发的漂亮中年女人抱着一棵红杉树，一只脚的脚跟踢起来，在照相机前喜气洋洋的。

最后一张照片上是三个男人在金门大桥前摆的造型。一个人比较年长，长着教授一样的外表：明显的鹰钩鼻，露出乖张的胜利笑容。另外两个年轻得多。一个胸膛宽阔，手臂粗壮，像是老派的健身者。他留着黑色的胡子，发际线长得明显靠后，正用一条手臂对着照相机竖起大拇指,另一只手臂绕在第三个人的肩膀上。这第三个人高高瘦瘦的,戴着——等等,这第三个人是半影。对,他是很久以前的半影,一头蓬松的棕色头发,脸颊上有肉。他在笑着,看起来那么年轻。

我啪的一声打开相框,取出照片。照片背面有个说明,是半影的笔迹:

两个新手和一位伟大的老师
半影,科维纳,阿尔·阿斯玛利

真让人惊讶,那年长的男人一定是阿尔·阿斯玛利,那么也就是说有胡子的是科维纳——现在是半影的老板,"世界古怪书店",或许也是欲速则不达公司的执行总裁。应该是这个科维纳把半影召回图书馆,要惩罚或者开除或者烧死他,或者更糟。他在照片里显得精力充沛,不过现在他一定和半影一样老了。他肯定是具残暴的骨头架子。

"看看这个!"奥利弗又在屋子的另一边叫起来。他干起侦探的活绝对比我在行。先是账簿,现在是这个:他举起一张美国铁路公司的时刻表,是新打印出来的。他把它摊在桌子上,就在那儿,四笔锐利的笔画框住的地方就是我们雇主的目的地。

宾州火车站。
半影要去纽约市。

帝国

照我看来，情节是这样的：书店关门，半影离开，被他的老板科维纳召去，到秘密图书馆，实际上是这个名为"完好书脊"的爱书者邪教组织的总部。有东西要被烧掉。图书馆在纽约，不过没人知道在哪儿——还没人知道。

奥利弗·格罗恩打算从防火梯爬进去，每天让书店至少营业几个小时，好让廷德尔和其他人满意。或许奥利弗能顺便了解更多一点"完好书脊"的事。

至于我，我有自己的任务。半影的火车到达那边的时间——当然他会乘火车——在两天以后。现在他正随着火车的轧轧声穿过这个国家的中部，如果我动作快，就能在中途阻止他。是的：我能在中途截住他并拯救他。我能把事情搞好，拿回我的工作。我能弄明白到底发生了什么。

我把一切都告诉了凯特，我已经开始习惯这么做了。

这感觉就像是把一个真的很难的数学问题输入了电脑，我只是键入所有的变量，按一下回车，然后：

"没用的。"她说,"半影是个老人。我感觉这件事已经是他生活的一部分很长时间了。我是说,基本上这就是他的生活,是吗?"

"是的,所以——"

"所以我不认为你能让他就这么……放弃。就像,我已经在谷歌有……多少?三年了?这根本算不上一辈子。然而即使现在你也不能在火车站见到我,告诉我回头。这个公司是我生活中最重要的部分,是我最重要的一部分。我会直接走开。"

她是对的,而这令人不安,既因为这意味着我将需要一个新的计划,也因为在我认识到她的话里包含的事实的同时,这些对我却没有任何意义。我从未对一份工作(或是一个邪教组织)有过这种感觉。你可以在火车站阻止我,然后说服我做任何事。

"不过我觉得你绝对要去纽约。"凯特说。

"好吧,现在我迷糊了。"

"这太有趣了,不能不去追踪。还有别的选择吗?找份别的工作然后一辈子都想知道你以前的老板发生了什么事吗?"

"呃,那绝对不是最好的打算——"

"你的第一直觉是对的。只是你要更加——"——她顿了一下,撅起了嘴唇——"讲究策略。而且你要把我也一起带上。"她咧嘴笑起来。显然是这样,我怎么能说不呢?

"谷歌在纽约有个很大的办公室,"凯特说,"而我从来没去过那儿,所以我会说我想去见见那儿的团队。我的经理会同意的。你呢?"

我?我有个探险而且有个盟友。现在我唯一需要的就是一个赞助者了。

让我给你点建议:当百万富翁还是个没有朋友的六年级学生时,和他交朋友。尼尔·沙有许多朋友——投资者、员工、其他的企业家——然而在某种程度上他们知道,而且他也知道,他们是首席执行官尼尔·沙的朋友。相反,我是,而且将永远都是,"地下城主"尼尔·沙的朋友。

尼尔将会是我的赞助者。

他的家有双重功能,也是他公司的总部。当年旧金山还很年轻时,尼尔的家是个砖盖的大消防站。今天,那儿是有着时髦的演说者和高速互联网的砖盖的科技大楼。尼尔的公司就在那个消防站展开。19世纪的消防员曾在那儿吃着19世纪的辣椒,讲着19世纪的笑话。现在则被一帮完全和他们相反的年轻销售所取代。这些年轻人穿着精致的荧光球鞋,而不是沉重的黑色靴子。当他们握手时,不是肉对肉用力地捏住对方而是轻柔地一滑。他们中的大多数人都有口音——或许这一点没有变?

尼尔找到那些编程的天才,把他们带到旧金山,利用他们的能力。这些是尼尔的伙计们,其中最厉害的是伊戈尔,一个来自白俄罗斯的十九岁年轻人。听尼尔讲过,伊戈尔在一辆铲车的后座上自学了矩阵数学,十六岁就成了明斯克最厉害的破坏最多的电脑黑客。如果不是尼尔发现了他发布在Youtube网站上的关于自己3D手工的一段视频样本，可能他已经直接干起盗版软件的危险职业。尼尔给他弄了张签证，买了张机票，等他到达时，已经给他在消防站准备好了一张办公桌，桌子旁边还有个睡袋。

伊戈尔把自己的椅子让给我，去找他的雇主了。

墙壁上，那些厚厚的木板和暴露的砖头都用那些经典的女人——丽塔·海华丝、简·拉塞尔、拉娜·特纳的巨型海报覆盖着，都打印成闪着微光的黑白色。显示屏上也延续着这个主题。一些屏幕上，这些女人被放大和像素化；另一些上，她们则被重复上十多遍。伊戈尔的电脑屏幕显示的是伊丽莎白·泰勒扮演的埃及艳后克利奥帕特拉，不过她有一半是粗略的3D模型，绿色的线框和照片同步地变化着。

尼尔靠中间设备赚到了上百万。也就是说，他制作其他做软件的人用的软件，主要是电脑游戏。他卖给他们工具，而他们需要工具，正像画家需要调色板或者电影摄制者需要摄影机。他卖那些他们不能离开的工具——他们会花大价钱买的工具。

我就直截了当地说吧：尼尔·沙是这个世界上首屈一指的乳房物理学专家。

还在伯克利大学读二年级时，他开发了他突破性的乳房模拟软件的第一代版本。很快他就把它授权给了一家正在开发一款3D海滩排球游戏的韩国公司。那个游戏很糟糕，不过那些胸部却逼真出众。

如今，那款软件——现在名叫"解剖混合"——是数字媒体里模拟和呈现胸部时实用的工具。这个扩展包能以惊人的逼真度让你创造和模拟整个宇宙的人类乳房。一个模块提供各种各样的尺寸、形状和准确性。（胸部并非球体，尼尔会这么告诉你，它们也不是水汽球。它们是非常复杂的构造，几乎像建筑学那么复杂。）另一个模块为胸部着色——使用像素着色。那是一种特殊的皮肤，有一种特殊的发光的质感，很难达到，和某种表面下的散射有关。

如果你有模拟一个乳房的活儿，尼尔的软件是你唯一可靠的选择。它还不止这些功能——多亏伊戈尔的扩展，"解剖混合"现在可以呈现整个人体，在一些部位还有完美的微调震动和发光度，而你甚至都没意识到你有这些特点。不过乳房仍然像是黄油和面包，是公司主要的生计。

的确，我觉得伊戈尔和尼尔的其他伙计们仅仅是在做翻译的生意。输入的——钉在墙上，闪烁在屏幕上的——是特定的世界史上著名的电影宝贝们。输出的是推广的模型和运算法则。这是个完整的循环：尼尔会告诉你——这是严格保密的——他的软件正被用于电影的后期制作。

尼尔快速地走下螺旋楼梯，向我招手笑着。非常紧身的灰色T恤下，他穿着一条土气的石洗牛仔裤和带蓬松白色鞋舌的亮色纽巴伦运动鞋。你永远没办法完全去掉六年级已有的特征。

"尼尔，"他拉过一把椅子时我开始解释道，"我明天需要去趟纽约。"

"什么事？工作？"

不，完全不是工作。"我那个年纪很大的雇主不见了，我正努力追查他。"

"我完全不觉得意外。"尼尔说，一边眯起了眼睛。

"你是对的。"我说。这个术士。

"说来听听。"他在椅子里坐好了。

伊戈尔又出现了，我把椅子还给了他，站着说我的情况。我告诉尼尔发生了什么。就像介绍一次"火箭与术士"的冒险计划那样解释着：背景故事，人物，我们面临的考验。团体正在形成，我说，我这儿有了一个捣蛋鬼（就是我）和一个魔法师（那是凯特）。现在我需要一个武士。（为什么一个典型的冒险组合总是包含一个魔法师、一个武士和一个无赖呢？真应该是一个魔法师、一个武士和一个有钱的家伙。否则谁来为所有的剑和符咒，还有旅馆房间付钱呢？）

尼尔的眼睛亮起来，我知道这会是正确的修辞策略。接着，我向他展示了那个3D书店，在一个特定的角度，那个很多皱纹的神秘创始人呈现出来。

他扬起了眉毛，对此印象深刻。"我不知道你会编码。"他说。他的眼睛眯起来，肱二头肌搏动着。他在思考。终于，他说道："你想把这个拿给我这儿的一个伙计吗？伊戈尔，看看这个——"

"尼尔，不。图标不重要。"

伊戈尔还是探了过来。"我'搅'得它看起来不错。"他和善地说，身后的电脑屏幕上，克利奥帕特拉眨着那由线框构成的眼睫毛。

"尼尔，我只是需要飞到纽约。明天。"我对他使了个朋友间心照不宣的眼色。"而且尼尔，我需要一个武士。"

他皱起了脸。"我不这么认为……我在这儿有很多工作要做。"

"不过这是个'火箭与术士'的情节。你是这么说的。我们曾多少次设置过这样的情节啊！现在这是真的了。"

"我知道，不过我们很快会有一个大产品要发布，而且——"

我放低了声音："现在可别当软蛋，'四分之一氮血统人'。"

这话就像是一个无赖的毒匕首戳在肚子上，我们都知道这是怎么回事。

"氮……血统？"伊戈尔重复着，表示惊奇。尼尔怒目盯着我。

"飞机上有Wi-Fi，"我说，"这些伙计们不会想你的。"我转过头对伊戈尔说："他们会吗？"

这位白俄罗斯的"巴贝奇"[1]咧嘴笑笑，摇摇头。

当我还是读幻想小说的小孩子时，就幻想着火辣的女魔法师

---

[1] 巴贝奇，英国科学家。——编者注

们。我从未想过自己会真的碰上一位，不过那是因为我过去没有意识到魔法师就在我们中间，而我们叫他们"谷歌客"。现在我正在一个火辣的女魔法师的卧室里，我们正坐在她的床上，试图解决一个不可能解决的问题。

凯特已经说服我，我们绝不可能在宾州火车站追上半影。那儿有太多地上区域，她说——半影有太多条路可以下火车走到街上。她用数学来证明这一点。我们有百分之十一的概率能找到他，而如果我们失败了，他会就此消失。而我们需要的是一个"瓶颈"。

最好的"瓶颈"，当然是图书馆本身。不过"完好书脊"的大本营在哪儿呢？廷德尔不知道。拉平不知道。没人知道。

集中的谷歌搜索显示欲速则不达公司没有网站，没有地址。近一百年的报纸、杂志和分类广告都不曾提到过这个公司。这些家伙们不仅仅是在雷达探测区域之下飞行，他们根本是在地底下飞。

不过它必须得是个真地方，对吧？——一个有前门的地方。它有记号吗？我在想书店。在前面的橱窗上，有半影的名字，还有那个标记，跟日志本以及账簿上的是同一个标记：两只手，像一本书那样打开。我手机上有一张那个标记的图片。

"好主意。"凯特说，"如果一栋建筑上的什么地方有那个标记——比如窗户上，刻在石头上——我们可以找到它。"

"什么？难道逐一搜遍整个曼哈顿的街道吗？那需要，大概……五年。"

"二十三年。实际上需要二十三年，"凯特说，"如果我们按老方法来的话。"

她把她的手提电脑从床另一边拉过来打开。"猜猜我们的谷歌街景里有什么？曼哈顿每栋建筑的图片。"

"所以减去走路的时间，现在这会耗费我们——十三年？"

"我们得换个方式想想。"凯特大呼道，摇着头。"这是你在谷歌学到的事情之一。过去很难的事……就是不再难了。"

我还是不知道电脑怎么能帮我们解决这类特殊的问题。

"好吧，那么人——类——和——电——脑——"凯特用卡通机器人一般抑扬顿挫的声音说，"一——起——工——作——怎么样？"她的手指飞快地划过电脑键盘，电脑上出现了一些我认识的指令："海肚普"国王的军队再次进军了。她恢复了正常的声音："我们可以利用'海肚普'软件来对一本书进行阅读，对吗？那么我们也能用它来对建筑上的标记进行读取。"

当然。

"不过它会出错。"她说，"'海肚普'可能会为我们把一万个建筑缩减到……比如说五千个。"

"那么我们就只需要花五天而不是五年。"

"错！"凯特说，"因为，猜猜怎么——我们有一万个朋友。这叫作——"她耀武扬威地点了一下电脑上的一个标签，巨大的黄色字符出现在屏幕上——"'机械土耳其人'。它不是像'海肚普'那样把工作传输给电脑,而是传给真人。许多人。主要是爱沙尼亚人。"

她指挥"海肚普国王",也指挥上万爱沙尼亚男仆。她简直无可阻挡。

"我一直是怎么跟你说的?"凯特说,"我们有这些新性能了——没人明白。"她摇摇头,再次说,"没人明白。"

这时我也用卡通机器人的声音说道:"奇——点——即——将——出现!"

凯特笑起来,在她的电脑屏幕上移动着各种记号。屏幕一角一个大大的红色数字告诉我们有30347个人正等着执行我们发出的指令。

"人——类——女——孩儿——很——漂——亮!"我搔着凯特的肋下,让她点错了地方;她用手肘挡开我继续工作。我一边看着,她一边排列出了成千的曼哈顿地址照片。有栗色砂石建筑、摩天大楼、停车楼、公立学校、店面——都被谷歌街景拍摄车拍了下来,被电脑标记为可能包含两只手摆成的书的图案。尽管大多数情况下(实际上是几乎所有,除了一个例外的)只是电脑错误地认为是"完好书脊"的标志,却只是两只手在祷告,一个华丽的哥特式字母,一个拧在一起的棕色脆饼干的卡通画。

接着她把图像传输给"机械土耳其人"——一整支来自世界各地的热心人部队在电脑前排队等着——附带上我拍的参考照

片和一个简单的问题：这些一致吗？是还是不是？

在她的电脑屏幕上，一个小小的黄色计时器显示这项任务需要耗时二十三分钟。

我能明白凯特在说什么了：这的确让人兴奋。我的意思是，"海肚普国王"的电脑大军是一回事，不过这个是利用真人。很多真人。大多是爱沙尼亚人。

"哦，嘿，猜猜怎么了？"凯特突然说，脸上焕发出兴奋。"他们很快准备宣布新的产品管理小组了。"

"哇，运气好吗？"

"呃，你知道，这并不是完全随机的。我是说，部分随机。不过也有，像是——一个运算法则。我让拉杰帮我说好话了，加上这套运算法则。"

当然。那么这意味着两件事：（1）大厨佩珀将实际上永远不会被选为公司领导；（2）如果谷歌不让这姑娘管理公司，我就换其他的搜索引擎用。

我们并肩坐在凯特那湿软的太空飞船床上伸着懒腰，腿交缠在一起，一边指挥着比我出生的小镇人口还多的人。她是女皇凯特·波坦特，拥有她的瞬间帝国，而我是她忠实的男伴。我们不会长期指挥他们，不过嘿，没什么会持久的。我们都被赋予生命，召集同盟，建立自己的帝国然后死去，都在一瞬间——或许是某个地方的某个巨大的中央处理器搏动的一瞬间。

手提电脑发出一声低吟，凯特翻身过去敲键盘。她还在大口地呼吸着，笑着，把电脑抬起来放在自己的肚子上，向我展示这人类与电脑和谐一致造就的伟大成果，这上千机器和十倍于此数字的人类，以及一个非常聪明的女孩儿的合作。

这是个筛选出来的低矮石质建筑，不比一栋大房子大。模糊的图像是在它前面的人行道对面拍的，其中一张上有个粉色的腰包。房子小小的窗户上有铁栏杆，黑色的遮阳篷下是处在浓重阴影里的入口。石头上用层叠的灰色刻着的正是那个：两只手，像书本一样摊开。

标记很小——并不比真手大。你可能不会注意到就从旁边的人行道走过去了。这栋建筑在第五大道，对着中央公园，就在古根海姆博物馆下面的街上。

"完好书脊"就藏在普通的地方。

图 书 馆

五百年来最奇怪的职员

我正透过一个白色的冲锋队员牌望远镜看着。

我在看那个同样的小小的灰色标记,像书一样摊开的两只手,刻在深灰色的石头上。我坐在第五大道的一条长椅上,背对着中央公园,两旁分别是一个报纸分发机和一个卖沙拉三明治的推车。我们在纽约市。离开前我从马特那儿借了望远镜,他警告我别把它弄丢了。

"你看到什么了?"凯特问。

"还没。"墙壁的高处是些小窗户,都用粗重的栏杆防护着。简直是个讨厌的小碉堡。

"完好书脊",听起来就像是个刺客组织,而不是一群图书爱好者。那栋房子里在干什么?有和书有关的性怪癖活动吗?肯定有。我试着不去想他们会怎么做。需要付钱成为"完好书脊"的会员吗?可能得付很大一笔钱。也许有昂贵的游轮出游。我担心半影。他陷得太深,都看不到这有多怪异。

一大早,我直接从机场过来。尼尔总是因为生意上的事要到曼哈顿,而我过去常常坐从普罗维登斯过来的火车到这儿。不过凯特是初次到纽约。当我们的飞机慢慢飞进肯尼迪机场时,她呆呆地望着这城市黎明前的灯火,用指尖清除掉窗户上的雾气,深吸一口气说:"我没想到它这么小。"

现在我们安静地坐在这座小城市的长椅上。天空渐渐变亮了,然而我们裹在大衣的阴影里,吃着完全不好吃的面包圈,就着黑咖啡当早餐,尽量让自己看起来很正常。空气闻起来湿湿的,像是要下雨,一阵冷风像鞭子一样吹过街道。尼尔在一个小平板电脑上涂鸦着,画拿着弯曲的剑的变形美女。凯特买了一份《纽约时报》,但是不知道怎么看才好,于是她开始摆弄自己的手机。

"官方消息,"她说,并没有抬头,"他们今天宣布了新的产品管理部门。"她不断地刷屏刷屏刷屏。我想她的电池中午之前就得没电。

我翻看着《中央公园鸟类手册》(在肯尼迪机场书店买的),时不时地透过马特的望远镜偷偷瞄一眼。

这就是我看到的:当这座城市的夜色退去,车辆开始驶上第五大道,一个单独的身影跑上了对面的人行道。是个中年男人,一头蓬松的棕发在风中飘着。我拨了拨望远镜的调焦器。他的鼻子圆圆的,肉肉的脸颊被冻得发着粉红色的光。他穿着深色的裤子和一件非常合身的粗花呢夹克,依他隆起的腹部和削斜的双肩裁剪得正合适,走路时有点跳跃。

我蜘蛛一般超灵敏的感官立刻警觉起来，因为果然，"圆鼻子"停在了"完好书脊"的前门，拿一把钥匙插进了门锁，谨慎地走了进去。门两边壁突式烛台里两盏一模一样的灯亮起来。

我轻轻拍了下凯特的肩膀，指了指亮起来的灯。尼尔眯起了他的眼睛。半影的火车会在中午十二点零一分到达宾州火车站，在那之前，我们观察，等待。

在"圆鼻子"之后，稀少但持续地有外貌极度正常的纽约人穿过那个黑暗的门口。一个穿白色上衣和黑色紧身窄裙的女孩儿；一个穿军绿色运动衫的中年男人；一个剃着光头，看起来很适合"解剖混合"软件的家伙。这些人会都是"完好书脊"的成员吗？感觉上不会。

尼尔小声说："也许他们在这儿的目标人群不一样。针对更年轻的，更偷偷摸摸的。"

当然，更多的纽约人没有进入那个黑暗的入口。第五大道两侧的人行道上满是这样的人，一大堆各式各样的人，高的矮的，年轻的年老的，酷的不酷的。一群行人经过我们时阻挡住了我的视线。凯特兴奋起来。

"这儿这么小却有这么多人。"她说道，一边看着人们经过。"他们……像是鱼，或者是鸟，或者是蚂蚁。我不知道。某种超个体。"

尼尔插进来："你在哪儿长大的？"

"帕洛阿尔托。"她说。从那儿到斯坦福,再到谷歌:对一个迷恋着人类潜能的外部极限的女孩儿来说,凯特离家实在很近。

尼尔心领神会地点着头。"郊区的大脑无法理解一条纽约人行道上显现的复杂性。"

"我不知道这个。"凯特眯起眼睛说,"我对复杂性可很在行。"

"瞧,我知道你在想什么。"尼尔说,摇着头,"你在想这只是个基于代理的模拟,这儿的每个人都遵循一套相当简单的规则"——凯特点着头——"而如果你能找出这些规则,你就能模拟它。你可以模拟街道,接着是街区,然后是整个城市。对吧?"

"完全正确。我是说,当然,我还不知道这些规则是什么,不过我可以做试验然后找出它们,之后就是小事一桩——"

"错了,"尼尔大喊道,就像是游戏展上的蜂鸣器。"你不能那么做。就算你知道规则——顺便说一句,没有什么规则——但是就算有,你也不能模拟它。你知道为什么吗?"

我最好的朋友和我的女友正在就模拟的话题大吵,我只能坐在后面听着。

凯特皱着眉说:"为什么?"

"你没有足够的内存。"

"哦,少来啦——"

"不。你永远不可能把它放在一个存储器里。没有计算机足够大。甚至是你的,叫什么来着——"

"'大盒儿'。"

"就是这个。它不够大。这个盒子"——尼尔把手伸出去,绕着人行道、公园和上面的树划了一圈——"更大。"

蛇一样蜿蜒的人流向前涌着。

尼尔开始觉得无聊,沿着街道朝大都会博物馆的方向走去。他打算在那儿拍些古代大理石乳房雕塑的参考照片。凯特用拇指给"谷歌客"们写着简短的紧急消息,追踪着有关新产品管理部门的流言。

上午十一点半,一个穿着长大衣的弯腰驼背的身影踉踉跄跄地出现在街道上。我蜘蛛般高度敏锐的知觉再一次活跃起来。我相信我现在能以实验室级别的精确性察觉某种古怪。这个弯腰驼背蹒跚行走的人有一张老猴头鹰似的脸。他戴着一顶毛茸茸的哥萨克帽子,低低地压在粗硬的眉毛上,那眉毛伸出来翘在外面。当然:他闪进了那黑暗的入口。

中午十二点十七分,终于开始下起雨来。我们跑到高大的树下面避雨,然而第五大道很快变暗了。

中午十二点二十九分,一辆出租车停在"完好书脊"前,走出一个穿着厚呢大衣的高个男人。俯身付钱给司机时,他把大衣在脖子的地方拉紧了一下。是半影,在深色的树木和灰白的石头衬托下,在这儿看到他显得很不真实。我从未想象过他会在书店以外的任何地方。他们就像是配套的,没有另一个在,也不会有这一个。然而他在这儿,正站在曼哈顿的大街中间,翻弄着他的钱包。

我跳起来,快速地冲过第五大道,避开缓慢移动的车子。出租车像一条黄色的帘子移开了,然后,"嗒哒"!我在那儿了。半影的脸上先是一片茫然,接着他眯起眼睛,然后他笑了。他的头微微向后倾着,爆发出一阵大笑。他一直笑着,我也开始笑起来。我们在那儿站了一会儿,就那么互相笑着。我笑得都有点喘起来。

"我的孩子!"半影说,"你可能是这帮子人五百年来见过的最奇怪的职员了。来,来。"他引着我走上人行道,还在笑着。"你在这儿干什么?"

"我来阻止你。"我说,听上去奇怪地严肃。"你没必要——"我气喘吁吁地,"你没必要去那儿。你不需要把你的书烧了,或者是其他的什么事儿?"

"谁告诉你要烧?"半影平静地说,挑起一根眉毛。

"呃,"我说道,"廷德尔从英伯特那儿听说的。"我顿了一下接着说,"他又从,呃,莫瑟夫那儿听说的。"

"他们弄错了。"半影尖声说,"我不是来这儿讨论惩罚的。"他讲出来了:惩罚,就像是深藏在他后面的东西。"不,我是来提出我的例证。"

"你的例证?"

"计算机，我的孩子，"他说，"它们有我们要的钥匙。我这样猜测有一段时间了，不过从未能证明它们会是我们工作的福音。你证明了这一点！如果计算机能帮助你解开'创立者之谜'，它们就能为这帮同好们做更多。"他微微攥起一只拳头挥了挥，"我来是准备告诉首席读者我们必须利用这个。我们必须要！"

半影的声音里带着一个企业家谈到他刚刚起步的企业时的调子。

"你是说科维纳。"我说，"首席读者是科维纳。"

半影点点头。"你不能跟着我到这儿"——他向后方黑暗的入口挥挥手——"不过完事后我会和你谈的。我得考虑购买什么设备……和什么公司合作。我会需要你的帮助，我的孩子。"他掠过我的肩膀望去，"你不是一个人，是不是？"

我回头看着第五大道的对面，凯特和尼尔正站在那儿，看着我们，等着。凯特挥着手。

"她在谷歌工作。"我说，"她帮了忙。"

"好，"半影说，点着头，"很好。不过告诉我。你是怎么找到这个地方的？"

我笑着告诉他："靠电脑。"

他晃晃头，然后把一只手伸进自己的厚呢大衣掏出一部薄薄的黑色Kindle，还开着，灰白色的背景上显示着鲜明的文字。

"你有一本了。"我笑着说。

"哦，不止一本，我的孩子。"半影说道，又拿出一个电子阅读器——是巴诺牌。然后又拿出一个索尼牌的，一个柯宝牌的。是真的吗？谁会用柯宝啊？半影是带着四个电子阅读器横穿了这个国家吗？

"我需要补点课了。"他解释道，一边把这些电子阅读器放在一起摆好。"不过你知道，这一个……"——他掏出了最后一个设备，是个蓝色外壳的超薄阅读器——"是这一堆里我最喜欢的。"

上面没有商标图案。"那是什么？"

"这个？"他在手指间轻轻摆弄着这个神秘的电子阅读器。"我的学生格里格——你不认识他，还不认识。他把它借给我在旅行中用。"他的声音变得神神秘秘起来，"他说这是个初始模型。"

这个没名字的电子阅读器非常棒：又薄又轻，外壳不是塑料的而是布的，像是本硬皮书。半影怎么会搞到一部初始模型？我的老板能认识硅谷的什么人？

"它是个了不起的工具。"他边把它和其他的电子阅读器摆在一起放好，边拍着这一叠阅读器说。"这些都很了不起。"他顿了一下，然后抬头看看我。"谢谢，我的孩子。是因为你我才在这儿。"

这话让我笑了。去打败他们吧，半影先生。"我们在哪儿和你碰面？"

"海豚与锚饭店。"他说，"带上你的朋友们。你能自己找到那儿——我说得对吗？用你的电脑。"他冲我使了个眼色，然后转身穿过那阴暗的入口走进了"完好书脊"的秘密图书馆。

凯特的手机引导我们到了我们的目的地。天空开始放晴了，我们的旅程也过了大半。

我们发现那地方，海豚与锚饭店是个完美的隐蔽所，到处都是沉重的深色木头和昏暗的黄色灯光。我们围着一张圆桌坐下来，靠着一扇溅得满是雨点的窗户。我们的侍者来了，他也很完美：个子高高的，胸肌发达，留着浓密的红色胡子，而且个性很好，让我们每个人都感到很亲切。我们点了几杯啤酒，他还端来了一盘面包和奶酪。"暴风雨中的能量。"他一边说一边挤了挤眼。

"如果半影不出现怎么办？"尼尔说。

"他会出现的。"我说，"我可没想到这个。他已经有了一个计划，我的意思是——他买了电子阅读器。"

凯特听到这话笑起来，不过她没抬头。她又粘到她的手机上了。她就像是大选日的一名候选人。

桌上有一摞书和一个金属杯子。杯子里插着一些削尖的铅笔，散发着明显的刚刚削过的气味。在那摞书里，有《白鲸》、《尤利西斯》、《隐形人》——这是个为图书爱好者提供的酒吧。

《隐形人》的背面封皮上有块淡啤酒渍。里面，在页边的空白处写满了铅笔做的记号,密密麻麻地几乎都看不到下面的纸了——有几十个不同的人的笔迹在这些空白的地方挤着。我翻看着这本书,里面全都被写满了。有些标注是关于书本内容的,不过更多的是关于标注本身的标注。页边的空隙上几乎变成了辩论的地方,不过也有一些互动。有些则很难理解:只是一些来来回回的数字。这儿有个加密的涂写:"6HV8SQ在这儿。"

我慢慢品尝着我的啤酒,细嚼慢咽着奶酪,设法跟随着书页上的对话看下去。

这时凯特默默地叹了口气。我抬头望向桌子的对面,看到她紧紧地皱着眉头。她把手机放在桌子上,用海豚与锚饭店那厚厚的蓝色餐布盖了起来。

"什么事?"

"他们发了关于新的产品管理部门的邮件。"她摇摇头。"这次不行了。"然后她勉强笑了笑,伸手从那堆书里拿了一本被压扁的。"没什么大不了的。"她说,一边翻着书,让自己有事可做。"不管怎么说,这就像是中彩票,很少有机会能成功。"

我不是什么企业家,也不是生意人,不过在那一刻,我什么都不想,只想开一家公司然后把它发展成谷歌那么大的规模,好让凯特·波坦特来管理它。

一阵潮湿的风吹过来。我把视线从《隐形人》上抬起,看到半影站在门口,耳朵边的两束头发乱糟糟地结在一起耷拉下来,因为被雨淋湿显得颜色更深了。他的牙齿打着战。

尼尔跳过去,把他领到桌子这儿来。凯特接过了他的外衣。半影哆嗦着,平静地说:"谢谢,可爱的姑娘,谢谢。"他僵硬地走到桌边,抓住椅背支撑着自己。

"半影先生,很高兴见到你。"尼尔说着伸过去一只手。"很喜欢你的书店。"半影结实地和他握了个手。凯特挥挥手打了个招呼。

"那么这些就是你的朋友了。"半影说,"很高兴见到你们,你们两个。"他坐下来大声地出着气。"我在这地方还没面对面和这么年轻的面孔坐在一起过,自从——呃,从我的面孔还年轻的时候起。"

我急不可耐地想知道在图书馆发生了什么。

"从哪儿开始呢?"他说。他用一条餐巾揩了揩前额,皱起眉头,显得很不安。"我告诉科维纳发生了什么。我告诉了他日志本的事,还有你的天才。"

他管那叫天才,这是个好兆头。我们那红胡子的侍者又端了一杯啤酒过来,放在半影面前。半影挥着一只手说:"把账算在欲速则不达公司账上,那儿的提摩西,所有的。"

他对这个很在行。他又说道:"科维纳的保守主义加重了,尽管我没想到事情还有这种可能。他搞了这么多破坏。我完全搞不明白。"他摇着头。"科维纳说加利福尼亚毒害了我。"他都说出来了:毒害。"真荒谬。我告诉了他你做的,我的孩子——我告诉他什么有可能。但是他一点不为所动。"

半影把酒杯就到嘴边慢慢地喝了一大口。然后他看看凯特，又看看尼尔，最后把目光转向我，慢慢地再次开口道："我的朋友们，我对你们有个提议。不过首先你们需要弄明白这个团体的一些事。你们跟着我到了它的大本营，不过你们对它的目的一无所知——或者你们的电脑也已经告诉你们这个了吗？"

好吧，我知道它和图书馆、新手以及人们被限制住、书被烧之类的事有关，不过这些都讲不通。凯特和尼尔只知道他们在我的手提电脑屏幕上看到的东西：也就是一系列穿过一个奇怪的书店里的书架的亮光。当你搜索"完好书脊"时，谷歌的搜索结果是：你是要找"独角兽"、"喷洒"吗？所以正确的答案是："没有。什么也没有。"

"那么我们就要做两件事。"半影点着头说，"首先，我会告诉你们一点我们的历史。然后，为了弄明白，你们必须看看阅览室。在那儿，我的提议会变清楚，我真心希望你们会接受。"

当然我们会接受的。那正是你受到一个请求时会做的。你聆听老魔法师的问题然后承诺会帮助他。

半影把手指搭在一起，形成尖塔的形状，说："你们知道奥尔德斯·马努提乌斯这个名字吗？"

凯特和尼尔摇摇头，不过我点头表示知道。也许艺术院校毕竟还是有些好处的："马努提乌斯是最早的出版商之一，"我说，"就在古腾堡之后。他的书现在还很出名。它们很漂亮。"我曾见过些幻灯片。

"对。"半影点点头,"那是15世纪末。奥尔德斯·马努提乌斯把抄写员和学者集中到他在威尼斯的印刷厂,在那儿,他生产了古典著作的第一个版本。索福克勒斯、亚里士多德和柏拉图,维吉尔、贺拉斯和奥维德。"

我插话道:"对,他采用了一种全新的字体来印刷它们,是一个名叫格里夫·格里茨宗的人设计的。很棒。没人见过像那样的东西,直到现在仍然基本上是所有字体里最出名的。每个苹果电脑出厂前都预安装了格里茨宗字体。"不过可不能公开显示。要想公开用这种字体,你就得盗取了。

半影点点头。"这个历史学家都知道,也为……"——他扬起了一条眉毛——"书店的职员所知。可能知道这一点也很有趣,就是格里夫·格里茨宗的作品还是我们团体财富的源泉。直到今天,出版商们购买这种字体时,还是从我们这里购买的。"他把声音压得很低说道,"我们卖得可不便宜。"

我感到清脆的啪嗒一声,事情联系起来了:FLC字体铸造厂就是欲速则不达公司。半影的邪教团体是依靠惊人的许可费用运作的。

"不过这是个症结。"他说道,"奥尔德斯·马努提乌斯不仅仅是个出版商,他也是个哲学家,一位老师。他是我们这些人中的第一个,他就是'完好书脊'的创始人。"

好吧,他们绝对没在我的排印学课程上教过这个。

"马努提乌斯相信有深刻的真理隐藏在古代著作的手写本里——在它们中间，有我们最重大问题的答案。"

说到这儿，出现了一阵意味深长的静默。我清了清喉咙，说："什么是……我们最重大的问题？"

凯特吸了口气："怎样才能永生？"

半影转过头，盯住了她。他的眼睛睁得大大的，放着光，点头表示是的。"奥尔德斯·马努提乌斯死的时候，"他轻轻地说，"他的朋友和学生在他的坟墓里放满了书——他出版过的所有东西的复本。"

外面的风猛烈地刮着，把门吹得发出咯吱声。

"他们这么做是因为墓穴是空的。奥尔德斯·马努提乌斯死的时候，没有尸体留下来。"

也就是说半影的邪教组织里有一位弥赛亚。

"他留下一本他称之为'生命之书'的书——人生之书。这本书被编成了密码。而他把钥匙留给了唯一的一个人：他伟大的朋友和搭档，格里夫·格里茨宗。"

更正：他的邪教组织有一位弥赛亚和首位门徒。不过至少这个门徒是个设计师。这很酷。而"生命之书"……我以前听说过。不过罗斯玛丽·拉平说古旧书库里的书是"生命之书"。我糊涂了——

"我们，这些马努提乌斯的学生，已经为解锁他的'生命之书'而工作了几个世纪。我们相信它包含着他对古人的研究中发现的所有秘密——其中首要的是，永生的秘密。"

雨溅落在窗户上。半影深深地吸了口气。

"我们相信当这个秘密最终被破解时，每个曾经存在过的'完美书脊'的成员……都将再次复活。"

一位弥赛亚，首位门徒，加上这种痴迷。确认，确认，再次确认。半影现在正蹒跚在有魅力的怪老头和让人不安的怪老头的分界线上。两件事让标尺倾向于有魅力：首先，他嘲弄的笑容，这不是心理不正常的人的笑，面部微肌群是不会撒谎的；第二，凯特眼中露出的目光，她被迷住了。我猜人们会相信比这还古怪的事，对吗？总统和教皇们相信比这要古怪的那些事。

"我们现在说的成员有多少人？"尼尔问道。

"不很多。"半影说，把椅子向后顶了顶，站了起来，"不过一个小房间已经装不下他们了。来吧，我的朋友们。阅览室等着大家呢。"

"生命之书"

我们穿行在雨里,一起打着一把从"海豚与锚"借的黑色大雨伞。尼尔为我们举着——武士总是举着伞的——半影在中间,凯特和我在他两边尽量地靠近他。半影不怎么占地方。

我们来到那个阴暗的门口。这地方和旧金山的那个书店完完全全不一样:半影在那儿的书店有一面墙的窗户,温暖的光线从里面射出来。这地方是灰白的石头和两盏昏暗的灯。半影的书店是在邀请你进去,这地方则是在说:不,你最好待在外面。

凯特把门拉开。我是最后一个进去的,当我走进去时在她的手腕上捏了一下。

我没准备会迎面看到这么平庸陈腐的东西,我期待的是怪兽纹饰之类的。相反,两张低矮的沙发和一个方形的玻璃茶几构成了等候区。八卦杂志散放在茶几上。正前方,是个窄窄的前台,后面坐着一个剃着光头的年轻人,正是我早上在人行道上看到的那个。他穿着一件蓝色的羊毛衫。他上方的墙上,用方正的无衬线字体写着:

FLC

"我们回来见戴寇先生。"半影对那个接待员说,而那人的头抬也没抬。半影带着我们穿过一道毛玻璃的门。我还在屏住呼吸等着见到怪兽之类的装饰,然而没有:是个灰绿色的安静地方,宽大的屏幕上播放着漂亮的热带大草原风光,低矮的屏风和有曲线的黑色写字椅。这是一个办公室,看上去就像是纽贝格公司的。

荧光灯在天花板的隔板后发出咝咝的声音。桌子一堆堆地摆在一起,那些我早上从望远镜里看到的人们使用着它们。大多数人都戴着耳机,没有人从他们的电脑屏幕上抬起眼来。穿过那些此起彼伏的肩膀,我看到一张电子数据表、一个电子邮件收件箱和一个脸书的网页。

我迷糊了。这地方看似有许多电脑。

我们迂回地穿过这些密集的人群。所有办公室的无聊"图腾"都在这儿竖立着:速溶咖啡机,嗡嗡作响的半大小冰箱,巨大的多功能激光打印机正闪着红光显示"卡纸"。有块白板上正展示着已经褪色的几轮"头脑风暴"记录,现在上面用亮蓝色的笔迹写着:"出色的诉讼:7!!"

我一直希望有人会抬头看看,注意到我们这支小小的队伍,然而他们似乎都很专注于自己的工作。钥匙发出的轻轻的咔嗒声听起来就像是外面的雨声。远处的角落里传来一阵咯咯的笑。我看了过去,是那个穿着绿色毛衣的男人,正冲着他的屏幕傻笑。他正用一个塑料杯子喝着酸奶。我想他正在看一个视频。

周围有些私人办公室和会议室,都装着毛玻璃门,钉着小小的名牌。我们正朝它走去的那一间位于房间的尽头,铭牌上写着:"埃德加·戴寇/特别项目"。

半影用他细长的手抓住门把,在玻璃上敲了一下,推开了门。

办公室很小,不过和外面的空间完全不同。我睁大了眼睛适应这新的色彩平衡:这儿的墙壁色调阴暗而丰富,贴着绿色底色带金色螺旋图案的墙纸。这儿的地板是木制的,在我的鞋子下面弹跳着发出声响。半影走过去在我们后面把门关上时,他的鞋跟撞到一起发出轻微的磕碰声。这儿的光线也不一样,因为它们来自暖色调的灯而不是挂在头顶的荧光灯。门关上时,周围的嗡嗡声消失了,取而代之的是一种美好的、沉重的静谧。

这儿有一张很重的桌子——完全胜过了半影书店里的那张——后面坐着我今早在人行道上看到的第一个人:"圆鼻子"。这会儿,他在他上街时穿的衣服外面罩了一件黑色的袍子,前面松松地用一个银别针扣着——那别针是像书本一样摊开的两只手。

现在我们开始有点头绪了。

这儿的空气里有不一样的气味,闻起来像是书的味道。桌子后面,"圆鼻子"的后面,那些书被堆在靠着墙壁的书架上,直到天花板。不过这间办公室并不大。"完好书脊"的秘密图书馆看来大概和一个地方飞机场的书店容量相当。

"圆鼻子"笑着。"先生!欢迎回来。"他站起来说。半影举起手示意他坐下。"圆鼻子"的注意力转向我、凯特和尼尔:"你的朋友们是谁?"

"他们是未成册者,埃德加。"半影很快说道。他转向我们。"学生们,这是埃德加·戴寇。他守卫通往阅览室的门已经有——多少,埃德加?到现在有十一年了?"

"整整十一年。"戴寇笑着说道。我意识到我们也都笑了。他和他的小屋是经过那冰冷的人行道和更加冰冷的小房间后的温暖的滋补品。

半影看着我,眯起眼睛说:"埃德加以前是旧金山的一名职员,就像你一样,我的孩子。"

我感到一阵错乱——这世界的商标感比你期待的结合得还要紧密。我在日志本里见到过戴寇歪斜的手写体吗?他也是值夜班吗?

戴寇也变得愉快起来,假装严肃地说:"一点建议。某个晚上,你会变得好奇起来,想知道是否应该去旁边的那个俱乐部看看。"他顿了一下。"不要那么干。"

是的,他绝对是值夜班的。

桌子对面摆着一张椅子——高背的，用抛光的木头制成——戴寇示意半影坐下。

尼尔偷偷地靠过去，从肩膀上竖起一根大拇指，指向后面的办公室。"那么就只是个门面吗？"

"哦，不，不，"戴寇说，"欲速则不达公司是真的在做生意。真的。他们授权格里茨宗字体"——凯特、尼尔和我都识相地点着头，仿佛刚刚听说一样——"还有许多其他的。他们也做其他的事，像是新的电子书项目。"

"那是什么？"我问道。这项业务似乎比半影说的更好理解。

"我也不全明白，"戴寇说，"不过大概是我们为出版商识别盗版电子书。"我的鼻孔翕动起来，我听说过大学生被控赔偿上百万美元的事。戴寇解释道："这是个新生意。科维纳的新宠。显然非常有利可图。"

半影点点头。"多亏外面那些人的工作，我们的书店才能存在下来。"

哇，那太棒了。我的薪水是由字体许可费用和侵权案件的赔款支付的。

"埃德加，这三个人解出了'创始者之谜'。"半影说——凯特和尼尔听到这话都扬起了眉毛——"是时候让他们看看阅览室了。"他说这话的方式让我都能听到加重的那些字。

戴寇咧嘴笑了笑。"棒极了。恭喜，欢迎。"他冲墙上的一排钩子点点头，一半钩子上挂着普通的夹克和外套，另一半上挂着像他穿着的一样的深色袍子。"那么,作为新手,换上这些吧。"

我们脱掉我们潮湿的外套。当我们穿上袍子时,戴寇解释道:"我们需要保持下面整洁。我知道它们看上去挺搞笑,不过其实是精心设计的。两边都有切口,所以你可以自由活动。"——戴寇来回晃着自己的胳膊——"而且里面有口袋用来放纸、铅笔、尺子和指南针。"他把他的袍子敞开展示给我们看。"我们下面有书写工具,不过你们必须带上自己的工具。"

这真是可爱:在邪教组织的第一天别忘了带你的尺子!不过"下面"是哪儿?

"最后一件事,"戴寇说,"你们的手机。"

半影摊开两只空空的手掌,摆动着他的手指,不过我们其他几个人都交出了我们深色的震动着的"伙伴"。戴寇把它们丢进桌上的一个浅木盒里。那儿已经有三部苹果手机了,还有一部黑色的里奥手机和一部用旧的米色诺基亚。

戴寇站起来,整了整他的袍子,直直身子,使劲儿推了桌子后面的书架一下。它们平稳安静地转动起来——仿佛它们没有重量,在空间里漂浮着一般——当它们打开时,露出了后面阴影笼罩下的空间,宽阔的楼梯旋转着向下延伸到一片黑暗中。戴寇伸出一只手邀请我们向前。"'欲速则不达'。"他实事求是地说。

尼尔大声喘了口气,而我完全知道这是什么意思。它的意思是:我已经等了一辈子要走过建在书架里的一个秘密通道。半影走在前面,而我们跟着他向前走去。

"先生,"戴寇站在分开的书架一边对半影说,"如果等会儿您有空,我很乐意请您喝杯咖啡。有很多话想聊。"

"当然。"半影笑着说。我们通过时,他拍了拍戴寇的肩膀。"谢谢你,埃德加。"

半影带领我们走下楼梯。他走得很小心,抓着沉重的金属支架上木制的宽宽的条状护栏。尼尔紧跟在后,准备在他绊倒时扶住他。阶梯很宽,用灰白的石头砌成,急剧地弯曲着形成盘旋状,引领我们进入地下。古老的墙壁上每隔很远安置着一个弧光灯,勉强照着我们的路。

当我们一步步走着的时候,我开始听到声音。低声的咕哝,然后是大声的吵嚷,接着是回声。阶梯变平了,前方出现一个亮光的轮廓,我们走了进去。凯特大声喘息着,她呼出的气有点结成了雾气。

这不是图书馆,这是个蝙蝠洞。

阅览室在我们面前展开,又长又低矮。天花板上钉满了交叉的沉重木梁。在那上面和中间露出斑驳的岩床,都是些倾斜的接缝和凹凸不平的切面,从里面闪着晶体的光。横梁跨越了整个房间的长度,显出很强的透视感,就像笛卡尔网格一般。当横梁相交时,明亮的灯就吊下来,照亮下面的空间。

地板也是岩石的,不过打磨得像玻璃一样光滑。方形的木桌按行整齐地摆放着,两个并排在一起,一直延伸到屋子的另一端。这些桌子简单而坚固,每一张看起来都是一大块。所有的书都是黑色的,用粗粗的链子系在桌子上,链条也是黑的。

桌子边的男男女女们或坐或站,穿着和戴寇一样的黑色袍子,正在叽叽喳喳地谈着,闲聊着,争论着。这下面应该有十多个这样的人,让这儿看起来像是间很小的股票交易所。各种声音结合重叠在一起:耳语的嘶嘶声,拖着脚走路的声音,钢笔在纸上的摩擦声,粉笔在石板上发出的刺耳声音,咳嗽声和吸鼻子声。感觉上比任何地方都更像是个教室,除了这些学生们都是成人以外。而我完全不知道他们在学什么。

书架沿着房间的周围摆放着。它们是用房梁和桌子一样的木头做的,上面堆满了书。那些书不像桌子上的那些,而是五颜六色的:红的、蓝的、金色的。有布质的,皮质的。一些破损了,一些很整洁。它们是防止幽闭恐惧症的防护措施,没有它们,这儿会感觉像是个地下墓穴。不过因为这些书摆在书架上,给这小房间增添了色彩和纹路,实际上这儿让人感觉温馨和舒适。

尼尔发出了一声赞赏的低声咕哝。

"这地方是干什么的?"凯特哆哆嗦嗦地搓着自己的胳膊说。这里的色调也许是温暖的,然而空气却是寒冷的。

"跟着我。"半影说。他一路向前走上地板,在聚拢在桌边的小队"黑袍子"间招呼着。我听到几句谈话:"……这儿的问题是布里托。"一个金色胡子的高个男人说道,轻轻翻动着桌子上的黑色厚书。"他坚持所有的操作都必须是可逆的,而实际上……"我听不到他的声音了,不过听到了另外的谈话:"……太过关注于作为分析单元的一页。用另一种方式想想这本书——它是一串文字,对吗?它不是有两面,而是一面。因此……"那是今天早上人行道上那个脸长得像猴头鹰的人。他仍然躬着背,还戴着他毛茸茸的帽子,穿着袍子,这让他看起来百分百像个魔法师。他正用粉笔在一块小石板上画着明显的道子。

一段环形的链子绊住了半影的脚,他摆脱它时发出了清脆的叮当声。他一脸苦相地咕哝着:"真是荒谬。"

我们安静地跟在他后面,仿佛是一小队混进来的害群之马。书架只在几个地方有所隔断:这长长的房间两边的两扇门把它隔断了两次,在房间的尽头处被隔断了一次,书架在那儿给裸露出来的光滑岩石和安放在明灯下的木制讲台让出了地方。讲台高而肃穆。那一定是他们举行祭拜仪式的地方。

当我们经过时,几个穿黑袍子的人抬眼看了看我们,短暂地停顿了一下,他们的眼睛睁得大大的。"半影。"他们惊呼道,笑着伸出手来。半影点着头,回以微笑,轮流和他们握手。

他领着我们来到靠近讲台的一张没有人的桌子,这桌子正好位于两盏灯之间柔和的阴影处。

"你们已经到了一个很特别的地方。"他说,坐到了一把椅子上。我们也坐下来,一边调整着我们的新袍子。他的声音非常小,在这喧闹的环境里几乎听不见。"你们绝不能向任何人提及或是泄露这儿的位置。"

我们一起点着头。尼尔小声说:"这真是太奇妙了。"

"哦,并不是这个房间有什么特别。"半影说,"这儿挺冷,当然。不过任何地下室都是这个样子:一个坚固的房间,建在地下,阴冷干燥。没什么特别的。"他顿了一下。"是这屋子里的内容相当不同寻常。"

我们才在这个摆满了书的地下室待了三分钟,就已经要忘了外面世界的存在。我打赌这地方是为了在核战争中存活下来而设计的。那些门中肯定有一扇通向成堆的豆子罐头。

"这儿有两件宝贝。"半影接着说,"一个是这许多的书,另一个是一个单卷本。"他抬起一只瘦骨嶙峋的手,放在一本拴在我们桌子上、和其他书一模一样的黑色封皮的书上。那书的封面上用瘦长的银色字写着:"马努提乌斯"。

"这就是那本书。"半影说,"这就是奥尔德斯·马努提乌斯的'生命之书'。除了这个图书馆,任何地方都没有。"

等等。"甚至你的书店也没有?"

半影摇摇头。"没有新手读过这本书。只有团体的正式成员——成册者和未成册者才能。这样的人可不多,我们只在这儿阅读马努提乌斯。"

这就是我们看到的周围的一切——所有这些紧张的研究,尽管我注意到不少穿着黑袍子的人朝我们的方向扭过头。或许研究也没那么紧张。

半影在他的椅子里转过身,挥手朝四周墙上的书架指了指。

"而这些是另一件宝贝。追随着创立者的脚步,团体的每个成员都写出了自己的'生命之书',或者说是人生之书。这是未成册者的任务。比如你认识的法德罗夫,"——他冲我点点头——"就是其中之一。当他完成的时候,他会把所有学过的,他的全部知识写进这样的一本书里。"

我想起法德罗夫和他雪白的胡子。是啊,他可能学到了些东西。

"我们用我们的日志本,"他对我说道,"来确保法德罗夫学到了知识。"半影耸起一条眉毛。"我们必须确定他懂得他所完成的东西。"

对。他们必须确定他们没有只是把一堆书放进了扫描仪。

"当法德罗夫的'生命之书'经我确认,然后被首席读者接受后,他就会成为成册者。然后最终,他会做出最后的牺牲。"

啊哦:真实邪恶讲台下的黑暗仪式,我就知道。我挺喜欢法德罗夫的。

"法德罗夫的书将被加密,复印,上架。"半影语调平平地说,"在他死前不会有人读到。"

"那太糟了。"尼尔发出了嘘声。我冲半影眯眯眼睛,然而,他笑笑举起一只摊开的手。

"我们做出这种牺牲是出于深深的信仰。"他说,"我现在绝对严肃地说,当我们解码了马努提乌斯的'生命之书',所有追随着他脚步的团体成员——那些创造了自己的生命之书,并且为了安全保存而把它存储起来的人——将会重生。"

我努力抑制着极度想显露在我脸上的怀疑。

"什么,"尼尔问道,"像是僵尸吗?"他说得有点声音太大了,一些"黑袍子"们转过身朝我们看来。

半影摇摇头。"永生的特质是个谜。"他说,声音如此轻柔,以至于我们不得不靠过去才能听到。"不过我读过看过的所有文字和记录都告诉我这是真的。我能在这些书架和其他的书架上感觉到这一点。"

我不相信永生的部分,不过我知道半影说的那种感觉。走过图书馆那些一沓沓的书,手指拂过那些书脊——很难不感到那些沉睡的灵魂的存在。那只是一种感觉,并非事实。不过记住(我重复一遍):人们会相信比这还要古怪的事。

"可是为什么你们不能解码马努提乌斯的书呢?"凯特说。这是她的"控制范围","钥匙到哪儿去了?"

"啊,"半影说,"是啊,哪儿去了。"他停了一下,吸了口气,接着说,"格里茨宗像马努提乌斯一样不同寻常,不过有他自己的方式。他选择不把钥匙传下去。五百年来……我们都在讨论这个决定。"

他说这事的方式让我想到那些谈话可能也偶尔涉及枪和匕首。

"没有钥匙,我们尝试了我们能想到的每种方法来解开马努提乌斯的'生命之书'。我们用过几何学,寻找隐藏的形态。那是'创立者之谜'的起源。"

可视化图形里的那张脸——当然,我又感到有点错乱,那是奥尔德斯·马努提乌斯从我的苹果手提电脑里向外凝视着。

"我们也试过代数、逻辑学、语言学、密码学……我们依靠成员里那些了不起的数学家,"半影说,"那些得过诺贝尔奖的男男女女们。"

凯特如此专心致志地向前倾着,几乎要上桌子了。这是她的"猫薄荷[1]":一个需要解开的密码和通往永生的钥匙,二合一。我感到有点骄傲的狂喜:我就是那个带她来这儿的人。今天谷歌令人失望。真正刺激的活动是在这下面和"完好书脊"在一起。

"你们必须明白的是,我的朋友,"半影说,"这个团体的运作方式和它五百年前最初创立时几乎一模一样。"他伸出一根手指指向那些熙熙攘攘的穿着黑袍子的人,"我们用粉笔和石板,墨水和纸。"他的声调此时改变了。"科维纳相信我们必须丝毫不差地继承这些技术。他相信如果我们稍有变化,就会丧失我们的成果。"

"而你,"我说——你,一个用原始苹果电脑的人——"意见不同。"

作为回答,半影转向凯特,现在他的声音真的只是呼吸声:"现在我们说到了我的提议。如果我没弄错,可爱的姑娘,你的公司管理着数字庞大的书籍,"他顿了一下,寻找着词汇,"把它

---

[1] 一种刺激性植物,能令猫产生暂时性的行为变化。——编者注

们放在数字书架上。"

她点点头,尖利地小声回答道:"发行过的所有东西的61%。"

"不过你们没有创立者的'生命之书'。"半影说,"没人有。"停了一下,他说,"或许你应该有。"

我立刻明白过来:半影在提议盗窃书目。

一个穿着黑袍子的人拿着一本书架上的绿色厚书慢吞吞地经过我们的桌子。她又高又瘦,四十岁左右,睡眼惺忪,黑色的头发剪得短短的。在她的袍子下面,我看到蓝色的植物印花。我们安静下来等她走过。

"我相信我们必须和传统决裂。"半影继续说,"我老了,如果可能,我要在我剩下的只是那些架子上的一本书之前看到这项工作完成。"

又是灵光一闪:半影是成册者之一,所以他自己的"生命之书"一定也在这儿,在这个洞穴里。这个想法让我有点东张西望起来。那里面有什么呢?书里讲了什么故事呢?

凯特的眼睛闪着光。"我们可以扫描这个。"她拍着桌子上的书说道,"而且如果有密码,我们可以破解它。我们有很强大的机器——你绝对想不到有多厉害。"

阅览室里一阵窃窃私语,穿黑袍子的人似乎意识到了什么。他们都坐起来,耳语着,吹着口哨提示大家注意警惕。

在房间的另一端,那些宽大的台阶从上面通下来的地方,一个高高的身影出现了。他的袍子与众不同,更加精致,脖颈处带着额外的黑色布料形成的褶皱,袖子下面有红色的开衩。袍子挂在他的肩膀上,仿佛他刚把它匆匆穿上一样。下面,一身闪光的灰色西装透了出来。

他径直朝我们走来。

"半影先生,"我小声说,"我想也许——"

"半影。"那个身影拖长声调喊道。他的声音不大,然而却从下方发出,在整个房间里回荡着。"半影。"他再次说道,大步加快了速度。他年纪很大——没半影那么大,不过也差不多。尽管如此,他要强壮得多,不弯腰驼背,步伐也很稳。我想他也许在那身西装下还藏着胸肌。他的头刮得光光亮亮的,留着深色的整洁胡须,仿佛是个扮成海军陆战队军官的吸血鬼僵尸。

现在我认出他了。这是那张照片上和年轻的半影在一起的人,那个在金门大桥前跷起大拇指的强壮的年轻人。这是半影的老板,那个能让书店的灯一直亮着的人,慷慨的欲速则不达公司的执行总裁。这就是科维纳。

半影从椅子里站起来。"请见见旧金山的三位未成册成员。"他说。又对我们说:"这是首席读者,也是我们的赞助人。"突然他扮演起热切的下属来。他在演戏。

科维纳冷淡地赞扬了我们。他的眼睛是深色的,闪着光——透出一种凶猛的、咬牙切齿的智慧。他直直地看着尼尔,考虑着,然后说:"告诉我,亚里士多德的作品中,创始人最早印刷的是哪一本？"问题很柔和然而却充满敌意，每个字都像是从一把消声手枪里射出的子弹。

尼尔的脸上一片茫然。一阵让人不舒服的沉默。

科维纳交叉着双臂转向凯特："那么，你呢？知道一点儿吗？"

凯特的手指抽动着，仿佛想在她的手机上搜寻答案。

"埃杰克斯，你们有活儿要干了。"科维纳对着半影责骂道。又是一阵安静。"他们应该背诵整个文集。他们应该用古希腊语倒背如流。"

如果不是我的脑子跟着半影还有前面的名字这件事转起来，我会因为这皱起眉头的。而那是——

"他们对工作还很生疏。"埃杰克斯·半影叹口气说。他比科维纳矮几英寸，正伸展身体站得笔直，轻轻地摆动着。他用他的蓝色大眼睛扫视着房间，显出怀疑的表情。"我希望能通过来访启发他们，然而链子有点太多了。我不确定它们是否和精神相符——"

"我们对我们这儿的书不能那么不小心，埃杰克斯。"科维纳打断他的话说道，"在这儿，我们不丢书。"

"哦，一本日志算不上创立者的'生命之书'，而且它也没丢。你抓住任何借口——"

"因为你提供给了他们。"科维纳平淡地说。他的声音只是就事论事，然而却在整个房间里回响。阅览室现在变得安静起来。

没有一个穿黑袍子的人在谈话或是走动,甚至可能也不敢呼吸。

科维纳把手背在身后——老师的姿势。"埃杰克斯,很高兴你回来,因为我已经做出了我的决定,而且我想亲自告诉你。"他顿了一下,热切地歪着头说,"是时候让你回纽约了。"

半影斜瞟了一眼,说:"我有书店要经营。"

"不。不能再继续了。"科维纳摇着头说,"不能堆满和我们的工作无关的书。不能充斥着完全不知道我们职责的人。"

好吧,准确地说,我不会用"充斥着"这个词来形容。

半影没说话,目光沮丧,眉毛使劲儿地拧在一起。他那一头灰色的头发仿佛一团游离的思想形成的云雾。如果他把它们都剃掉,可能看起来会像科维纳一样圆滑,让人印象深刻。不过也很可能不会。

"是的,我是储存其他的书。"半影最后说,"我已经这么做了几十年。就像我们的老师在我之前做的那样。我知道你记得。你知道我有一半新手来找我们是因为——"

"因为你的标准非常低。"科维纳打断了他的话。他的目光扫射着凯特、尼尔和我。"不认真对待工作的未成册者有什么用?他们让我们变弱,而不是变强。他们让一切都处于危险之中。"

凯特皱起了眉。尼尔的肱二头肌搏动起来。

"你在荒野中待得太久了,埃杰克斯。回到我们中间吧,在你的兄弟姐妹中间度过你的余生。"

半影的脸上现在显出了痛苦的表情。"在旧金山有新手们,还有未成册者，许多人。"他的声音突然沙哑起来，目光碰到了我的目光。我看到一种痛苦闪过，我知道他想到了廷德尔、拉平、其他的人，还有我和奥利弗·格罗恩。

"到处都有新手。"科维纳说着挥动着一只手，仿佛在让他们解散。"未成册者会跟随你到这儿。或者他们不会。不过，埃杰克斯，让我非常清楚地告诉你，欲速则不达公司对你的书店的支持结束了。你不会从我们这儿再得到任何东西。"

阅览室里极度地安静：没有沙沙声，没有叮当声。穿黑袍子的人都低着头盯着他们的书，都在听着。

"你有一个选择，我的朋友。"首席读者轻声说道，"而我正试图帮助你看清楚。我们不年轻了，埃杰克斯。如果你能重新投身于我们的任务，你还有时间做出了不起的工作。如果不这样……"——他的视线抬高——"那么，你可以去浪费你剩下的时间。"他狠狠地盯了半影一眼——那是关心的一眼，不过也真正是那种施恩于人的样子——最终重复道，"回到我们中间吧。"

然后他走开了，昂首阔步地向那宽阔的楼梯走回去。他红色开衩的袍子在身后摆动着。而他那些下属立刻纷纷摆出研究的样子，发出一片沙沙的书写声和拖着脚走路的声音。当我们逃离阅览室时，戴寇又一次问起了一起喝咖啡的事。

"我们需要比这个烈的，小子。"半影说，努力想笑一笑——然而几乎不是很成功。"我很乐意今晚和你谈谈……在哪儿？"半影转向我，提出了这个问题。

"'北桥',"尼尔插嘴道,"西二十九街和百老汇大街的交汇处。"那就是我们要去的地方,因为尼尔认识那儿的老板。

我们把袍子留下,带上手机,费劲地走出低矮的灰绿色欲速则不达公司。当我的球鞋在公司那斑驳的地板上摩擦着行进时,我想到我们一定就在那个阅览室的正上方——基本上是在它的屋顶上行走着。我不能确定在下方多深的位置,二十英尺?四十?

半影自己的"生命之书"就在那下面。我没有看到——它就在那些书架上,众多书中的一本——不过它却在我脑中隐约地出现,比那本黑色封皮的"马努提乌斯"还要大。我们在最后通牒的阴沉气氛下匆匆跑开了,在我看来,半影也许落下了什么宝贵的东西。

沿着墙壁的办公室中有一间比其他的要大,它的毛玻璃门和其他的是分开的。现在我可以清楚地看到铭牌上写着:"马尔克斯·科维纳/执行主席"。

所以科维纳也有前面的名字。

一个黑影移到了毛玻璃后面,我意识到他在里面。他在做什么?在电话里和出版商谈判,为使用华丽古老的格里茨宗字体而收取过分高昂的费用?提供一些讨厌的电子图书盗版者的名字和住址?关闭另一间令人愉快的书店?和他的银行通电话,取消某个重复的付款?

这不仅仅是个邪教组织,它也是个公司,而科维纳掌管着它的上上下下。

反叛者同盟

曼哈顿现在正下着大雨——乌云密布，哗啦啦的瓢泼大雨。我们在尼尔的朋友安德烈——另一个刚起步的首席执行官开的超级潮的餐厅里避雨。餐厅名叫"北桥"，也是超级电脑黑客的隐身之处：每三英寸就有一些插座；空气里充满了Wi-Fi信号，你都几乎能看到它们；地下室里有直接连接华尔街地下互联网主干线的接口。如果"海豚与锚"是半影的地方，这里就是尼尔的地方。门房认识他。侍者则和他击掌问候。

"北桥"的大厅里一片纽约新公司汇集地的场景：任何地方都有两个或者更多的人坐在一起，尼尔说，可能是新公司在校对公司条例。围着一张用老式磁带盒做的低矮桌子挤做一团，我猜我们可能也符合——不见得是个公司，然而至少是新成立的什么东西的标准。我们是一个小型反叛者同盟，而半影是我们的欧比王，我们都知道科维纳是谁。

从我们出来，尼尔就没对首席读者客气过。

"我不知道那个'小胡子'有什么毛病。"他继续说。

"从我见到他那天起他就留着。"半影说，勉强笑了一下。"不过他以前没这么古板。"

"他以前什么样？"我问道。

"和我们其他人一样——像我一样。他很好奇，迟疑。怎么了？我现在还是迟疑！——对很多事都迟疑。"

"好吧，现在他似乎相当……自信。"

半影皱起了眉头。"为什么不呢？他是首席读者，而且他就是喜欢我们团体本来的样子。"他在软软的沙发垫上轻轻地捶了一拳。"他不会屈服的。他不会尝试。他甚至不会让我们去尝试。"

"但是他们在欲速则不达公司有电脑。"我指出。事实上，他们正在运行着一整套的数字反盗版方案。

凯特点点头，"是的，它们听上去挺尖端的。"

"啊，不过只是在楼上。"半影说道，摇动着一根手指。"欲速则不达公司的世俗事务用电脑没问题——但是'完好书脊'不行。没门儿，永远不可能。"

"没有电话？"凯特说。

"没有电话，没有电脑，什么都没有。"半影说，摇着头，"那些是奥尔德斯·马努提乌斯自己没有用过的。那些电灯——你肯定不相信我们为了那些灯吵了多少架，费了二十年。"他哼哼着。"我很确定马努提乌斯会很高兴有一两个电灯泡用。"

大家都沉默了。

最后，尼尔说："半影先生，你不必放弃。我可以资助你的书店。"

"让我们把书店的事解决了。"半影边挥着一只手边说。"我爱我们的顾客，但是有个更好的方式可以为他们服务。我将不会像科维纳那样坚持我们熟悉的事。如果我们能把马努提乌斯带回加利福尼亚……如果你，姑娘，能做到自己承诺的事……我们就都不需要那个地方了。"

我们坐在那儿谋划着。理想情况下，我们一致认为，我们会把"生命之书"拿到谷歌的扫描仪那儿，让那些蜘蛛脚一般的工作臂在上面过一遍。然而我们不能把那本书拿出那个阅览室。

"断线钳。"尼尔说，"我们需要断线钳。"

半影摇着头。"我们必须秘密行动。如果科维纳发现了，他会追踪我们的。而欲速则不达公司有庞大的财力。"

他们也认识很多律师。此外，要让谷歌摆弄马努提乌斯的书，我们不需要手里有那本书，我们需要它在一张磁盘上。所以我问道："如果我们反过来，把扫描仪拿到书那儿去呢？"

"它不是便携的。"凯特摇着头说，"我是说，你可以到处移动它，不过那是一整套程序。为了在国会图书馆里操作，他们花了一个星期才把它设置好。"

所以我们需要点东西或者说别的东西。我们需要一个客户定制的专为偷拍设计的扫描仪。我们需要有图书馆学学位的"詹姆斯·邦德"。我们需要——等等，我确切地知道我们需要谁了。

我抓过凯特的手提电脑，链接到格拉姆博的盗版图书中心。我在归档的文件里向前翻查——往回，往回，往回——回到他最早期的工程，那些开启了所有这一切的作品……在这儿。

我把屏幕转过来让大家看。屏幕上显示的是一张"格拉姆博装置3000"的清晰照片：一个用纸板做的图书扫描仪。它的零件部分可以从旧盒子上收集到，通过一台激光切割机可以把它们切割出合适角度的凹槽和突起。把零件插在一起做成框架，事成之后再把它们压扁。上面有两个放照相机的凹槽。所有的东西都可以装进一个邮差包。

照相机只是不值钱的旅行者用的傻瓜相机，在任何地方都可以买到。是框架让这个扫描仪变得很特别。仅用一台照相机，你就得伸着手把书举到正确的角度，每翻一页都要摸索一下。那会花上几天时间。然而在"格拉姆博装置3000"上把两台照相机并排安放着，用格拉姆博的软件操控，你就可以一次拍好摊开的两页纸，对焦完美，排列完美，高速而且外形不引人注意。

"它是用纸做的，"我解释道，"所以你能带着它通过金属探测器的检查。"

"什么，那么可以带着它偷偷上飞机了？"凯特问道。

"不是，这样你就可以带着它偷偷进入图书馆，"我说。半影的眼睛睁得大大的。"无论如何，他贴出了制作图表。我们可以下载它们。我们只需要收集这些材料然后找一部激光切割机。"

尼尔点点头,用一根手指绕着大厅画了个圈。"这是纽约最书呆子气的地方。我想我们能弄到一台激光切割机。"

假设我们能组装一台可以正常工作的"格拉姆博装置3000",我们将需要不受干扰地待在阅览室里的时间。马努提乌斯的"生命之书"很厚,扫描会花费好几个小时。

谁来实施行动呢?半影太颤颤巍巍了,不适合偷偷摸摸。凯特和尼尔是可靠的同谋者,不过我有其他计划。图书扫描仪这个任务的可能性一出现,我就做了一个决定:我要单独实施行动。

"我想和你一起。"尼尔坚持道,"这是刺激的部分!"

"别逼我用你在'火箭与术士'里的名字,"我说,举起一根手指,"而且还有女生在房间里。"我做出严肃的表情。"尼尔,你有一家公司,有员工和顾客。你有责任。如果你被抓住,老天,我不知道,被逮捕的话,是个问题。"

"那你不觉得被捕对你来说是个问题,双刃大砍刀·红手——"

"啊!"我打断了他,"首先,我没有真正的责任。第二,基本上我已经是'完好书脊'的新成员了。"

"你的确解开了'创立者之谜'。"半影点着头,"埃德加会为你担保的。"

"此外,"我说,"我是这个情节设定里的无赖。"

凯特扬起了一条眉毛,我轻声解释道:"他是武士,你是魔法师,我是捣蛋鬼。我们就当这次对话从没发生过。"

尼尔慢慢地点了一下头。他的脸皱起来,不过没有再表示抗议。好的,我会单独进去,而我会带着不是一本书,而是两本书离开。

一阵冷风从"北桥"的前门刮过来,埃德加·戴寇从雨里跳了进来,一件紫色塑胶夹克的兜帽紧紧地裹着他的圆脸。半影冲他招招手。凯特的目光碰到了我的,她看起来挺紧张。这会是一次关键性的会面。如果我们想要接近阅览室,并且接近马努提乌斯,戴寇是关键,因为戴寇有钥匙。

"先生,我听说了书店的事。"他说,喘着气坐到了凯特旁边的沙发上。他小心翼翼地摘掉自己的帽子。"我不知道说什么好。太糟糕了。我会去和科维纳谈谈。我可以说服他——"

半影举起一只手,接着把一切都告诉了戴寇。他告诉他关于我的日志本的事,有关谷歌的事和"创立者之谜"的事。他告诉他自己对科维纳的建议和遭到首席读者拒绝的事。

"我们会做他的工作。"戴寇说,"我会不时提到,看看是否——"

"不,"半影打断他的话,"他不讲理,埃德加,而我没有耐心了。我比你老多了,小子。我相信今天'生命之书'就能被破解——不是十年后,不是一百年后,而是今天!"

看来科维纳不是唯一一个过度自信的人。半影真的相信电脑有这个本事。这难道不奇怪吗?我——这个使这项工程复燃的人,却不那么确定。

戴寇的眼睛睁得大大的。他四下打量着,仿佛会有穿黑袍子的人潜伏在"北桥"一样。不像,我怀疑这大厅里的任何人都很多年没碰过一本真书了。

"你不是认真的吧,先生。"他小声说,"我是说,我记得,当你让我把所有的书名都敲进那个苹果电脑时,你是那么兴奋——但是我从没想过……"他吸了口气,"先生,团体不是这么工作的。"

所以是埃德加·戴寇建立了书店的数据库。我感到一股汹涌澎湃的职员间的友爱之情。我们都曾把手指放在那个短短的,噼啪作响的键盘上。

半影摇着头。"看起来奇怪只是因为我们被卡住了,小子。"他说,"科维纳让我们停滞不前。首席读者没有忠实于马努提乌斯的精神。"他的双眸射出蓝色激光似的光,一根长长的手指在磁带做的桌子上戳着。"他是个企业家,埃德加。"

戴寇点着头,不过他看上去还是很紧张。他的双颊粉红,指关节在头发里拨弄着。所有教派的分立都是这么开始的吗?围成一圈,小声说着宣传词?

"埃德加,"半影语气平静地说,"我所有的学生中,你是和我最亲近的,我们在旧金山一起度过了很多年,肩并肩地工作。你拥有'完好书脊'的真正精神,小子。"他顿了一下。"把阅览室的钥匙借给我们一个晚上。这就是我的全部要求。克莱不会留下一点痕迹,我保证。"

戴寇一脸茫然。他的头发湿湿的,凌乱不堪。他在搜寻着话语:"先生,我没想到你——我从没想象过——先生。"他沉默了。"北桥"的大厅不存在了,整个宇宙都变成埃德加·戴寇的一张脸,他那带着思虑翕动着的嘴唇和他可能会说不的种种征兆,或者——

"好。"他坐直身子,深吸了一口气,又说了一遍,"好。我当然要帮你,先生。"他使劲地点着头,笑了。"当然。"

半影咧嘴笑了。"我知道怎么选对员工。"他说道,伸过手去拍拍戴寇的肩膀,发出了一阵大笑。"我的确知道怎么选他们!"

计划定好了。

明天,戴寇会带来一把备用钥匙,封在写着我名字的信封里送到"北桥"的门房。尼尔和我会想办法制作一台格拉姆博装置,凯特会在谷歌纽约的办公室现身,而半影将会见一些赞成他想法的"黑袍子"。当夜色降临,我会带着扫描仪和钥匙进入"完好书脊"的秘密图书馆,在那儿我将解放"马努提乌斯"——以及另一本书。

不过那都是明天的事。现在凯特已经回了我们的房间,尼尔和一帮刚起步的纽约小伙儿打成了一片。半影正独自坐在旅馆的酒吧里，慢慢喝着一大杯金色的东西，沉浸在自己的思绪里。他的形象在这里显得格格不入：比大厅里的所有人都要年长几十岁，头顶在这周围的阴影里发着暗淡的光。

我自己一个人坐在其中一张矮沙发上，盯着我的手提电脑，想着怎么才能弄到一台激光切割机。尼尔的朋友安德烈给了我们曼哈顿两个不同黑客地盘的线索，不过只有一个地方有激光切割机，而且几周之内都被预约满了。大家都在做什么东西。

我想起马特·米特尔布兰德可能认识什么人，知道什么地方。这座城市里肯定有拥有我们需要的工具的特效商店。我在手机上打了个遇难信号："需要激光切割机，在纽约，越快越好。有办法吗？"

三十七秒钟之后，马特回消息道："问格拉姆博。"

当然，我已经花了好几个月浏览这个盗版图书馆，却从没发表过任何帖子。格拉姆博网站的特征就是，这是个人们要求特定的电子书，然后又抱怨他们得到的东西质量不好的乱哄哄的论坛。还有个附属论坛，在那儿人们讨论图书数字化的各种细节，这也是格拉姆博本人会现身的地方，简短、精确地全部用小写字母解答那些问题。这个附属论坛就是我寻求帮助的地方：

"嗨，大家好。我是一名格拉姆博矩阵的潜水成员，首次发帖。今晚身在纽约，需要一台制作'格拉姆博装置3000'的说明中要求的'尾声'激光切割机（或者类似的东西）。我打算完成一次秘密扫描，越快越好。目标是印刷史上最重要的书之一。也就是说：这可能比哈利·波特还要重要。能帮上忙吗？"

我吸了口气，检查了三次拼写，提交了帖子。希望欲速则不达公司的盗版侦察队不要读到这个。

"北桥"的房间很像谷歌园区的白色集装箱：长长的盒状，有水、电和互联网的连接装置。也有窄窄的床，不过那些显然是对"湿件[1]"的虚弱做出的勉强让步。

凯特穿着内衣和红色T恤，正盘腿坐在地板上，身子倾向她的电脑。我在她上方的床沿待着，拿着我的正通过她的USB接口充电的Kindle——呃，不是什么比喻——正第四遍读《龙之歌传奇》。因为产品管理的事变得失望之后，她终于再次振奋起精神。她转过身来望着我说："这真的太让人兴奋了。我不敢相信我竟从未听说过奥尔德斯·马努提乌斯。"关于他的维基词条正在她的电脑屏幕上显示着。我认出她脸上的表情——那是和她在谈到"奇点"时脸上出现的一样的表情。"我总在想永生的钥匙会是，比如，能修理大脑的微型机器人，"她说，"不是书。"

我得老实说。"我不敢确定书是解决任何事的钥匙。我的意思是，老天，这是个邪教组织，真的是。"她对这话皱皱眉。"但是不管怎么样，一本奥尔德斯·马努提乌斯本人写的丢失的书还是相当重要啊。这之后，我们可以带半影先生回加利福尼亚。我们将自己经营书店。我已经有了一个营销计划。"

1　wet ware，即大脑神经系统，与计算机软硬件相对应。——编者注

凯特什么也没听进去。她说道:"在山景城有一个团队——我们应该把这事告诉他们。那个团队叫'永远的谷歌'。他们致力于延长生命的工作,癌症治疗,器官再生,DNA修复。"

这变得有点犯傻气了。"或许还附带一点低温学研究?"

她为自己辩护似的瞥了我一眼。"他们采用建档的方法。"我的手指划过她的头发,因为刚才的阵雨还是湿的,闻起来就像柑橘。

"我就是不明白,"她转过身,抬头看着我,"你怎么能忍受我们的生命这么短暂?它们那么短暂,克莱。"

老实说,我的人生已经展现出许多奇怪的,而且有时很麻烦的特性,然而短暂不是其中之一。自从我开始上学,我的人生感觉就像是永恒;而自从我搬到旧金山,我的人生感觉就像是科技社交的时代。那时我的手机连互联网都还不能上。

"每天你都学到一些惊人的东西,"凯特说,"比如,纽约市有一个秘密的地下图书馆。"——她停了一下,渴望得到回应,这让我笑起来——"而你意识到还有更多的事等着你。八十年不够,一百年也不够。不管怎么说,就是不够。"她的声音有点哑起来,而我意识到这股"电流"对凯特·波坦特的影响有多深。

我俯下身,在她的耳朵上亲了一下,小声说:"你真的会冷冻你的头吗?"

"我当然会,果断地冷冻我的头。"她抬起头看着我,表情严肃。"我也会冷冻你。而一千年以后,你会感谢我的。"

突然出现

我早上醒来时,凯特不在,她已经出发去谷歌在纽约的办公室了。我的手提电脑上有一封邮件——一条从格拉姆博论坛发来的消息。时间表明是3:05发出的,来自——我的老天,发自格拉姆博本人。消息很简单:"比波特重要?告诉我你需要什么。"

我的心跳到了嗓子眼儿。这太棒了。

格拉姆博住在柏林,不过他似乎大部分时间都在旅行,在伦敦或者巴黎或者开罗从事一些特殊的扫描活动,或许有时在纽约。没人知道他的真名,没人知道他长得什么样。他也许是个"她",或者甚至是个集体。尽管,在我的想象中格拉姆博是个男的,不比我大多少。在我的想象中,他单独工作——穿着一件宽大的灰色皮大衣慢慢走进大英图书馆,像是穿着防弹背心一样在衣服下面穿着他的图书扫描仪的纸板部件——不过他到处都有同盟军。

也许我们会见面,也许我们会成为朋友,也许我会变成他的黑客学徒。不过我得表现得酷点儿,否则他很可能会以为我是联邦调查局的,或者更糟,欲速则不达公司的。所以我写道:"嘿,格拉姆博!谢谢回复,老兄。你的超级粉丝……"

好了,不行。我按向删除键,重新开始写道:"嘿。我们可以弄到照相机和纸板,但是我们没办法找到一台激光机。你能帮忙吗?另:无可否认,J. K. 罗琳的书是笔相当不错的生意……不过奥尔德斯·马努提乌斯也是。"

我点了发送,狠狠地关上我的苹果笔记本,跑到洗澡间。当我在"北桥"那工业化的洗澡水热流下把洗发水涂在头发上时,脑子里想着黑客英雄们和冷冻的头。"北桥"的淋浴显然是为机器人设计的,而不是为人设计的。

尼尔在大厅里等我,正一边啧啧地吸着一杯羽衣甘蓝打的蔬菜汁,一边吃完一碗原味燕麦粥。

"嘿,"他说,"你的房间有生物锁吗?"

"没有,只是个房卡。"

"我的房卡本来应该识别出我的脸,但是它却不让我进去。"他皱着眉头,"我想它只对白人起作用。"

"你应该卖给你的朋友一些好点的软件,"我说,"扩展到招待生意上。"

尼尔翻着眼睛。"是啊。我不认为我想扩展到任何其他的市场。我告诉过你我收到了一封国土安全局的邮件没有?"

我僵住了。这和格拉姆博有任何关系吗?不,荒谬。"你是说，好比，最近？"

他点点头。"他们想要一个应用软件，帮助他们把厚重衣服下的身体不同部位可视化。厚重的衣服，像是穆斯林妇女的长袍之类的。"

好吧，哎哟，虚惊一场。"你打算做吗？"

他做了个鬼脸。"没门儿。就算这不是个卑鄙的主意——它是——我正在做的也够多的了。"他吸着他的果汁，绿色的饮料顺着吸管向上形成了一个明亮的圆柱形。

"你喜欢这样，"我轻轻地说，"你喜欢把一根手指伸进十一个不同的罐子里。"

"当然，手指在罐子里。"他说，"不，倒像是全身都在罐子里。老兄，我没有合伙人。我没有拓展业务的人。我连那些有趣的事都不再做了！"他在说密码——或者也许是说胸部，我不确定。"老实说，我真正想要做的是，比如，做一个风险投资人。"

尼尔·沙，风险投资人。我们在六年级时从没梦想过这个。

"那你为什么不呢？"

"嗯，我想你也许高估了'解剖混合'带来的钱。"他说着挑起了眉毛。"这可不是谷歌。要做一名风险投资人，你需要很多的资本。我所有的全部不过是一堆和电脑游戏公司签订的五位数的合同。"

"还有电影制片厂，对吧？"

"嘘，"尼尔发出了嘘声，眼光扫了一圈大厅。"没人知道那些。那可是一些很严肃的文件,老兄。"他顿了一下。"有一些上面有斯嘉丽·约翰逊[1]的签名。"

我们坐地铁。格拉姆博的下一条消息早餐以后传了过来,上面说:"有一台'格拉姆博3000'在杰伊街11号'小飞象'市场等着你拿。点霍格沃茨魔法学校特制餐。不加'魅惑菇'。"

这大概是出现在我邮箱里最酷的一条消息了。那是个固定接头地点,而尼尔和我正在赶往那儿。我们将要提供秘密暗号,然后就会得到一件特殊设备——图书扫描仪。

火车在东河下的隧道内摇晃地穿行着,发出隆隆声,车窗都是一片漆黑。尼尔轻轻抓着头顶的扶手,说:"你确定你不想搞业务拓展吗?你可以主管穆斯林妇女长袍项目。"他扬起眉毛咧嘴笑着。我意识到他是认真的,至少在关于业务拓展的部分。

"我绝对是你能找到的为你的公司做业务拓展最糟糕的人选,"我说,"我敢保证,你会不得不炒了我。那就糟透了。"我没开玩笑。为尼尔工作会侵害我们的友谊。他将会是老板尼尔·沙,或者商业导师尼尔·沙——而不再是地下城主尼尔·沙。

"我不会炒了你,"他说,"我只会降你的级。"

"降成什么,伊戈尔的学徒?"

"伊戈尔已经有学徒了。德米特里,他超级聪明。你可以做

---

1 美国女影星。——编者注

德米特里的学徒。"

我确定德米特里是十六岁。我不喜欢这提法，改变了话题："嘿，做你自己的电影怎么样？"我说，"真正让伊戈尔好好露一手。创办另一个皮克斯公司。"

尼尔对我说的点点头，然后他沉默了一阵，思考着，最后说道："我绝对会这么做。如果我认识一个电影制片人，我立马就去找他。"他顿了一下，"或者她。不过如果是个女的，我很可能会通过我的基金资助她。"

对，"尼尔·沙妇女艺术基金"，是在尼尔那个老练的硅谷会计师的要求下设立的合法避税手段。尼尔让我建一个占位符网站，让它看起来更规范。到目前为止，这是我曾经设计过的第二沉闷的东西。（把"纽贝格"改为"老耶路撒冷"商标的设计仍然位列第一。）

"那么就去找个电影制作人啊。"我说。

"你才去找个电影制作人。"尼尔呛回来，很像个六年级的小学生。然后他眼睛一亮，说道，"实际上……那好极了。对了！作为对资助这次冒险的交换，双刃大砍刀·红手，我向你提出这项要求。"他的声音压低了，模仿着地下城主，"你得为我找个电影制作人。"

我的手机指示着我们到了"小飞象"市场，在河边的一条安静街道上，挨着一个布满了康-爱迪生电力公司的变压器的带栅栏的停车场。这栋建筑物又暗又窄，甚至比半影的书店还要窄，还要萧条，看起来这儿最近像是发生过火灾，向上延伸的黑色长条纹出现在门框周围。如果不是因为两件事，这儿看起来会像是个废弃的地方：第一，前门上用乙烯涂料歪歪扭扭地涂着个标志，写着"新鲜出炉的派"；第二，冉冉升起的暖暖的披萨味道。

里面一片破败——没错，这儿绝对有过一场火灾——然而空气浓郁而芬芳，充满了碳水化合物的味道。前面，一张牌桌上摆着一个凹陷的钱盒。桌子后面，一群红脸颊的十几岁少年正在一个临时凑合的厨房里忙活着。一个正在他的头顶上歪歪扭扭地转圈旋转着一坨面团；另一个正在切西红柿、洋葱和辣椒。他们后面有一台很高的披萨炉，是一个中间带蓝色斑马纹的金属制品块，它有轮子。

一组塑料喇叭里发出音乐的奏鸣，那嘎吱嘎吱颤抖的音调我估计这世界上不会有超过十三个人听到过。

"伙计们，你们需要点什么？"其中一个少年盖过音乐声，大声喊道。好吧，也许他并不真的是个少年。这儿的员工生活在一个没有胡须的环境里，他们很可能是上艺术院校的。招待我们的人穿着一件白色的T恤，上面印着一只米老鼠，正做着鬼脸挥舞着一支AK-47。

好的，我最好说对话："一份霍格沃茨特制餐，"我对他喊道。"起义的米老鼠"立刻点了点头。我加了一句，"但是不要'魅惑菇'。"停了一下，"我是说，蘑菇。"又停了一会儿，"我想是这个。"然而"起义的米老鼠"已经离开我们,去和他的同事们商量去了。

"他听见你说话了吗?"尼尔小声说,"我不能吃披萨。如果我们最后真的得到了一份披萨,你有责任吃掉它。别让我吃一点儿,就算是我要吃。"他顿了一下,说,"我很可能会要一些。"

"把你绑在桅杆上,"我说,"就像奥德修斯。"

"像血靴子船长。"尼尔说。

在《龙之歌传奇》里,弗恩文——那个学者风度的小矮人在血靴子船长试图割断唱歌的龙的喉咙后,说服了星光百合号的船员把他绑在桅杆上。所以,是的,就像是血靴子船长。

"起义的米老鼠"拿着一个披萨盒回来了,很快啊。"十六块五十五分。"他说。等等,我做错了什么吗?是开玩笑吗?格拉姆博是故意让我们白费力气吗?尼尔扬起了眉毛,不过掏出一张崭新的二十美元钞票递了过去。相应地,我们得到了一个超大号的披萨盒,上面用水分过多的蓝色墨水横印着"新鲜出炉的派"。

盒子并不热。

在外面的人行道上,我把盒子打开。里面是很重的一堆整齐的纸盒,都是长长的平平的形状,上面有可以互相插合在一起的缺口和突起。是格拉姆博装置的全部零件。边缘都是烧过的黑色。是用激光切割机制作的。

盒子盖背面用大号的马克笔写着来自格拉姆博的一条消息:

"原形立现"。是他亲手写的还是他的布鲁克林部下写的，我就永远不得而知了。

在回去的路上，我们在半合法市场的电子商店停了一下，挑了两个便宜的数码相机。然后我们穿过下曼哈顿的街道回到"北桥"。尼尔带着披萨盒，我拿着装在塑料袋里的相机，一路在我的膝盖上碰来碰去。我们有了需要的所有东西。"马努提乌斯"要变成我们的了。

城里到处都是吵闹的汽车和商店。出租车在变为黄色的交通灯下按着喇叭，第五大道上长长的购物者队伍叮铃咣啷的。每条街的角落里都有些稀疏的人群在笑着，吸着烟，卖着烧烤。旧金山是座不错的城市，漂亮，不过从来不会这么充满活力。我深吸了口气——空气凉爽而冷冽，弥漫着烟草和不知来源的劣质肉的味道——我想起了科维纳对半影的警告：你可以在那儿浪费剩下的时间。天！选择在一个摆满书的地表下的墓穴里获得永生还是在上面，和这儿的一切一起迎接死亡？我会选择死亡和烤肉。那半影呢？他似乎也更像是这个世界的人。我想起了他的书店，以及那些宽大的橱窗。我想起他对我说的第一句话——"你在这些书架里找什么呢？"——脸上露出了大笑表示欢迎。

科维纳和半影曾是亲密的朋友，我见过照片为证。科维纳那时一定很不一样……真的完全是个和现在不同的人。在那个节骨眼上你会做出这个决定？在什么时候你就会给某个人一个新的名字。对不起，不，你不再是科维纳了。现在你是科维纳2.0——

一个不稳定的升级版。我想起那个在那张老照片里竖起拇指的年轻人。那永远地消失了吗?

"如果电影制作人是女的就真是更好了。"尼尔说,"说真的,我得在那个基金里多投点钱。我已经给了一笔拨款,而且是给我的表妹塞布丽娜。"他顿了一下,"我想那也许不合法。"

我努力想象四十年后的尼尔:秃顶,穿着西装,一个不同的人。我努力想象着尼尔2.0版本或是商业导师尼尔·沙——一个我不再能与之成为朋友的尼尔——可我就是做不到。

回到"北桥"餐厅,我惊讶地发现凯特和半影正一起坐在矮沙发上聊得很投入。凯特热情地比画着,半影微笑着点着头,蓝色的眼睛闪着光。

当凯特抬起头时,她笑了,脱口说道:"又有一封邮件。"然后她顿了一下,然而她脸上的表情很活跃很激动,仿佛不能抑制住下面将要说的话:"他们把产品管理部门扩展到一百二十八个人了,而且——我是其中之一。"她脸上的微表情肌像是着了火,几乎要发出尖叫,"我被选上了!"

我的嘴有点合不拢了。她跳起来拥抱了我,而我也回了她一个拥抱。我们在"北桥"超酷的大厅里绕着小圈跳舞。

"那究竟意味着什么?"尼尔说着放下披萨盒子。

"我想这意味着这个分支项目得到某些行政主管的支持了。"我说。而凯特将双臂甩向空中。

为了庆祝凯特的成功,我们四个转移到"北桥"大厅那铺满小小的亚光黑色集成电路的酒吧里。我们坐在高凳上,尼尔为大家买了一轮酒水。我吸着某种名叫"蓝色死屏"的饮料,实际上就是氖形成的蓝色,冰块儿里有盏明亮的LED灯在闪烁着。

"那么让我搞清楚——你是一百—— 一百二十八分之一个谷歌的执行总裁了?"尼尔说道。

"不完全是。"凯特说,"我们有一位执行总裁,不过谷歌实在太复杂,没办法一个人单独管理,所以产品管理部门协助。你知道……是否我们应该进入这个市场,是否我们应该进行那个收购。"

"伙计!"尼尔说着从他的椅子里跳了起来,"收购我吧!"

凯特笑了。"我不确定3D乳房——"

"可不仅仅是乳房!"尼尔说,"我们也做全身,胳膊、腿、三角肌,你说让做什么都行。"

凯特只是笑着吸她的饮料。半影正在慢慢品尝一个厚底玻璃大杯里一英寸高的金黄色苏格兰威士忌。他转向凯特,"可爱的姑娘,"他说,"你觉得谷歌在一百年后还会存在吗?"

她沉默了一会儿,然后使劲地点点头。"是的,我觉得会。"

"你知道,"他说,"'完好书脊'一位相当有名的成员和一位建立了有类似雄心的公司的年轻人曾是要好的朋友。而他说过完全一样的话。"

"哪家公司？"我问，"微软？苹果？"如果史蒂夫·乔布斯也和这个组织有关呢？或许那就是为什么格里茨宗字体预安装在每一台苹果电脑里……

"不，不，"半影说着摇摇头，"是标准石油。"他咧嘴笑笑。这完全吸引了我们的注意力。他搅动一下自己的酒杯接着说："你们设法进入了一个已经展开非常久的故事。我的一些兄弟姐妹会说你的公司，可爱的姑娘，和以前出现的一些没有什么分别。他们中的有些人会说'完好书脊'以外的人从没有什么好提供给我们的。"

"他们中的有些人，像是科维纳。"我语气平淡地说道。

"是的，科维纳。"半影点点头，"还有其他的也会。"他看着我们三个——凯特、尼尔和我——平静地说，"但是我很高兴有你们做我的同盟。我不知道你们是否明白这项工作将多么具有历史意义。我们已经发展了几个世纪的技巧，用新工具来辅助……我相信我们会成功的，我深深地相信。"

大家一起干活，尼尔从我的手提电脑上读出说明，半影递给我零件，我来首次组装"格拉姆博装置3000"。部件是从波纹纸板上切割下来的，当你用手指掰的时候会发出让人心满意足的"啪"的声音。插在一起，它们形成了一种超自然的结构整体性。有一个放书的倾斜的台子，上面有两条长长的手臂，每一条上都为照相机留了一个巧妙的凹槽——每个都可以照到平铺的两页纸中的一页。照相机连接到我的手提电脑，现在正在运行一个名叫"格拉姆博扫描"的程序。相应地，这个程序把图像传到一个塞在薄薄的脚踏车扑克牌盒子里的1000G容量的亚光黑色硬盘。盒子是从尼尔那儿摸来的。

"再说一下这东西是谁设计的来着？"他问道，用鼠标翻动着说明。

"一个叫格拉姆博的家伙。他是个天才。"

"我应该雇他。"尼尔说，"不错的程序师。了不起的空间关系感觉。"

我打开我的《中央公园鸟类指南》，把它放到扫描仪上。格拉姆博的设计不太像谷歌的——没有细长的翻页附属臂，所以这部分你必须自己做，按照相机快门也得自己来——不过它能用。翻页、闪光、照相。美洲知更鸟附着在伪装硬盘上的迁徙模式。然后由凯特计时，我把扫描仪拆回到扁平的零件儿，用了四十一秒。

带着这个精巧的装置，我们将在当晚午夜过后一点儿返回阅览室。整个地方将会是我一个人的。我会以最快的速度和最秘密的行动扫描不是一本，而是两本书，然后逃离现场。戴寇已经警告过我，要在第一缕亮光出现之前不留任何痕迹地干完走人。

黑洞

时间刚过午夜。我快步走过第五大道，眼睛望着街对面中央公园的一片漆黑。树木都变成映衬在带着白色斑点的灰紫色天空下黑色的剪影。街道上只有黄色的出租车，为了拉客沮丧地转悠着。其中一辆冲我闪闪灯，我摇摇头表示不坐。

戴寇的钥匙在欲速则不达公司阴暗的门后响起，就这样，我进来了。

黑暗中有闪烁的红光点，多亏戴寇的内部消息，我知道那是个会传信号给一个私人安保公司的无声警报器。我的心跳得更快了。现在我有三十一秒输入密码，于是我输入：1515。那是奥尔德斯·马努提乌斯去世的年份——或者，如果你同意"完好书脊"的那些故事：就是他没死的那一年。

前厅一片漆黑。我从包里掏出一盏头灯，把带子缠在前额上。是凯特建议用头灯而不是手电。"这样你可以专心翻书页。"她说。灯光闪过墙上欲速则不达公司的缩写"FLC"，在那几个大写字母下投射出浓重的阴影。我简短地考虑了在这儿能做的其余一些间谍活动——我能删除他们的电子书侵权者数据库吗？——然而我认定自己真正的任务已经够冒险的了。

我大步走过安静宽敞的外部办公室，头灯扫过房间另一侧的那些小隔间。冰箱发出咔咔嗡嗡的声音；多功能打印机无望地眨着眼睛；屏幕保护在监控器上转动着，在房间里投射出蓝色的光。除此以外，没有任何动作和声音。

在戴寇的办公室里，我省去了穿袍子的事，把我的手机安全地放在自己口袋里。我轻轻地推了一下书架，惊讶地发现它们很轻易就分开了，向后旋转起来，既没有声音也没有重量。这么安静，显然是很好地上过油。

书架后面是一片漆黑。

突然之间，这仿佛是一件非常不一样的事情。直到这一刻，我想象的阅览室都还是昨天下午的样子：明亮，熙熙攘攘，即使不欢迎人，至少照明很好。现在我基本上是望着一个黑洞。这是一个没有任何物质和能量能够从中逃脱的宇宙实体，而我就要直接踏进去了。

我把头灯调整成向下。要耗费一阵工夫了。

我本应该问问电源开关的事。为什么我没问戴寇电源开关的事呢？

我的脚步引起了长长的回声。我已经穿过过道进入了阅览室，这里完全伸手不见五指，是我曾遭遇过的最黑暗的空间，而且非常冷。

我向前迈了一步，决定始终保持我的头低着，而不是抬着，因为当我向下看时，头灯反射在光滑的岩石上，而当我抬头看时，光线就消失在一片黑暗中，什么也看不见。

我想扫描完这些书离开这个地方。首先我需要找到其中一个桌子。这儿有几十个桌子，这不成问题。

我开始顺着房间的边缘走，手指拂过那些书架，边走边感觉那些书脊的起伏。我的另一只胳膊就像是老鼠的胡须伸出去感觉这儿的一切。

我希望这里没有老鼠。

就这样，我的头灯照到了一个桌子的边缘，然后我看到一条沉重的黑色链子和它绑着的书。书皮上印着细长的银色字，向我反射出明亮的光，上面写着："马努提乌斯"。

我首先从我的邮差包里掏出我的笔记本电脑，然后是拆开的"格拉姆博装置"的骨架。在黑暗中组装可能更困难，而且我花了太长时间摸索那些插槽和突起，害怕会弄坏纸板。接着从包里拿出来的是照相机，我按了其中一台的快门测试了一下，闪光灯亮了，照亮了整个房间百万分之一秒，而我立刻就后悔了，因为我的视觉被毁了，到处都看到紫色的大光斑。我眨着眼睛等着，脑子里想着那些老鼠，还有蝙蝠，或者是人身牛头怪。

"马努提乌斯"的确是本庞然大物。就算它不被链子锁在桌子上，我也不知道人们怎么能把这样的一本书拿出这里。我不得不用一种别扭的姿势双臂抱住它,把它举上扫描仪。我害怕纸板不能承受这重量,不过今晚物理站在了我这一边。格拉姆博的设计很牢固。

于是我开始扫描了。翻页,闪光,拍照。这本书就像我在古旧书库看到的所有其他的书一样:一片稠密排列的密码字符。翻页,闪光,拍照。第二页和第一页一样,第三页也是,第七页也是。我陷入了恍惚之中,翻动着宽大单调的书页入了迷。再翻页,闪光,拍照。"马努提乌斯"这几个阴沉的字母成了宇宙中全部的存在。在照相机闪光的间隙,我只看见那巨大的逼近的黑暗。我用手指感觉着找到下一页。

一阵晃动。有人在这下面吗?有东西刚刚让桌子晃了一下。

又晃了。我想问是谁在那儿,然而却卡在喉咙里,弄得嗓子燥热,只发出了一声嘶哑的声音。

又一阵晃动。接着,在我有时间形成关于阅览室头上长角的守卫的可怕理论之前——显然是埃德加·戴寇曾经的野兽形态——又有了更多的晃动。洞穴里发出隆隆的呼啸声,我不得不抓住扫描仪把它扶正。一瞬间我放松下来,我意识到这是地铁,仅仅是地铁,正驶过隔壁的岩床。噪声形成的回音在这黑暗的洞穴里变成了一种低沉的咆哮。终于,地铁过去了,我又开始扫描起来。

翻页,闪光,拍照。

许多分钟过去了,或许不仅仅是分钟,荒凉的感觉袭上我的心头。或许是因为我没吃晚餐，所以我的血糖降到了最低点，也或许是因为我正独自站在一个黑漆漆冷冰冰的拱形地下室里。然而不管是什么原因，影响是真实的：我敏锐地感到这整项事业的愚蠢，这个邪教组织的荒谬。生命之书？这根本算不上是一本书。《龙之歌传奇》第三卷就是一本比这要好的书。

翻页，闪光，拍照。

不过当然：我看不了它。我会对一本中文书或者韩文书或是希伯来文书说同样的话吗？犹太寺庙里的大经书看起来就像这个，是吗？翻页，闪光，照相——巨大的网状的难以理解的符号。也许是我自己的局限影响了我。也许是我看不懂我正在扫描的这些东西。翻页，闪光，照相。假如我能读懂这个呢？如果我能扫一眼书页，你知道，就看懂那个笑话或是对那个惊险故事大吃一惊会怎么样呢？

翻页，闪光，拍照。

不。翻着这加密的古抄本的书页，我意识到自己最喜欢的书就像是不设防的城市，可以用各种各样的方式漫步其中。这东西就像是个没有前门的碉堡。你得攀爬那些墙壁，一块石头一块石头地爬。

我又冷又累又饿，不知道过去了多长时间。我感到似乎自己的一生都是在这个房间里度过的，偶尔会做起关于一条洒满阳光的街道的梦。翻页，闪光，拍照，翻页，闪光，拍照，翻页，闪光，拍照。我的双手变成了冰冷的爪子，弯曲着，抽着筋，就像是已经打了一天电脑游戏。

翻页，闪光，拍照。这是个可怕的电脑游戏。

终于，我干完了。

我把手指抓在一起向后弯弯，又伸展伸展。我上下跳跳，设法让自己的骨头和肌肉勉强恢复正常人类的外形，并不奏效。我的膝盖疼痛，背上抽筋。拇指上射出一阵阵疼痛，直蹿到手腕上。我希望不会永远这样。

我摇摇头，感到情绪非常低落。我应该带个燕麦棒的。忽然间我确信饿死在黑漆漆的洞穴里是最糟糕的死法。这让我想起排列在四周墙壁上的"生命之书"，突然感到毛骨悚然。有多少死去的灵魂正在我周围的书架上坐着——等着？

有一个灵魂比其他的都更重要。是时候完成这次任务的第二目标了。

半影的"生命之书"在这儿。我冷得打着寒战，想要离开这地方，然而我到这儿来不仅要解放奥尔德斯·马努提乌斯，还有埃杰克斯·半影。

要明白：我不相信这个。我不相信这些书的任何一本会提供永生。我只是要一张张扫描其中的一本，它是一本由发霉的纸张装订成的裹在更加发霉的皮面里的书，就像是一截死树，一块死肉。然而如果半影的"生命之书"是他一生的伟大作品——如果他真的把自己学过的一切、他的全部知识都注入了这本书里——

那么，你知道，我认为有人得力挺一下。

这也许是个风险很大的赌注，不过我再也不会有这样的机会了。所以我开始沿着房间周围加快脚步搜索着，努力读着侧面的书脊。有一本书证明了它们不是按字母顺序排列在书架上的。不，当然不是。它们很可能是按照某种极其机密的组织内部等级归类的，或是按照喜欢的质数，或者是内接缝，或者其他的东西。因此我就一个架子一个架子地走过去，越来越深入到一片黑暗里。

从一本书到另一本书的变化是惊人的。有些很厚，有些则很薄，有些像地图册一样大大的，有些则很短小，像是平装本。我想知道这其中是否也有规律，是否每本书的规格也是按照某种身份等级编排的呢？有些书用布装订着，有些是用皮子，还有许多是使用我不认识的材料装订的。有一本在我头灯的灯光下闪着光，装订在薄薄的铝皮里。

已经看了十三个架子，仍旧没有标着"半影"的书。我怕是自己错过了。头灯投射出一道窄窄的圆锥形的光，而且我也没有查看每一本书脊，尤其是最下面那些挨着地板的——

书架上有一块空着的地方。不，仔细查看后，原来那不是空着的，而是黑色的。是一本黑色外皮的书，书脊上的名字也只能模糊地看到："莫法特"。不会是……克拉克·莫法特，《龙之歌传奇》的作者吧？不，不可能。

我抓住那个书脊把它拉了出来，这时这本书散架了。书皮还在一起，不过里面一沓黑色的书页松动了，掉到了地板上。我小声骂了一句"见鬼！"，把剩下的部分推回了书架。这一定就是他们说的被烧。书本被毁了，就像是个被涂黑的文本中的占位符。也许是个警告。

现在我的手也被染黑了，沾上了光滑的烟灰。我拍拍手，"莫法特"的一部分就飘落到了地板上。也许这是一位祖先或者他第二代的堂兄妹，这个世界上可不止一个莫法特。

我蹲下来想捧起那些烧焦的灰烬，我的头灯照到了一本书，高高的薄薄的，书脊上印着金色的字："半影"。

是他。我激动得几乎没办法让自己碰它了。它就在那儿——我找到了——然而突然之间我感到它是如此私密，就像是我要翻看半影的捐税收入或者他的内衣抽屉一样。里面是什么呢？它讲了什么故事啊？

我用一只手指伸进去钩住装订物的顶部，慢慢地把书移出书架。这本书很漂亮。比旁边的书更高也更薄，带着非常硬的外壳。它的尺寸让我联想起一本过大的儿童书而不是一本玄妙的日记。封面是淡蓝色，正是半影眼睛的颜色，也发着一样的微光：书本的颜色在头灯的照射下变换着、闪烁着。在我的手之间，我感到书软软的。

残留的"莫法特"成了我脚边一块深色的污迹，无论如何，我是不会让同样的事在这本书上发生的。我要扫描"半影"。

我带着我昔日雇主的"生命之书"回到"格拉姆博装置"那儿——为什么我这么紧张呢?——我翻到第一页。当然,像所有其他的书一样,上面是混乱的字符。半影的"生命之书"并不比这些书中的任何一本更好读。

因为它更薄——仅仅是"马努提乌斯"的一小部分——应该不会耗费很长时间,然而我发现自己翻得更慢了,努力从书页里收集着什么,任何东西。我放松一下双眼,不去聚焦在什么上面,因此这些字母变成了一堆有斑纹的阴影。我太想在这一堆东西里看出什么了——老实说,我想要某种奇迹发生。然而没有。如果我真要读懂我古怪的老年朋友的作品,我需要加入他的邪教组织。在"完好书脊"的秘密图书馆里,没有免费的故事。

事情花费了比应有的更长的时间,不过最后我扫描完"半影"的书页,都安全地存在了硬盘里。比"马努提乌斯"还要安全。我感到像是刚刚完成了某件重大的事情。合上笔记本电脑,我挪到我找到这本书的地方——有地板上"莫法特"的灰烬做记号——把这本发着蓝光的"生命之书"插回它原来的位置。

我在书脊上轻拍了一下,说:"好好睡吧,半影先生。"

接着灯亮了。我一下子看不见了,感到惊恐,惊慌失措地眨着眼睛。刚刚发生了什么?我触动了警报吗?是我触发了某个专为弄巧成拙的捣蛋鬼设计的陷阱吗?

我从口袋里抓出手机,疯狂地在屏幕上拂过去,激活手机。

几乎是早上八点了。这怎么会发生的？我在这儿环绕着书架搜寻了多久？我用了多久扫描"半影"？

灯亮了，现在我听到了一个声音。

当我还是小孩子的时候，有一只宠物仓鼠。它似乎害怕所有的东西——总是被绊住，发着抖。这让我持续十八个月的整个养鼠过程相当不愉快。

现在，我人生中头一次，百分之百地体会到了绒毛小飞侠的心情。我的心脏以仓鼠的速度剧烈跳动着，眼睛在房间里到处看，想要找到路逃出去。这些明亮的灯就像是监狱院子里的探照灯。我可以看到自己的手，还有脚下一堆烧焦的纸，我还能看到放着我手提电脑的桌子和上面放着的架在一起的扫描仪。

我也能看到房子对面那扇门的模糊的形状。

我快步跑到我的手提电脑那儿，抱起它，也抓起扫描仪——在胳膊底下把纸板压扁——向门冲去。我完全不知道那是什么，通向哪里——通向豆子罐头？——但是现在我听到了声音，很多声音。

我的手指抓住门把手了。我屏住呼吸——求求你了，求求你没有上锁——我推了下去。可怜的绒毛小飞侠从没感觉过像那扇门打开后所带来的那样放松的感觉。我溜进去，在身后关上了它。

门的另一边又是一片漆黑。我一动不动地站了一会儿，手臂里抱着我尴尬的货物,背部紧贴着门。我强迫自己轻轻地呼吸,请求我仓鼠一般的心脏跳得慢下来。

我的身后传来移动和谈话的声音。这扇门并不是很结实地卡在岩石里的门框中,它就像是卫生间的隔栏一样可以看过去。不过它的确给我提供了机会,可以把扫描仪放到一边,让自己平趴在冰冷光滑的地板上通过下面半英寸的空间往外偷看。

"黑袍子"们涌进了阅览室,已经有十来个了,还有更多的人正在顺着台阶下来。发生了什么?是戴寇忘记核对日历了吗?他背叛我们了吗?今天是一年一度的大会吗?

我坐直身子,做了陷入紧急情况的人会做的头一件事,发了一条短信。不走运,我的手机闪动着提示"没有信号",即使我踮着脚举到靠近天花板的地方挥舞也没用。

我需要藏起来。我要找到一个小地方,蜷缩进一个球里,一直等到明天晚上然后潜逃出去。这样就会面临饥饿和口渴的问题,也许还有上厕所……不过一次一件事。我的眼睛又适应黑暗了,如果我把头灯绕一个大圈照过去,就能弄清我周围空间的形状。这是个天花板低矮的小房间,堆满相互连接、摞在一起的黑乎乎的东西。在一片阴暗中,看起来像是科幻电影里的场景:有一些边缘锋利的金属条和长长的管子通到天花板上。

我还在摸索着前进,突然门上传来一声轻轻的叮当声,让我又回到了仓鼠的状态。我仓促地向前跑去,蹲伏在那些黑东西的后面。什么东西戳着我的背在那儿晃动着,所以我伸过手去扶住它——是根铁棒,冰得让人难受,因为附有灰尘而很滑。我能用这根棒子打"黑袍子"吗?我要打他哪儿呢?打脸?我不确定自己能够重击某个人的脸。我是个捣蛋鬼,不是武士啊。

温暖的光线照进了这个小房间,我看到门口出现了一个人的身影,是个圆鼓鼓的身影,是埃德加·戴寇。

他拖着脚步走过来,有什么东西在晃荡的声音。他正别扭地用一只手拿着一个拖把和水桶,另一只手在墙壁上摸索着。一声低低的蜂鸣,房间沐浴在了橘色的灯光中。我表情痛苦地斜眼看过去。

看到我蹲在角落里,举着像是某种哥特风的棒球棒一般的铁棍,戴寇倒吸了一口气。他睁大了眼睛。"现在你早该已经离开了!"他小声说。

我决定不提我因为"莫法特"和"半影"而分心的事。"这儿真的很黑。"我说。

戴寇叮铃咣啷地把拖把和水桶放在一边,叹着气,用一只黑袖子揩着额头。我放下了棒子。现在我能看见我是蹲在一个巨大的炉子旁边,那棒子是一把铁拨火棍。

我查看这现场,不再是什么科幻电影了。我被印刷机包围着,它们就像是许多个时代的难民:有一台上面竖着把手和杠杆的老式单板机;一台架在长长轨道上的宽大沉重的汽缸;某个直接从德国活字印刷发明人古腾堡的仓库里弄来的东西——一节有螺纹的沉重的木头,顶上翘着一把巨大的螺丝刀。

有些箱子和小柜子。印刷的工具摆在一张风化了的宽大桌子上,还有厚厚的书堆和缠着粗重的线的高高线轴。桌子下面是堆成宽宽的圈状的长链子。挨着我的炉子顶部有个宽大的、微笑着的小窗,喷出浓烟,消散在小房间的天花板上。

在这儿,曼哈顿街道的地底深处,我发现了世界上最诡异的印刷所。

"不过你拿到了?"戴寇小声说。

我给他看看装在脚踏车扑克盒子里的硬盘。

"你拿到了。"他吸了口气。惊讶并没有持续很长时间,埃德加·戴寇很快把自己调整过来。"好的,我想我们能让这个奏效。我想——会的。"他对自己点点头。"让我把这些拿上,"——他从桌上拿起三本沉重的书,都是一模一样的——"我会很快回来。待在这儿,别出声。"

他把架在胸前的书拿稳,沿着来时的路回去了,没有关灯。

有一个金属盒子比其他的都要大。顶上有个熟悉的标记:两只手,像书本一样摊开着。为什么团体组织需要在每件东西上打上他们的徽章呢?就像是狗要在每棵树上尿尿。谷歌也是这样,纽贝格曾经也是。

我双手并用,吭哧吭哧地抬起了箱子盖儿。里面被分成了一些间隔,有些长,有些宽,有些是规整的正方形,都装着浅浅的一摞金属铅字:短而粗硬的小小的3D字母,那种你放在印刷机上拼出单词、段落、书页和书的东西。突然我明白这是什么了。

这是格里茨宗。

门再次咣啷响起来,我飞快地转过去看:戴寇站在那儿,一只手插在袍子里。我立刻确信他正在装傻,他已经背叛了我们,现在被派来干掉我。他会替科维纳干活——也许用古腾堡印刷机压扁我的脑袋。不过如果他决心站在我们这些店员的一边,他就是在上演一出好戏:他脸上的表情开放、友好、一副同谋者的样子。

"那是遗产。"戴寇说,冲着那个格里茨宗的箱子点点头。"很厉害,是吧?"

他踱着步走过来,就像我们正在这地底深处闲逛一样,俯身伸出粉红色的手指扫过铅字。他拿起一个小小的"e"举到眼前。"字母表里最常用的字母。"他边说把它翻转过来检查着,皱皱眉说,"真的用旧了。"

地铁在附近的岩床上隆隆地驶过,震得整个房间哗哗地响。格里茨宗铅字叮叮当当地弹动着,字母"a"们仿佛发生了一次小小的雪崩。

"这遗产不是很多啊。"我说。

"它磨损了,"戴寇说,把那个"e"丢回它的格子里。"我们弄坏字母却没办法造出新的来。我们弄丢了原始的版本。组织最大的悲剧之一。"他抬头看着我。"有些人认为,如果我们改变字体,新的'生命之书'就不会有效。他们认为我们要永远坚持格里茨宗字体。"

"可能是最糟的，"我说，"也可能是最好的——"

阅览室里传来一阵嘈杂声。一声响亮的敲钟声，接着是一声绵长的回声。戴寇的目光闪了一下。"是他，得走了。"他轻轻合上箱子，绕到背后够到自己的腰带，拉出一块折成方形的黑布，是另一件袍子。

"穿上。"他说，"别出声，待在阴影里。"

装订

房间的尽头有一群穿黑袍子的人，在木讲台的下面——好几十个。这是所有人吗？他们正在交谈着，耳语着，把桌子和椅子推回去。他们正在为一场表演准备着。

"伙计们，伙计们！"戴寇喊道。"黑袍子"们分开来给他让开一条路。"谁的鞋上有泥？我看到这些脚印，昨天我才拖过地。"

是的，地板亮得就像玻璃，倒映着书架上的各种颜色，仿佛是淡淡的彩色粉笔画，真漂亮。铃声再次响起，在这地窖里回响着，发出刺耳的共鸣声。"黑袍子"们在讲台前排好队，都面朝着一个人——这个人当然是科维纳。我正站在一个高个儿的金发学者身后，我的手提电脑和格拉姆博装置压皱的残骸就藏在我崭新的黑袍子里肩上挂着的包内。我朝肩膀下面看了看，这些袍子真应该有兜帽才好。

"首席读者"面前的讲台上放着一叠书，他用他那结实的手指轻轻拍着。这些正是戴寇不久前从印刷所取来的。

"'完好书脊'的兄弟姐妹们,"科维纳大声说道,"早上好,'欲速则不达'。"

"'欲速则不达'。""黑袍子"们都低声应和着。

"我把大家召集起来是要说两件事。"科维纳说,"这是第一件事,"他举起一本蓝色封皮的书给大家看。"经过许多年的工作,你们的兄弟扎伊德献出了他的'生命之书'。"

科维纳点着头,"黑袍子"中的一个人向前走了几步,转身面向众人。这个人五十岁上下,袍子下衬出短粗的身材。他长着一张拳击运动员的脸,扁平鼻子,两颊上长着斑点。这人一定就是扎伊德。他站得笔直,双手背扣在身后,面目消瘦,正努力做出坚毅的神情。

"戴寇已经验证了扎伊德的作品,我也读了他的书。"科维纳说,"我已经尽可能仔细地阅读。"他的确是个有神奇魅力的家伙——他的声音不大,却有股不可抗拒的自信。一阵停顿,整个阅览室里一片寂静,每个人都在等着"首席读者"的裁决。

终于,科维纳简单地说道:"是本杰作。"

"黑袍子"们高喊着冲向前去拥抱扎伊德,逐一和他握手。站在我身旁的三个学者开始扯开嗓门唱起一首歌,听起来像是《他是个快活的好人》之类的调子,不过我不太确定,因为是拉丁语的。我也混在里面鼓着掌。科维纳抬起一只手示意大家安静。人们都退回去安静下来。扎伊德还站在前面,他抬起一只手遮住了眼睛,他哭了。

"今天，扎伊德成册了。"科维纳说，"他的'生命之书'已经被译成密码。现在它会被放上书架，而密码会秘密地保存，直到他去世。正如马努提乌斯选择了格里茨宗，扎伊德也选好了一位值得信任的兄弟来保管密码。"科维纳顿了一下。"那就是艾瑞克。"

又是一阵四下传来的欢呼声。我认识艾瑞克。他就在前排，苍白的面孔上留着斑白的胡须——科维纳在旧金山书店的信使。"黑袍子"们拍着他的肩膀，我能看见他在笑着，脸上放着光。也许他没那么坏。那是个不小的责任——保管扎伊德的密码。允许他把它写在什么地方吗？

"艾瑞克也会是扎伊德的信使之一，和达利斯一起。"科维纳说，"兄弟们，向前来。"

艾瑞克向前坚定地迈了三步。另一个"黑袍子"也是。这个人像凯特一样皮肤金黄，一头浓密的棕色卷发。他们都解开了袍子。艾瑞克里面穿着一件挺括的白色衬衫，下面一条石灰色的宽松长裤。达利斯穿着牛仔裤和一件运动衫。

埃德加·戴寇也走出人群，拿着两张宽大厚重的牛皮纸。他从讲台上拿起书，一次一本，利落地包起来，递给信使：首先是艾瑞克，然后是达利斯。

"三本复本，"科维纳说，"一本放在图书馆，"——他再次举起蓝色封皮的书——"两本保管起来。布宜诺斯艾利斯和罗马。我们把扎伊德委托给你们了，兄弟们。带着他的'生命之书'，别休息,直到你们看到它被放上书架。"

所以我现在更理解艾瑞克的造访了。他是从这儿去的。他带着一本崭新的"生命之书",送去安全保存起来。当然,在这方面他是个混蛋。

"扎伊德加重了我们的担子,"科维纳严肃地说,"正如所有在他之前加入的那些成册者一样。年复一年,一本一本,我们的责任变得越来越重大。"他环视一周,望着所有的"黑袍子"们。我屏住呼吸,缩着肩膀,尽量让自己藏在高个儿金发学者后面。

"我们必须毫不动摇。我们必须解开创立者的秘密,唯有如此,扎伊德以及他之前的所有人才能继续存在下去。"

人群里传出专注的窃窃私语。前面的扎伊德不再哭了,他让自己镇定下来,脸色既自豪又严峻。

科维纳沉默了一会儿,然后接着说:"还有些事我们必须说一下。"

他轻轻挥了一下手,扎伊德回到了众人中间。艾瑞克和达利斯向台阶走去。我有一阵想要跟着他们,不过很快重新考虑了一下,现在我能完全融入这些人中的唯一希望就是蜷缩在这并非正常,而是极度古怪的阴影中。

"我最近和半影谈过。"科维纳说,"在这个团体中他有朋友。我自认为是其中之一。因此,我感到必须告知你们我们的谈话。"

周围一片窃窃私语之声。

"半影负有重大罪责——能想象到的最大的。由于他的疏忽,我们的一册书被偷了。"

低语声和抱怨声。

"一本包含着'完好书脊'细节的日志,团体多年来在旧金山的工作被破译了,放在那儿,任何人都可以读。"

我在袍子下面汗流浃背,眼睛发痒。放在我口袋里脚踏车扑克盒子里的硬盘仿佛铅块一样。我尽量让自己显得与此事毫无瓜葛,绝无关联,一个劲儿低头盯着自己的鞋。

"这是个重大的错误,而且不是半影第一次犯了。"

"黑袍子"们里传来了更多的抱怨声。科维纳失望、鄙视的情绪传染给他们,又反馈回来,被放大了。这些高高的黑暗的形体全都聚集在一起,变成了一个巨大的愠怒的阴影,仿佛是乌鸦的大屠杀。我已经选好了通往楼梯的一条路,准备好往那儿跑。

"记好这个,"科维纳说道,声音提高了一点,"半影是成册者之一,他的'生命之书'摆在这些架子上,就像扎伊德的要被摆上去一样。然而他的命运却并没有保证。"他的声音快速而坚决,穿过整个地下室,"兄弟姐妹们,让我说清楚:当责任如此重大而目的如此严肃时,友谊不能作为挡箭牌。如果再犯一次错误,半影的书将被烧掉。"

人群里发出倒吸一口气的声音,接着是快速的低声交换意见的声音。向四周瞄去,我看到震惊和惊奇的表情。"首席读者"刚才可能做得太过分了。

"别把你的工作看作理所当然的，"他缓和些语气说道，"不管你是成册者还是未成册者。我们都应该守规矩。我们必须意志坚定。我们不能允许自己——"——他说到这儿停了一下——"分心。"说完他吸了口气。他可以做总统候选人——一个不错的总统候选人——完全充满说服力和诚意地进行巡回演说。"文本才是要紧的，兄弟姐妹们。记住这一点。我们需要的一切已经在这文本里了。只要我们拥有那个，只要我们拥有我们的智慧"——他举起一根手指在他光亮的前额上拍了一下——"我们就什么其他的都不需要。"

之后，这些"乌鸦们"就散开了。"黑袍子"们很快围住了扎伊德，祝贺他，向他提问。他那粗糙的红脸颊上，一双眼睛还是湿润的。

"完好书脊"恢复了它日常的工作。"黑袍子"们趴在黑色的书本上，把链子拉得紧紧的。讲台附近，科维纳和一个中年妇女商议着什么。她正在打着夸张的手势，解释着什么事情。而科维纳盯着地下点着头。戴寇在他们后面徘徊着，他的眼光正碰到我的眼光。他的下巴做出了一个明确的动作，传达的信息很清楚：走！

我头低着，包紧紧地裹在里面，挨着书架走过房间。快到楼梯的半路上，我绊到了一根链子，一失足一条腿跪在了地上。我一巴掌拍在地板上，一个穿黑袍子的朝我看了一眼。这人高高的个儿,下巴上留着像子弹一样向外突起的胡子。

我轻声说道:"'欲速则不达'。"然后直直地盯着地面,快步向楼梯走去。我一次两级台阶,一口气上到了地面。

在"北桥"的大厅里,我见到了凯特、尼尔和半影。他们正坐在一个灰色的长沙发上等我,面前摆着咖啡和早餐。这场景就像是一个心智健康,具有现代性的绿洲。半影正皱着眉头。

"小子!"他说着站了起来,上下打量着我,扬起一条眉毛。我意识到自己还穿着那件黑袍子。我一耸肩,把包扔到地板上,把袍子脱了下来。它在我手中很光滑,在大厅微亮的地板上闪着光。

"你让我们担心了。"半影说,"怎么这么长时间?"

我解释发生了什么。我告诉他们格拉姆博的扫描仪有用,然后我把这奇妙装置被压瘪的残留物扔到矮桌上。我向他们讲述了有关扎伊德的典礼。

"一次装订,"半影说道,"这很偶尔,而且间隔的时间也很长。真不走运今天会有。"他侧着下巴,"或者也许是走运。现在你更加了解'完好书脊'所要求的耐心了。"

我招来一个"北桥"的侍者,饥渴地点了一碗麦片粥和一杯"蓝色死屏"。现在还早,不过我需要喝上一杯。然后我告诉了他们科维纳说的关于半影的话。

我的前雇主挥着一只骨瘦如柴的手说:"他的话不重要。

不再重要了。重要的是这些书页里有什么。我简直不敢相信它奏效了。难以置信我们拥有奥尔德斯·马努提乌斯的'生命之书'了。"

凯特点着头,笑起来。"让我们开始吧,"她说,"我们可以用光学字符识别这本书,确保所有的东西都有用。"

她掏出她的苹果笔记本电脑启动起来。我把那个小硬盘插进去拷贝里面的内容——大多数的内容。我把"马努提乌斯"拖到凯特手提电脑的桌面上,不过我自己留下了"半影"。我不打算告诉半影,或者任何人,我扫描了他的书。那个可以等一等——如果运气好的话,可能会永远等下去。马努提乌斯的"生命之书"是个大工程,半影的只相当于一本保险条款。

我吃着麦片,看着进度条增长。一眨眼的工夫就拷贝完了,凯特的手指在键盘上翻飞起来。"好了,"凯特说,"在传输中了。我们需要山景城的帮助来真正破解这些密码……不过我们至少可以让'海肚普'开始工作,来把书页变成普通文本。准备好了?"

我笑了,这真令人兴奋。凯特的脸颊发着光。她正处在数字女皇模式。而且,我觉得"蓝色死屏"开始有点上头了。我举起我那闪着光的玻璃杯:"奥尔德斯·马努提乌斯万岁!"

凯特用一根手指在她的键盘上一敲。书页的图片就开始飞向远方的电脑,在那儿,它们会变成一系列可以被拷贝,很快就能被解码的符号。现在没有链子可以拴住它们了。

在凯特的电脑工作的同时，我问起半影关于那本烧掉的标记着"莫法特"的书。尼尔也在听着。

"是他吗？"我问道。

"是的，当然。"半影说，"克拉克·莫法特。他就在这儿写了他的书，在纽约。然而在那之前，小子——他是我的顾客。"

他咧嘴笑着，眨了眨眼睛。他觉得这样能让我印象深刻，他是对的。我立刻产生了一种明星崇拜般的心理。

"不过那不再是你持有的'生命之书'了，"半影说着摇了摇头，"不再是了。"

显然是这样。那本书化成灰了。"发生了什么？"

"我们惩罚了它，当然就是这么回事。"

等等，我糊涂了。"莫法特曾经出版的唯一的书就是《龙之歌传奇》。"

"是的。"半影点点头，"他的'生命之书'是这套传奇的第三卷和最后一卷，他在加入我们之前就开始写作了。完成这项工作，然后将它交给团体放上书架，是种了不起的职业信念。他把它拿给了'首席读者'——那时候是尼维安，科维纳之前的——书被接受了。"

"然而他把它收了回去。"

半影点点头。"他没能做出这个牺牲。他不能放着他的最后一卷书不发表。"

因此莫法特不能留作"完好书脊"的一员，因为尼尔和我，以及无数的书呆子六年级生都被《龙之歌传奇》的第三卷和最后一卷给弄得摸不着头脑。

"老兄，"尼尔说，"这解释了很多问题。"

他是对的。第三卷让中学生们摸不着头脑是因为它完全像是个"曲线球"。调子变了，角色变了，情节脱了轨，开始服从于某种隐藏的逻辑。人们总是猜测这是因为克拉克·莫法特开始服用迷幻药，而事实更为离奇。

半影皱着眉。"我相信克拉克犯了一个可悲的错误。"

错误与否，这都是一个世俗的决定。如果《龙之歌传奇》从没完成，我永远也不会成为尼尔的朋友。他就不会坐在这儿了。也许我也不会坐在这儿。也许我会在哥斯达黎加和古怪的大学好友们冲浪，也许我正坐在灰绿色的办公室里。

谢谢你，克拉克·莫法特。感谢你的错误。

《龙之歌传奇》(第二卷)

回到旧金山,我在厨房里一起找到了马特和阿什莉。他们正吃着内容丰富的沙拉,都穿着有弹性的亮色运动服。马特的腰间别着一个竖钩。

"杰侬!"他大叫道,"你攀过岩吗?"

我承认没攀过。像个捣蛋鬼那样,我更喜欢需要机敏而非体力的运动项目。

"是的,我也是这么想的,"马特边说边点着头,"但是不是体力,是策略。"阿什莉自豪地对他使了个眼色。他继续说着,挥舞着一叉子绿色蔬菜,"你攀爬时必须研究每一段——带着计划上,具体实践,做出调整。认真地说,现在我的脑子比胳膊得到的训练要多。"

"纽约之行怎么样?"阿什莉礼貌地问道。

我不确定应该怎样回答。回答诸如:好吧,秘密图书馆的大胡子主人要气急败坏了,因为我拷贝了他的整本古代密码书,把它传给了谷歌,不过至少我住在一家好的旅馆?

代替这些,我说道:"纽约不错。"

"他们有一些很棒的攀岩馆。"她摇着头,"没什么东西能比得上。"

"是的,旧金山石头城的室内设计的确……让人希望能有一些东西。"马特说。

"那个紫色的墙……"阿什莉打了个冷战。"我想他们就是买了在打折的随便什么漆。"

"一面攀爬墙的确是个机会,"马特说道,他变得兴奋起来。"多棒的一块画布!三层楼的高度让你可以覆盖上你想要用的任何东西。像是幅表面不光滑的画。工业光魔有个家伙……"

我留下他们一起高兴地聊着细节。

这时候,最好的选择就是睡觉,不过我在飞机上眯了一会儿,现在躁动不安,仿佛有东西在我脑子里仍然在跑道上绕圈,拒绝着陆一样。

我在自己矮矮的书架上找到"克拉克·莫法特"(未被烧毁,完好无缺的)。我正又一次地慢慢读着这套系列书,现在正读到第二卷,接近结尾的地方。我在床上翻看着,尽量用新的眼光来看待它。我的意思是:这本书是一个和我走过相同的街道,和我翻查过相同的布满阴影的书架的人写的。他加入了"完好书脊"又离开了"完好书脊"。这一路上他学到了什么?

我翻到我上次看到的地方。

主人公，一个学者型的小矮人和一个被废黜的王子，正要通过一片致命的沼泽地到第一魔法师的城堡。我知道接下来要发生什么，当然，因为我之前已经读过三遍这本书了：第一魔法师会背叛他们，把他们交给妖龙女王。

我一直知道这件事会到来，我知道这件事需要发生（因为不然他们怎么能进入妖龙女王的高塔而且最终打败她？），不过这一部分总是简直快要了我的命。

为什么事情不能就直接奏效？为什么第一魔法师不能就给他们一杯咖啡，提供他们一个安全的地方待上一阵子？

就算带着我所有的新知识来读，这故事似乎也和以前是一样的。莫法特的行文很好：清晰稳健，有足够的全面描写命运和龙的句子让故事紧张膨胀。角色是吸引人的典型：学者型的小矮人弗恩文是个绝对的书呆子，尽全力要在冒险中存活下来。泰利马赫·半血是你想要成为的主角。他总是有计划，总是有解决的办法，总是有他可以召集的秘密同盟——海盗和魔法师们。他很久以前做出的牺牲赢得了这些人的忠诚。实际上，我正要读到泰利马赫准备吹响格里夫的金号角来唤醒皮内克森林里死去的精灵。这些精灵都对他负有义务，因为他解放了他们——

格里夫的金号角。

嘿。格里夫，就像是格里夫·格里茨宗。

我打开我的手提电脑开始做笔记。段落继续下去：

"格里夫的金号角做工精细。"泽诺多托斯说道，手指顺着泰利马赫的宝贝的弧度抚摸着。"而魔法就在它的制作本身之中。你明白吗？这儿没有魔法——我探查不到。"

听到这些，弗恩文的眼睛睁得大大的。难道他们不是刚刚勇敢面对了恐怖的沼泽地，才收回这个被施了魔法的号角吗？而现在第一魔法师宣称它根本没有任何魔力？

"魔法不是这个世界上唯一的力量。"老魔法师轻声说道，把号角交还给它高贵的所有者。"格里夫制作了如此完美的一件乐器，以至于死人也必须起来听从它的召唤。他用双手制造了它，没有魔咒，没有龙之歌。我希望我也能像他一样这么做。"

我不知道这意味着什么——不过我想它意味着什么东西。

从那儿开始，情节变得熟悉了：当弗恩文和泰利马赫在装饰华丽的房间里（终于）睡着了，第一魔法师偷走了号角。然后他点亮一盏红色的灯笼，让它在高空中跳舞，给妖龙女王在皮内克森林里的黑暗掠夺者发去信号。他们在那儿的树林间忙碌——寻找老精灵的坟墓，挖出骨头，把它们磨成粉——但是他们知道这信号意味着什么。他们降落在城堡上，当泰利马赫·半血在他的房间里被惊醒时，他被这些高高的黑影包围了。他们号叫着进行攻击。

就在这儿，第二本书结束了。

"太棒了。"凯特说。我们在美食家之窟里，分着一块不含胶的华夫饼。她正对我讲着新产品管理部门的就职集会。她穿着一件匕首状领子的奶油色上衣，里面，一件红色的T恤堆在脖子下面。

"完全不可思议，"她继续说道，"迄今为止最好的一次会议。完整地……有组织的。你完全知道从头到尾在干什么。每个人都带了手提电脑来——"

"人们还互相对看吗？"

"倒不。每件重要的事都在你的电脑屏幕上。有一份自动重排的日程表。有后台私聊，还有事实核对！如果你站起来发言，就有人参照你的观点，支持或者反对你——"

听起来像是工程师的雅典。

"——会议相当长，好像是六个小时，不过感觉好像根本没花时间，因为你很费劲地在思考。你完全是绞尽脑汁。有大量的信息需要吸收，它们来得飞快。而且他们——我们——做决定也是飞快。有人要求投票以后，现场实时就投，你不得不弃权或者授权给其他人……"

现在听起来更像是真人秀。这华夫饼难吃死了。

"有个名叫阿莱克斯的工程师，他是个大人物，他制作了大部分的谷歌地图。我觉得他喜欢我——他已经把他的投票权授权给我一次了。这可真疯狂，我完全是新人——"

我觉得我想把拳头授权在阿莱克斯的脸上。

"——有成堆成堆的设计师,比平时要多。有人说他们稍稍调整了选择的算法公式。我想这也许是为什么我能进入的原因,因为我是个设计师和程序员。是最优组合。不管怎么说,"她最后吸了口气说道,"我做了一次展示。我猜第一次做产品管理一般不应该这么做。不过我问了拉杰,他说可能还行,没准儿还是个好主意。给大家留个深刻的印象。管它的。"她又吸了口气。"我告诉他们关于马努提乌斯的事了。"

她这么做了。

"这本古代的书多么了不起,完全是一笔历史财富,完全是古老的知识,好吧——"

她真的这么做了。

"——然后我解释了这个非营利性组织怎么样想要努力破解密码——"

"非营利性组织?"

"这听起来能好点儿,比像是秘密会社要强点儿。不管怎样,我说他们努力想要破解密码,当然人们听到这个就活跃兴奋起来,因为在谷歌人人都喜欢密码——"

书:无聊。密码:棒极了。这就是运营互联网的人。

"——而且我说,也许我们应该在这上面花点时间,因为这会是一件全新事物的开始,像是某种密码破解公共服务之类的东西——"

这个姑娘了解她的听众。

"——大家都认为听起来是个好主意。我们就此投了票。"

了不起。再也不用偷偷摸摸了。多亏了凯特,现在我们有了谷歌的官方支持。这太离奇了,我想知道什么时候开始着手破解密码。

"呃,我负责组织。"她用手指比画着勾画着各项任务,"我要召集一些志愿者。然后我们会把系统配置起来,确保所有书的文本都没问题——贾德可以帮这个忙。我们需要和半影先生谈谈,当然要。也许他能去一下山景城?不管怎样,我想我们可以在大概……两星期内准备好。也就是说,从今天起两星期。"她使劲儿地点点头。

一个秘密学者组织花了五百年想要完成的任务,现在我们计划着星期五早上搞定。

终极"旧知"

半影同意继续让书店开门营业,直到银行账户里没钱为止,所以我又回去工作,而且我是带着使命回去的。我订购了一个图书批发商的目录。发起了另一个谷歌广告活动,一个更大的。我写电子邮件给旧金山大型文学节的活动组织者。这个文学节持续整整一星期,会吸引远及弗雷斯诺的挥金如土的读者。这是个风险大的赌注,不过我想我们能成功。我觉得我们会得到一些真正的客户。也许我们不需要欲速则不达公司,也许我们可以把这地方变成一桩真正的生意。

广告活动开始二十四小时以后,有十一个孤独的人游荡了进来,这很令人兴奋。因为在此之前,只有一个孤独的人——我。当我问起广告时,这些新顾客都点头称是,然后他们中的四个人还真的买了东西。这四人中的三个挑了村上春树的新书,我在一张解释这本书有多棒的卡片旁边摆放了整齐的一小摞。卡片上签着模仿的精致的"半影先生",因为我想那或许是人们想要看到的。

午夜过后,我看到"交好"店里的"乐斯菲斯"妞在人行道上正低头走着,向公共汽车站的方向走去。我跑到前门。

"艾伯特·爱因斯坦!"我叫道,冲着人行道的方向探出身子。

"什么?"她说,"我的名字是达芙妮——"

"我们有爱因斯坦传记了,"我说,"是艾萨克森写的。就是这家伙写的史蒂夫·乔布斯的传记。还想要吗?"

她笑笑,鞋跟一转——很高的鞋跟——这样那天晚上就卖出了五本书,一个新的纪录。

每天都有新书到货。当我到店里开始值自己的班时,奥利弗给我看了一堆盒子,他的眼睛睁得大大的,有点怀疑。自从我回来,告诉他我在纽约知道的一切以后,他就有点不安。

"我觉得有奇怪的事发生,"他轻声说,"不过我总是推测是毒品。"

"老天啊,奥利弗!什么?"

"好吧,是的,"他说,"我认为也许那些书中有一些是可卡因。"

"而你从没想过要提起这个?"

"只是个推测。"

奥利弗觉得我对我们日益缩减的资金过于慷慨了。"你不觉得我们应该尽量让这些钱支撑得久一点吗?"

"说起话来像个真正的保护主义者。"我啧啧地表示不满,"钱可不像赤土陶器。如果我们尝试,我们可以赚更多。我们必须试试。"

所以现在我们有了少年魔法师。我们有了吸血鬼警察。我们有了记者的回忆录,设计师的声明,一位知名大厨的配图小说。带着一点怀旧的味道——也许还有点挑衅的意思——我们还有新版的《龙之歌传奇》,全部三卷。我还为尼尔订购了老的语音版本。他不再真的看书了,不过在他举重健身的时候也许会听听。

我试图让半影对这一切感到兴奋——我们晚间的收入仍然只是两位数,不过整个数字却比我们过去的都多——但是他全神贯注于"伟大的解码"这件事。一个寒冷的星期二早上,他一只手端着一杯咖啡,一只手拿着他神秘的电子书踱进书店,我为他展示了我给书架增加的东西:

"史蒂芬森,村上春树,最新的吉布森的书,《信息》,《叶之屋》,莫法特的新版本"——我边走边指出它们。每一本都有个小小的书架标签,都署名"半影先生"。我担心他会觉得需要保护自己的许可权,然而他甚至都没注意到。

"很好,小子。"他点着头说,还在低头看着电子书。他一点也没听我刚才说了什么。他的书架正在逐渐脱离他。他点着头,快速地在电子书的屏幕上扫了一下,然后抬起头。"今天晚些时候会有个会,"他说,"谷歌儿的人要来书店"——他把谷歌发成了三个音节,谷——歌——儿——"见我们,讨论我们的技术。"他停了一下,"我相信你也应该参加。"

就这样,那天下午,刚过午饭时间,就在半影先生的24小时书店召开了一次老保卫者和新保卫者的大会。半影最年长的学生也参加了:白胡子的费德洛夫和一个名叫穆里尔的银色短发的女人。我以前从没见过她,她肯定是白天来书店的。费德洛夫和穆里尔跟着他们的老师,他们要干不安分的事了。

谷歌来了个代表团,是凯特选拔和派遣来的。他们是普拉凯什和艾米,两人都比我年轻,还有负责图书扫描仪的贾德。他羡慕地上下打量着那些矮书架。也许等会儿我可以卖给他一些东西。

尼尔在城中心的一个谷歌开发商会议上——他想见见更多凯特的同事,为"解剖混合"软件的收购播撒种子寻找机会——不过他派了伊戈尔过去。对这些程序伊戈尔完全是个新手,不过他似乎立刻就掌握了所有的事。事实上,他也许是店里最聪明的人。

我们年轻的和年长的一起围着前台站着,旁边摆着从古旧书库拿来的大敞着准备检查的书。这是"完好书脊"几个世纪之久的工作的速成班。

"折(这)些书,"费德洛夫说,"不仅仅是一串字符。"他的手指划过书页。"因此我们必须不仅要考虑字符,还要考虑页宽。一些最复杂的密码编排是有赖于页宽的构成的。"

谷歌的人点着头，在他们的手提电脑上做着笔记。艾米的iPad上连着一个小键盘。

门上的铃铛响了起来，一个四肢瘦长，戴着黑边眼镜，梳着长长马尾的男人匆忙地跑进书店。"对不起，我来晚了。"他喘着气，上气不接下气地说。

"你好，格里格。"半影说。

"嘿，格里格。"普拉凯什也同时说。

他们互相看了一眼，然后望向格里格。

"是啊，"格里格说，"这可真怪。"

原来格里格——半影那神秘的电子阅读器的来源——既是一位谷歌的硬件工程师，也是"完好书脊"在旧金山的分支的一位新会员。而且他是个无价之宝。他在半影的书店成员和谷歌的人之间做翻译，向一组人解释什么叫并行作业，向另一组人解释纸张规格大小。

管图书扫描仪的贾德也很关键，因为他实际上之前做过这个。"会有光学字符识别的错误。"他解释道，"比如，小写的f会被当作s。"他在自己的手提电脑上把字母打出来，这样我们就能并排看着它们。"小写的rn看起来像是m。有时候字母A会变成4，这样的东西还很多。我们必须消除所有那些可能的错误。"

费德洛夫点着头插话道："还有文本的光学特征因子也是。"

谷歌的人茫然地望着他。

"哦（我）们还必须消除光学特征因子。"他重复道，仿佛在陈述一件显而易见的事。

谷歌的人望向格里格。他也茫然地看着。

伊戈尔举起一只骨瘦如柴的手干脆地说："我脚（觉）得我们可以制作一个油墨饱和值的三维矩阵？"

费德洛夫的白胡子裂开了个缝，露出了笑容。

我不确定当谷歌破解了"马努提乌斯"会发生什么。当然，我知道有些事不会发生：半影那些过世的兄弟姐妹们不会复活。他们不会再次出现，他们甚至不会像绝地武士那样变成幽灵般蓝色的浮雕。真实的生活不像《龙之歌传奇》那样。

不过那可能也会是个大新闻。我的意思是，来自于首位伟大的出版者的秘密图书，被数字化，解码，而且公之于众？《纽约时报》可能会就此刊登网络日志呢。

我们决定我们应该邀请整个旧金山团体的成员到山景城去见证这一事件的发生。半影交给我这个任务，让我去告知我最熟悉的成员。

我从罗斯玛丽·拉平开始。我步行走上陡峭的阶梯，通往她兔子洞一般的山坡上的家，在她的门上敲了三次。门只开了一条缝，拉平的一只大眼睛冲我眨着。

"哦！"她尖声叫道，完全打开了门。"是你啊！你——呃，你是不是——呃——发生了什么？"

她让我进了屋,打开窗户,在空中挥动着手赶走茶壶的气味。我喝着茶,跟她讲了发生的事。她眼睛睁得大大的,津津有味地听着。我可以感觉到她想立刻到阅览室去穿上一件那样的黑袍子。我告诉她可能没必要那么做了。我告诉她"完好书脊"的惊天秘密可能仅仅几天之内就会被破解了。

她脸上的表情一片茫然。"好吧,这算是件事。"她最后说道。

老实说,我本来预料她会更兴奋些。

我通知了廷德尔,他的反应比拉平要好点儿。不过我不确定他是因即将揭开的重大启示而兴奋,还是这是他对所有事情的反应。也许如果我告诉他星巴克引进了一种新的拿铁咖啡,闻起来像书一样,他也会说出相同的话:

"好极了!真令人欣慰!非常重要!"

他双手举在头上,揉着打结的卷曲灰发。他在自己的公寓——近海的一个小小的单间工作室,在这儿你能听见雾号低低地互相警告的声音——走来走去,快速地踱着圈,胳膊肘擦着墙壁,把墙上镶着相框的照片都碰歪了。其中一幅哗啦掉在了地板上,我俯下身把它捡了起来。

照片上是一辆角度不可思议的电缆车,满是乘客,前面穿着一件整洁的蓝色制服的人正是廷德尔自己:更年轻,更瘦,头发是黑的而不是灰色的。他咧大嘴笑着,半个身子挂在车外,闲着的一只手正在朝照相机挥舞着。廷德尔是电车乘务员,是的,现在我明白了。他一定曾经——

"好极了!"他还在说着刚才的事。"简直无法形容!什么时候?在哪儿?"

"星期五早上,廷德尔先生。"我告诉他。星期五早上,在灯火通明的互联网中心。

我有差不多两个星期没有见到凯特了。她在忙着为"大解密"组织所有的事情,也在忙着谷歌的其他项目。产品管理部门像个爱吃多少吃多少的自助餐,而她相当饥渴。她没有回复我任何打情骂俏的邮件,当她给我发信息时,信息也只有两个字。

终于,我们不按程序地在周四晚上约会吃了一次寿司。天气很冷,她穿了一件薄薄的灰毛衣和一件发亮的女式衬衫,外面罩了一件厚重的犬牙花纹的小西装,再看不到她穿那件红色T恤的迹象了。

凯特滔滔不绝地说着谷歌的项目,现在都让她知道了。他们正在制作一个三维的网络浏览器。他们正在制作一辆无人驾驶的汽车。他们正在制作一个寿司搜索引擎——说到这儿她用筷子戳着我们的晚餐——帮助人们找到可持续和不含汞的鱼。他们正在建造一个时间机器。他们正在开发一种依靠狂妄自大运转的可再生能源。

她每描述一个新的大项目,我就觉得自己缩得越来越小。当整个世界都在你的画布上时,你怎样才能保持对任何事任何人的长久兴趣呢?

"但是我真正感兴趣的,"凯特说,"是'谷歌永恒'。"对,生命延续。她点点头。"他们需要更多资源。我会是他们在产品管理部的同盟者——真正地促成他们的事情。从长远看,这可能是我们可以做的最重要的工作。"

"我不知道,那个车听起来很不赖——"

"我们明天可能会给他们一些活干,"凯特继续说,"如果我们在这本书里发现一些疯狂的东西呢?像是,一个DNA序列?或者是某种新药的配方?"她两眼放光。我不得不对她甘拜下风:她对永生真的很有想象力。

"你太看重一个中世纪的出版商了。"我说。

"一千年前,在他们发明印刷术之前,他们就算出了地球的周长。"她不屑地说,然后她用一支筷子指着我说,"你能算出地球的周长吗?"

"呃——不能。"我停了一会儿。"等等,你能吗?"

她点点头。"是的,实际上很简单。关键是,他们了解他们那个时代的东西。而有些他们知道的东西我们至今仍旧没有发现。'旧知'和'经验',记得吗?古老的知识。这或许就是终极'旧知'。"

晚餐后,凯特不和我一起回公寓。她说她有邮件要看,蓝本要复查,维基网页要编辑。这个周四的晚上我真的要败给维基网页了吗?

我独自在黑暗中走着,想知道一个人怎么能算出地球的周长。我毫无头绪,很可能我要去"谷歌"一下。

召唤

在凯特·波坦特计划对几个世纪之久的奥尔德斯·马努提乌斯的"生命之书"展开全力以赴的进攻的那天早上的前一个晚上,她的谷歌团队集合好了。半影的"民间武装组织"也受到了邀请。这真令人兴奋——我必须承认,真是让人兴奋——不过也让人不安,因为我完全不知道接下来半影先生的24小时书店会发生什么。他本人没说一个字,然而我觉得半影可能会渐渐关闭这个地方。因为,我的意思是,当然,当永生就要发生了,谁还需要一个旧书店的包袱?

我们要看看明天会怎样。不管发生什么,会是一场精彩的表演。也许之后他会准备好谈谈未来的打算。我还是想在那个公共汽车候车亭那儿买个广告牌。

这是个安静的夜晚,目前为止只有两名顾客。我浏览着书架,整理着我新到的图书。我把《龙之歌传奇》挪到高一些的书架上,然后手里拿着第一卷随便地翻着。封皮背后印着一张小小的克拉克·莫法特三十多岁时的黑白肖像。他有着蓬松的金色头发和浓密的胡子，穿着一件简单的白T恤，笑着露出一排牙齿。肖像下面写着：

"克拉克·莫法特（1952—1999），作家，居于加利福尼亚波里那斯。著名作品有畅销书《龙之歌传奇》、儿童书《弗恩文的其他故事》。他毕业于美国海军军官学院，曾作为通信专家服役于美国海军西弗吉尼亚号核潜艇。"

我想到一些事，一些我从未做过的事——一些我在这儿工作期间从未想过要做的事。我要在日志本里找个人。

我需要标着罗马数字七的日志本，就是我偷偷拿到谷歌的那一本，因为它贯穿了八十年代中期到九十年代初的全过程。我在自己的手提电脑上找到原始文本，键入命令F作为一条特殊的描述：有蓬松金发和胡子的人。

这花了一会儿时间，要尝试不同的关键字，快速浏览错误的匹配（结果是这儿有很多有胡子的）。我看着光学字符识别处理过的文本，而不是手写的，因此我不能分出是谁在这儿写的什么东西，但是我知道这里面有一些肯定是埃德加·戴寇的笔记。要是这样就太好了，如果他是那个——在那儿。号码6HV8SQ：

"这个新成员因为得到了'金斯雷克'而很感激很兴奋。他穿着庆祝两百周年的白色T恤，李维斯501牛仔裤和沉重的工作靴。声音是沙哑的烟嗓。一包烟,半空了,可以看到在口袋里装着。浅色的金发比该店员所记录过的任何时候都要长。被询问后,这个新成员解释道:'想让它留成魔法师那样的长度。'九月二十三号,星期一,凌晨1:19。天空晴朗,空气里有海洋的味道。"

那是克拉克·莫法特。应该是。记录是在午夜以后,也就是说是夜班,也就是说这个"该店员"的确是埃德加·戴寇。还有一个记录:

"这位新成员迅速地解着'创立者之谜'。但是比他的速度更惊人的,是他的自信。完全没有别的新成员会有的忧郁和挫折(该店员总结)。仿佛他在演奏一首熟悉的歌曲或者跳一支熟悉的舞。蓝色T恤,李维斯501牛仔裤,工作靴。头发更长了。借了'布里托'。十月十一号,星期五,凌晨2:31。一阵雾号的声音。"

日志继续下去。笔记简洁,然而信息很清楚:克拉克·莫法特是"完好书脊"的一位博学之士。会有可能……他就是那个可视化图形里暗藏的星座图吗?他是那个在其他新成员还只是勾画出一根睫毛或是一个耳垂时就已经追查出创立者的整张面孔的人吗?很可能有某种途径,可以把特殊的记录和可视化图形联系起来，然后——

门铃响了，我猛然把头从无止境地向下滚动的文本上抬起来。天很晚了，我应该会看到一位团体的成员，然而不是，是马特·米特尔布兰德，拖着一个大塑料箱子。箱子很巨大，比他还要大，卡在门口。

"你在这儿干什么？"我问道，帮他把箱子撬松。箱子的表面粗糙，坑坑包包的，上面有沉重的金属环扣。

"我来这儿有任务。"马特大口喘着气说，"这是你最后一个晚上，对吧？"

我曾对他抱怨半影的漠不关心。"可能。"我说，"很有可能。这就是为什么你来这儿？"

他把他的箱子翻倒在地板上，打开环扣（它们发出了大声的"啪""啪"的声音），把箱子大大地敞开。里面，用灰色的泡沫垫着，上面放着摄影器材：带结实屏蔽线的水晶灯、粗粗的可拆卸的铝架，还有亮橙色的宽大电线卷。

"我们要记录这个地方。"马特说。他双手放在屁股上，赞赏地环顾四周。"一定要记录下来。"

"那么，拍成什么，像是——照片拍摄？"

马特摇摇头。"不是。那样就会是选择性的记录。我讨厌选择性记录。我们要给表面的每个东西拍照，在光下，从每一个角度。甚至给光线也要拍照。"他顿了一下。"这样我们就可以复制它。"

我的嘴张得大大的。

他继续说道:"我已经对城堡和公馆做过照片勘察。这个书店非常小,只需要拍三千到四千张照片。"

马特的意图相当过火,鬼迷心窍,也许根本不可能。换句话说:对这个地方来说简直是完美。

"那么,相机在哪儿?"我问。

听到暗示,前门上的门铃又响了起来,尼尔·沙脖子上挂着一架巨大的尼康相机,每只手里拿着一瓶亮绿色的羽衣甘蓝汁飞快地进了门。"来点儿饮料提提神。"他说着高高举起蔬菜汁。

"你们两个要做我的助手。"马特说。他用脚趾轻拍着黑色的塑料箱子。"开始安装吧。"

书店突然变得又热又亮起来。马特的灯用菊花链的模式绑在一起,都插在前台后面的一个电源接口上。我很确定它会烧坏一条保险丝,或者可能一整条街上的变压器。"交好"的霓虹灯招牌今晚可能有危险。

马特在半影的其中一张梯子上。他正把它当作一架移动摄影车的替代品。尼尔慢慢地推着他穿过书店的空间。马特牢牢地在面前抓着尼康相机,尼尔每迈长长平稳的一大步都按一下快门。照相机激发安装在各个角落和前台后的照明灯,每照一张都发出"噗""噗"的声音。

"你知道,"尼尔说,"我们可以利用这些照片制作一个三维模型。"他向我看过来。"我的意思是说另一个。你的那个挺好。"

"不,我明白。"我说。我正在前台开列一张我们需要捕捉的所有细节的清单:橱窗上长长的字母以及它们由于年代长久被磨得粗糙而坑坑洼洼的边缘;那铃铛以及它的垂铃;还有那罩着垂铃的卷曲的铁罩子。"我的看起来像是'小蜜蜂'游戏。"

"我们可以把它做成互动式的。"尼尔说,"第一人称视角,完全像照片一样逼真,可探索式的。你可以选择一天中的时间。我们可以让书架投射出阴影。"

"不。"马特在梯子上发着牢骚,"这些三维模型烂透了。我想制作一个有微型图书的微型书店。"

"和一个微型克莱?"尼尔问道。

"当然,也许是一个乐高玩具做的小人。"马特说。他爬到梯子的更高处,尼尔开始推着他重新横穿书店。闪光灯发出"噗、噗"的声音,闪得我的眼睛里一片红光点儿。尼尔一边推着梯子一边勾勒出三维模型的优势:它们更详尽,更逼真,可以被无穷地复制。马特抱怨着。"噗、噗"。

在这一片闪光灯的噪音中,我几乎没有听到铃声。

那声音在我耳中只像是搔痒一般,不过的确是铃声:在书店的什么地方,电话正在响着。我横跨过正在被拍照的那些书架,耳边仍然响着闪光灯的"噗、噗"声,钻进了小小的休息室。电话铃声是从半影的书房传来的。我推开上面写着"私人场所"的门,跳上台阶。

闪光灯的"噗、噗"声在这儿轻一些,电话(挨着老旧的调制解调器)发出的"铃铃"声又大又明显,是某个有力的老式机械闹铃发出的。它不停响着,让我觉得我对待奇怪电话通常的策略——等它们自动挂断——这会儿可能不管用了。

"铃——铃——"

这些日子,电话只带来坏消息。都是"你的学生贷款超过最后期限了"和"你的叔叔克里斯住进医院了"之类的消息。如果是任何有趣或是让人兴奋的消息,比如一个聚会或是工厂里的秘密项目的邀请,都是通过互联网发的消息。

"铃——铃——"。

好,好吧,也许是个爱打听的邻居打电话来问怎么会这么吵闹——那些闪光灯的亮光。也许是"交好"店里的"乐斯菲斯"妞打电话来确定店里没事,那可是很贴心。我接起电话,声音讨喜地说:"半影先生的24小时书店。"

"你必须阻止他。"一个声音说道,没有自我介绍或是前言说明。

"呃,我想你拨错号码了。"不是"乐斯菲斯"妞。

"我肯定没拨错号。我认识你。你是那个小子——你是那个店员。"

现在我听出了这个声音。那平静的力量,简短干脆的音节。是科维纳。

"你叫什么名字?"他说。

"我叫克莱。"但是接着我说,"你很可能想直接和半影谈谈。你应该早上再打过来……"

"不,"科维纳郑重地说,"半影不是偷走我们最宝贵财富的人。"他知道了。当然他知道。怎么知道的?我猜又是一只他的"乌鸦",在旧金山这边一定走漏了风声。

"好吧,从技术上说那真的不是偷,我不这么认为。"我说,一边低头看着我的鞋子,就像他就在这儿和我一起在房间里一样,"因为,我是说,在公共领域里可能……"我的声音变小了。这样不会帮我得出什么结论。

"克莱,"科维纳说,声音流畅而阴沉,"你必须阻止他。"

"对不起,但是我就是不相信你的……宗教。"我说。很可能我没办法当着他的面说出这句话。我紧紧抓住黑色的电话听筒,紧贴着自己的脸。"所以我不觉得我们扫描一本旧书有什么大不了。或者如果我们不这么做有什么大不了。我不认为这事有任何了不起的重要性。我只是在帮我的老板——我的朋友。"

"你正好在做相反的事。"科维纳平静地说。

我对他的话没做任何回应。

"我知道你不相信我们所相信的。"他说。"当然你不会相信。但是你不需要相信这个就能意识到埃杰克斯·半影身处险境。"他顿了一下,让这话对我产生足够的影响。"我认识他比你时间长,克莱——长得多。所以让我告诉你关于他的事。他一直是个梦想家,一个伟大的乐天派。我理解你为什么会被他吸引。

你们加利福尼亚的所有人——我也曾经住在那儿。我知道这是怎么回事儿。"

对。那个站在金门大桥前的年轻人。他在房间的对面对着我笑,冲我比着大拇指。

"你很可能觉得我就是个冷酷的纽约执行总裁。你很可能觉得我太严厉。但是,克莱——有时纪律就是仁慈的最真实的形式。"

他在频繁地使用我的第一个名字。多数情况下推销员会这么做。

"我的朋友埃杰克斯·半影一生中尝试过很多事——许多计划——总是那么精巧。他总是即将取得突破——至少他心里是这么想的。我已经认识他五十年了,克莱——五十年!你知道在这么长的时间里,他有多少计划是成功的吗?"

我不喜欢——

"没有一个。零。他维持着你正身处的那家书店——算是维持着吧——此外一事无成。而这个——他最后也是最大的计划——也不会成功。你刚刚自己也这样说过。这就是愚蠢,它会失败,然后怎么样呢?我担心他,克莱,真的——作为他最老的朋友。"

我知道他现在正在对我使出绝地武士用的心灵欺骗的把戏。不过这还真是个厉害的绝地武士式的心灵欺骗术。

"好的,"我说,"我明白了。我知道半影有点古怪。很明显。我要怎么做呢？"

"你必须做我做不到的事。我会删除你偷走的拷贝。我会删掉所有的拷贝。但是我离得太远了，所以你必须帮我，你必须帮你的朋友。"

现在听起来他仿佛就站在我身边。"你必须阻止半影，否则这最终的失败会毁了他。"

电话被放回了支架，尽管我还没有完全意识到已经挂了电话。店铺里安静下来，前面没有再发出"噗、噗"的声音。我慢慢地环顾半影的书房，看到那些几十年的数字之梦的残片，科维纳的警告开始说得通了。我想起半影在纽约向我们解释他的计划时脸上的表情，这似乎就更说得过去了。我再次望向那张照片。突然间科维纳不再是那个任性的朋友了——是半影。

尼尔出现在楼梯的顶端。

"马特需要你的帮助。"他说，"你得扶着一盏灯还是什么的。"

"好的，当然。"我深吸了口气，把科维纳的声音赶出我的脑海，跟着尼尔下去回到书店里。我们扬起了许多灰尘，现在灯在空中照出了许多明亮的形状，照透了书架间的空间，捕捉到带毛毛的尘埃——微小的纸屑，半影的皮屑，还有我的——它们都发着亮。

"马特对这个很在行，是吧？"我说，一边凝视着这超现实的效果。

尼尔点着头。"他太厉害了。"

马特递给我一大张发亮的白色招贴纸板，让我把它扶稳。他在给前台拍特写，深入地拍摄那些纹路。招贴纸板微妙地反射着，我不能确定在木头上的效果，但是我估计它对光的亮度和均匀度有关键的作用。

马特又开始拍摄了，现在大灯只是安静地闪着，所以我能听到照相机发出的"咔嗒、咔嗒"声。

尼尔站在马特身后，一只手举着一盏灯，另一只手拿着他的第二瓶羽衣甘蓝汁喝着。

我站在那儿，扶着招贴纸板想：科维纳并不真的关心半影。这是控制，他想把我变成他的工具。我庆幸我们之间的地理距离，我恨面对面地感受那个声音。或者也许他不屑于亲自说服某人。也许他会和一伙"黑袍子"一起出现。但是他不会，因为我们在加利福尼亚，这块大陆就是我们的防护盾。科维纳明白得太晚了，所以他的声音就是他所有的一切。

马特推得更近了，显然是要拍到前台桌子——这个最近我度过了那么多的生命时间的地方的分子结构。我的脑海里有一阵子出现了一幅美好的图景：结实上翘的马特，流着汗，在眼前举着相机；大大宽宽的尼尔，笑着，稳稳地举着灯，还在喝着他的羽衣甘蓝汁。我的朋友们，一起做着事。这也需要信念。我说不出来这个招贴纸板是干什么的，但是我信任马特。我知道拍出来会很漂亮。

科维纳弄错了。半影的计划不是因为他是一个不可救药的狂人才失败。如果科维纳是对的,那也就意味着没有人应该尝试任何新的冒险。也许半影的计划失败了是因为他没有得到足够的帮助。也许他没有一个马特或者一个尼尔,一个阿什莉或者一个凯特——直到现在。

科维纳说过:你必须阻止半影。

不,恰恰相反。我们要帮助他。

天破晓了,这个时候,我知道半影不会过来。他要去的不是带着他名字的书店,而是谷歌。仅仅两个小时之后,半影和他的兄弟姐妹们几十年、几个世纪苦苦从事的项目就会变成现实了。他可能正在什么地方为了庆祝而吃着面包圈呢。

这儿,在书店,马特把照明灯打包回它们那灰色的泡沫盒子里。尼尔把破烂的白色招贴纸板拿到外面的垃圾桶里。我把橙色的电缆线缠起来,整理好前台。每件东西看起来都和原来一样,好像没有东西被挪动过。然而,有些东西不一样了。我们给表面所有的东西拍了照:书架、桌子、门、地板。我们给书拍了照,所有的书,既拍了前面的书也拍了古旧书架上的。当然,我们没有拍书的内页——那会变成另一个级别的工程。如果你玩儿过"超级书店兄弟",置身于带着从前面的窗户射来的粉色和黄色的光和从后面升腾起的有雾气微粒效果的半影书店的三维影像中，决定想要真的读一本这些有漂亮纹路的书：那就太糟了。尼尔的模型可能会和书店的体积一致，不过永远不会和它厚重的内容一致。

"要吃早餐吗？"尼尔问道。

"吃早餐！"马特表示同意。

所以我们离开了书店。就这样，我关了灯，在身后紧紧地拉上了门。门铃清脆地响起来。我从没拿到过一把钥匙。

"让我看看照片。"尼尔说，抢着马特的照相机。

"还不行，还不行。"马特说着把相机塞在了胳膊下面。"我需要对它们进行评估。这些只是原材料。"

"对它们进行评估？像是分成A、B、C？"

"色彩评估——色彩校正。翻译一下：我需要让它们看起来很棒。"他扬起了一条眉毛。"我想你和电影工作室合作，沙。"

"他告诉你的？"尼尔转过来，睁大眼睛望着我，"你告诉他了？签了文件啊！"

"你下周应该到工业光魔来一下。"马特平静地说，"我要给你看点儿东西。"

他们都走上了人行道，在去尼尔车的半路上，但是我还站在贴着大大的漂亮的金色格里茨宗字体的"半影先生"那宽阔的前橱窗处。里面黑乎乎的。我用一只手按住团体的标志——像书本一样打开的两只手，当我把手拿开时，上面留下了一个五根手指的油印子。

真正的大炮

终于是时候破解一个等待了五百年的密码了。

凯特征用了谷歌带巨大屏幕的数据视觉化露天剧场。她把午餐帐篷的桌子搬到前排的位置,看起来就像是野餐风格的任务控制中心。

天气很好,湛蓝的天空上点缀着小块儿白云,都像逗号一样卷曲着。蜂鸟低低地盘旋着探查着屏幕,又快速地折回来穿过明亮的草坪。远处传来音乐声,谷歌的铜管乐队正在练习一首电脑自动生成的华尔兹。

下面,凯特精心挑选的密码破解团队准备好了。手提电脑拿了出来,每一台的外壳上都镶着不同的一堆五颜六色的贴画和全息图片。"谷歌客"们接上电源和网线,活动起他们的手指。

伊戈尔也在他们中间。他在书店的才华为他赢得了一份特殊邀请:今天,他被允许在"大盒儿"里进行操作。他趴在自己的手提电脑上,瘦骨嶙峋的手上沾着一块浅蓝色的污渍,两个"谷歌客"正睁大眼睛从他肩膀后面望着他。

凯特绕着圈儿，逐个儿地和这些"谷歌客"们商量着。她笑着，点着头，拍着他们的背。今天，她是个将军，而这些都是她的士兵。

廷德尔、拉平、英伯特和费德洛夫都在这儿，和当地其他的新成员在一起。他们都坐在环形剧场的边缘，在最高一层的石阶上排成一排。更多的人正在赶过来。银发的穆里尔在这儿，扎着马尾辫儿的"谷歌客"格里格也在。他今天和团体站在一起。

大多数团体的成员都到了中年晚期。有些人，像拉平，看起来相当老，有几个看起来要更老。有个坐着轮椅的年纪很大的人，双眼深深地陷在黑黑的眼窝里，两颊苍白，皱得像是卫生纸，由一个穿着整洁西装的侍从推着。这人用低哑的声音微弱地向费德洛夫问了声好，对方紧紧地握住了他的手。

终于半影来了。他在环形剧场的边缘对大家讲话，解释接下来会发生什么。他笑着挥舞手臂，指向下面桌边的"谷歌客"们，指向凯特，指向我。

我还没告诉他科维纳的电话，我也不准备告诉他。"首席读者"不重要了。重要的是在这个环形剧场的人和屏幕上的那个谜。

"到这儿来，小子，到这儿来。"半影说，"正式见一下穆里尔。"我笑着和她握了手。她挺漂亮。她的头发是银色的，几乎白了,但是她的皮肤是光滑的,眼睛周围只有非常轻微的细纹。

"穆里尔经营一家山羊农场。"半影说,"你应该带着你的,啊,朋友,你知道"——他把头朝凯特歪了歪——"你应该带她过去。这行程会很美妙。"

穆里尔轻轻地笑着。"春季是最好的时间。"她说。"那是我们产小羊羔的时候。"她对半影嘲弄道,"你是个很好的大使,埃杰克斯,不过我希望我也能让你多来几趟。"她冲他眨眨眼。

"哦,书店让我总是很忙,"他说,"不过现在,这之后?"他挥着手,微微皱眉,脸上做出一个谁知道会发生什么的表情。"这之后,什么事都有可能。"

等等——那儿有什么事发生吗?那儿不会有任何事发生。

那儿可能会发生一些事。

"好的,大家安静。安静!"凯特从环形剧场的前面喊道。她望着聚集在上面石阶上的这群学者,"我是凯特·波坦特,这个项目的产品管理。很高兴你们都在这儿,但是有几件事你们应该知道。首先,你们可以使用Wi-Fi,但是网线只有谷歌员工可以使用。"

我瞟了一眼集合在一起的这个团体。廷德尔的裤子上连着一块系着长链子的怀表,他正在看时间。我不觉得这会是个问题。

凯特低头看了一眼一张打印出来的清单。"第二,不要发博客、推特,或者在线播放你在这儿看到的任何东西。"

英伯特正在调整一个星盘。认真地说:不是问题。

"第三"——她咧嘴笑着——"这不会花很长时间,所以不要太放松了。"

现在她转而对她的部队发话了。"我们还不知道我们要对付什么样的密码,"她说,"我们需要首先搞清楚这一点。因此我们将并联工作。我们已经准备好了两百个虚拟机在'大盒儿'里等着,而你的密码会自动运行到正确的位置,只要你把它标记为'抄本'。大家准备好了吗?"

"谷歌客"们都点着头。一位姑娘戴上了一副深色护目镜。

"开始。"

屏幕都亮起来,一场数据可视化和探索的闪电战。"马努提乌斯"的文本忽明忽暗地闪着,变成由编码和串口接头支持的方块字母。这不再是一本书了,这就是个数据库。分散的小块儿和条形统计图在屏幕上铺展开来。在凯特的指挥下,谷歌的机器用九百种九千种不同的方法嘎吱嘎吱地处理着这些数据。但还是什么也没有。

"谷歌客"们在文本里寻找一条信息——任何信息。可能是一整本书,可能是几个句子,可能是一个单词。没有人,即使是"完好书脊"也不知道是什么等在那儿,或者马努提乌斯是怎么加密的,这让这件事非常困难。幸运的是,"谷歌客"们喜爱很难的问题。

现在他们变得更有创造力了。他们让十字形和螺旋形的各种颜色在屏幕上跳舞。图标变换出新的维度——首先它们变成立方体、金字塔和团状物，然后又长出长长的触须。我的目光跟着游移。一个拉丁词在屏幕上闪过——整个语言在几毫秒中就检查完了。出现了原文法模型和冯内古特模型。地图显现了，由字符串译成的经度和纬度标出了分布在世界各地的地点，形成一片穿越西伯利亚和南太平洋的小点。

什么也没有。

屏幕随着"谷歌客"各个角度的尝试不停闪烁着。团体的成员们在窃窃私语，有些还在笑，其他的开始皱起了眉。当一个每个方格里都包含一堆字母的巨大棋盘出现在屏幕上时，费德洛夫不屑地咕哝道："哦（我）们1627年就试过这个了。"

那就是为什么科维纳不相信这个项目会成功吗？——因为"完好书脊"已经的确做过所有的尝试了？或者仅仅是因为这是作弊——因为老马努提乌斯从没有任何闪亮的屏幕和虚拟机？这两条推理逻辑合在一起就像一个圈套，如果你跟随它们，它们会把你直接引到那个有粉笔和链子的阅览室里，而不是任何其他地方。我仍然不相信永生的秘密会在这些大屏幕上蹦出来，但是天啊，我想要科维纳是错的。我想要谷歌破解这个密码。

"好的，"凯特宣布，"我们刚得到另外八百台机器。"她的声调提高了，穿过草坪，"深入下去，更多地迭代，不要有所保留。"她从一张桌子走到另一张桌子，询问着，鼓励着。她是个好领导——我能从"谷歌客"们的脸上看出来。我想凯特·波坦特找到了她的职位。

我看着伊戈尔在文本上碰壁。首先他把每行字母译成分子来模拟一个化学反应。屏幕上，这一解决方案分解成了一堆灰泥。然后他又把字母变成三维的人，把他们安置在一个虚拟的城市中。他们到处游荡，撞上建筑物，在街道上形成拥挤的一堆堆的人群，直到伊戈尔用一场地震毁掉了一切。什么也没有。没有信息。

凯特走上阶梯，眯着眼睛看着太阳，用手遮着眼睛。"这个密码很麻烦。"她承认道，"相当麻烦。"

廷德尔绕着环形剧场的边跑过来，跳过拉平。拉平发出了一声尖叫，保护着自己。廷德尔抓住凯特的胳膊。"你必须在书写时弥补月相！月球的位移是关键！"

我够过去，从她的袖子上扯掉他颤抖的爪子。"廷德尔先生，别担心。"我说。我已经看到一排半月出现在屏幕上。"他们知道你的技巧。"如果不够彻底的话，谷歌就什么都不是了。

当屏幕在下面忽明忽暗时，一队谷歌的人在团体成员中间穿梭着——一群拿着活页夹、面容友好的年轻人在问一些问题：比如你什么时候出生？你住在哪儿？你的胆固醇指数是多少？

我奇怪他们是什么人。

"他们是'永恒谷歌'的。"凯特有点儿羞怯地说，"实习生。我的意思是，这是个好机会。这群人中有一些那么老了还那么健康。"

拉平正在向一个扛着一架薄薄的摄像机的谷歌员工描述她在太平洋贝尔公司的工作。廷德尔正在向一个塑料小瓶里吐口水。

一个实习生向半影走过去,但是他一句话也没说就挥手把她赶走了。他的目光盯着下面的那些屏幕。他完全专注在上面,蓝眼睛睁得大大的,仿佛头顶的天空一样闪着光。科维纳的警告突然在我脑海里回响起来:"而这个——他最后也是最大的计划——也不会成功。"

但它不再是半影的计划了。这已经变得比那大多了。看看所有的这些人——看看凯特。她回到了环形剧场的前面,怒冲冲地在手机上打着字。她把电话装进口袋,调整好去面对她的团队。

"等一下,"她喊道,在空中挥着胳膊。"停下!"破解密码的转轮慢慢地停下来。一个屏幕上,马努提乌斯的字母都在空间里朝不同的方向旋转着。在另一个屏幕上,某种极度复杂的结正在试着自动解开。

"产品管理部门帮了我们一个大忙。"凯特宣布,"不管你正在运行什么,都把它标记为'关键'。我们准备在大约十秒钟后把那个密码外包给整个系统。"

等等——整个系统?好像在整个系统里?"大盒儿"?

凯特咧嘴笑起来。她像是刚刚把手放在一架真正的大炮上的炮兵部队的长官。现在她抬头看着她的观众——那个团体。她双手在嘴边围成喇叭状:"刚才只是热身!"

屏幕上出现了倒数读秒。巨大的彩虹色数字倒数着5(红色)、4(绿色)、3(蓝色)、2(黄色)……

这样,在一个晴朗的星期五早上,三秒钟的时间里,你不能搜索任何东西。你不能查邮件,不能看视频,不能找方向。仅仅三秒钟,什么都不工作了,因为谷歌在全世界的每一台电脑都投入了这项工作。让那变成了一个真的真的很大的"炮"。屏幕上都空了,完全空白。什么都不显示了,因为现在有太多事正在发生,比你能在四块屏幕,或者四十块屏幕,或者四千块屏幕上显示的还要多。每一种能应用于这一文本的转换都应用了,每种可能的错误都考虑到了,每个光学传输特征值都被导出了,每一个能对一串字符提出的问题都问了。

三秒钟之后,询问完成了。环形剧场一片安静。团体成员都屏住了呼吸——除了最年老的、在轮椅上的那个人,他正从嘴里发出一声长长的嘎嘎作响的喘息。半影双眼放着光,充满了期待。

"好了,我们得到了什么?"凯特说。

屏幕亮起来,它们显示着答案。

"伙计们?我们得到了什么?"

"谷歌客"们一片寂静。屏幕上都是空白的。"大盒儿"空了。在那之后什么也没有。环形剧场鸦雀无声。铜管乐队的一个小军鼓发出的"嗒嗒"声掠过了草坪。

我发现了人群中半影的脸,他看起来受到了沉重的打击,仍旧盯着下面的那些屏幕，等着出现任何东西。能看出他脸上堆满了问题：这是什么意思？他们做错了什么？我做错了什么？

下面，那些"谷歌客"们脸上都是别扭的表情，相互小声交谈着。伊戈尔还趴在他的键盘前，还在尝试着。微弱的颜色在他的电脑屏幕上一闪一闪的。

凯特慢慢地走上台阶。她看起来灰心丧气——比她以为自己没有成为产品管理成员还要糟。"好吧，我猜他们弄错了。"她有气无力地朝那些团体成员挥了挥手，"这儿没有信息，只是噪音。我们做了所有的尝试。"

"呃，不是所有，对了——"

她猛地向上看去。"对，所有。克莱，我们刚刚运行了相当于，好比价值一百万年的人类努力。结果是什么也没有。"她的脸通红——气愤，或者尴尬，或者两者都是。"这儿什么也没有。"

什么也没有。

这儿的可能性是什么？或者是这个密码如此微妙，如此复杂，以至于历史上最强大的计算力也不能破解它——或者这儿根本就什么都没有。这个团体一直以来都在浪费时间，浪费了整整五百年。

我试图再次找到半影的脸。我搜索着环形剧场，目光在那些团体成员间上上下下地打量。廷德尔在低声自言自语；费德洛夫正坐着沉思；罗斯玛丽·拉平隐隐地笑着。然后我看到了他：一个瘦瘦高高的身影颤颤巍巍地穿过谷歌的绿色草坪，几乎走到另一边的一排树那儿了。他移动得很快，没有回头。

"而这个——他最后也是最大的计划——也不会成功。"

我开始跟在他后面小跑起来，但是我体力不好，而且他怎么会这么快？我气喘吁吁地穿过草坪，向我最后看到他的地点跑去。当我到那儿时，他已经不见了。谷歌混乱的园子在我周围出现了，彩虹色的箭头立刻指着各个方向，这里是通向五个不同方向的通道。他不见了。

"这就是愚蠢，它会失败，然后怎么样呢？"

半影不见了。

塔

少量金属

"大都会"已经占据了客厅。马特和阿什莉把沙发拖走了。要在房间里转一转,你得跟随小桌子间窄窄的通道:架着两座桥的弯弯曲曲的米特尔河。商业区已经成熟,新的塔楼推进到了老飞船码头,几乎碰着天花板了。我怀疑马特也要在那儿建一些东西。很快"大都会"就会把天空也兼并掉。

时间过了午夜,我却睡不着。我还没能恢复我的昼夜节奏,尽管从我们深夜拍照以来已经过去一星期了。所以现在我躺在地板上,泡在米特尔河的深处,转录着《龙之歌传奇》。

我给尼尔买的音频版本是1987年出版的,分销商目录上没特别说明它还是磁带版本的。磁带啊!或许它有特殊说明,只是我对这次大宗订货太兴奋了,以至于漏看了。无论是什么情况,我还是希望尼尔能拥有这个有声读物,所以我在eBay网上花了七美元买了一台黑色的索尼随身听,现在我正把磁带转到我的手提电脑上,重新录制它们,引领它们一个一个地进入空中的大数字点唱机。

这么做的唯一办法就是实时进行，所以基本上我不得不坐下来完整地再听一遍前面的两卷。不过这并不怎么糟糕，因为有声读物是克拉克·莫法特本人朗读的。我还从没听过他说话。现在我知道了他的那些事，这就有点吓人。他有一副好嗓子，沙哑低沉但清晰，我能想象它在书店里回荡。我能想象莫法特第一次走过那扇门——门铃响着，地板发出咯吱咯吱的声音。

半影会问：你在这些架子上找什么啊？

莫法特会环顾四周，估量着这个地方——注意到古旧书库那阴影重重的高架，当然会这样——然后他可能说道：呃，一个魔法师会读什么书？

半影听到这话会笑笑。

半影。他消失了，他的书店也被废弃了。我不知道到哪儿去找他。

突然灵光一闪，我查看了一下注册域名为半影.com的网站，这当然是他所有的域名。是埃杰克斯·半影于网络发展的最初时期购买的，在2007年以乐观的十年期更新过……但是注册只列出店铺的地址在百老汇街。进一步的谷歌搜索没有提供任何信息。半影只是留下了最微弱的数字痕迹。

另一次更没把握的一闪念后，我追查到银发的穆里尔和她的山羊农场，就在旧金山南部一个叫佩斯卡德罗的多雾的田野上。她也没有半影的消息。"他以前就这么干过。"她说，"跑了。不过——他通常会打电话。"她光滑的脸上显出发愁的表情，眼睛周围微小的皱纹也加深了。我离开时,她给了我一块手掌大小的新鲜羊奶酪。

就这样,最后一次绝望地一闪念后,我打开了扫描的"半影"的书页。谷歌不能破解"马努提乌斯",但是这些现代的"生命之书"没有那么巧妙地被加密,而且(我相当肯定),这本书里的确有东西能被解码。我给凯特发去了一条询问的短信,她的回复简短而肯定:"不。"三十秒之后:"绝对不行。"又过了七秒:"项目已经结束。"

当"大解码"失败时,凯特非常失望。她本来真的相信有什么意义深远的东西在那文本里等着我们,她本希望里面有某种意义深远的东西。现在她一心扑在产品管理上,对我基本上不搭理。当然,说"绝对不行"除外。

但是也许那样是最好的结果。打开的两页在我的手提电脑屏幕上显示着——被格拉姆博装置的照相机闪光灯照亮的暗沉的格里茨宗字体的浮雕——仍旧让我觉得奇怪。半影的期望是直到他死后,他的"生命之书"才能被人阅读。我决定我不要只是为了找到家庭住址而破解一个人的生命之书。

最后,我放弃了灵感,我跟廷德尔、拉平和费德洛夫打听。他们也都没有半影的消息。他们正打算搬到东部,在纽约的"完好书脊"寻求避难,并在那儿加入科维纳的被铁链锁住的苦囚犯一般的组织。如果你问我,这就是徒劳:我们拿了马努提乌斯的"生命之书",把它都研究破了。最好的情况是这个组织建立在一个错误的希望之上;而最坏的情况是它建立在谎言之上。廷德尔和其他人不能正视这一点,但是迟早有一天他们必须面对。

如果这一切似乎很冷酷:那么是的。而我感到可怕,因为如果你一步步地往回追溯下去,你不能避开这样一个事实,那就是所有的一切都是我的错。

我胡思乱想着。很多个夜晚都把我的思绪带得很远,但是莫法特最终完成了第二卷。我之前从没听过一本有声读物,而我必须说,这是完全不同的经历。当你读一本书时,故事绝对在你脑中发生着。当你听时,它仿佛是包裹在一小团云雾里,像是一顶毛茸茸的编织帽拉下来挡在眼前:

"'格里夫的金号角做工精细。'泽诺多托斯说道,手指顺着泰利马赫的宝贝的弧度抚摸着。'而魔法就在它的制作本身之中。你明白吗?这儿没有魔法——我探查不到。'"

莫法特的泽诺多托斯的声音不是我所期待的。并非一个浑厚的、戏剧化的魔法师那低沉洪亮的声音,而是没有感情的清晰短促的声音。这是一个社团魔法顾问的声音。

"听到这些,弗恩文的眼睛睁得大大的。难道他们不是刚刚勇敢面对了恐怖的沼泽地,才收回这个被施了魔法的号角吗?而现在第一魔法师宣称它根本没有任何魔力?

"'魔法不是这个世界上唯一的力量。'老魔法师轻声说道,把号角交还给它高贵的所有者。'格里夫制作了如此完美的一件乐器,以至于死人也必须起来听从它的召唤。他用双手制造了它,没有魔咒，没有龙之歌。我希望我也能像他一样这么做。'"

莫法特读着，我能听到"第一魔法师"的声音里潜藏的险恶的用意。很明显下面会发生什么：

"'就算是龙父阿尔德拉格也会对这个东西感到嫉妒。'"

等等，什么？

到目前为止，莫法特嘴里说出的每一行都是令人愉快的复述。他的声音就像是在我脑海中的深沟里舒服地来回摇动的钟摆。但是那一行——我从没有读到过那一行。

那一行是新的。

我的手指在随身听的暂停键上抽动着，但是我不想弄坏尼尔的录音。我快步走进我的房间，把第二卷从书架上拉出来。我翻到最后，是的，我是对的：这儿没有提到龙父阿尔德拉格。他是第一个唱歌的龙。而且他用他的龙歌的力量从熔岩里锻造了最初的小矮人，但是这不是重点——重点是，这一行不在书里。

那么还有什么是书里没有的？还有什么其他不一样的地方？为什么莫法特会这么随意？

这些有声读物是1987年出版的，就在第三卷出版以后。因此，也刚好是在克拉克·莫法特和"完好书脊"的瓜葛之后。我蜘蛛般的敏锐感觉仿佛被刺痛一般：这是相关联的。

但是这世上我能想到的只有三个人可能拥有莫法特意图的线索。第一个是"完好书脊"阴沉的主人，然而我绝对没有任何欲望要和科维纳或者任何他在欲速则不达公司的公开的或是地下的党羽联系。此外，我还害怕我的IP地址可能被列入了他们的盗版花名册。

第二个是我从前的雇主，而且我很渴望能和半影联系，但是我不知道怎么联系。躺在这儿的地板上，听着空白磁带发出的嘶嘶声，我意识到一件非常伤感的事：这个瘦骨嶙峋，把我的生活搅乱成疯狂漩涡的蓝眼睛男人……我知道的关于他的全部就是他店铺前面写的那些。

有第三种可能性。埃德加·戴寇从技术上讲是科维纳团体的一分子，但有些事也适用于他：

·他已经是实际上的共谋者。

·他看守着通往阅览室的门，所以他一定在组织里地位极高，因此能接触到很多秘密。

·他认识莫法特。而且，最重要的是：

·他的名字在布鲁克林的电话簿上。

这事既重大又和"完好书脊"有关，应该给他去一封信。这是我十多年都没做过的事了。上一封我用墨水写在纸上的信是我在科学夏令营那散发金色光芒的一周后写给我那远距离的假想女友的感伤的信。我那时十三岁，莱斯莉·默多克从没回过信。

为了这封新的信，我挑选了档案纸。买了尖头的中性笔。我仔细地组织着内容，首先解释了在谷歌明亮的屏幕上显露出的一切，又询问埃德加·戴寇知道什么关于克拉克·莫法特的有声读物版本的事。这期间我揉皱了六张档案纸，因为我不停地拼错字或者把它们写成一坨。我的字写得还是很糟糕。

最后，我把信投进一个亮蓝色的邮筒，希望最好的情况会发生。

三天以后，出现了一封电子邮件。是埃德加·戴寇发来的。他提议我们视频聊天。

呃，好的。

一个星期天的中午刚过，我点了绿色的照相机图标按钮。图像显示出来，是戴寇，正向下盯着他的电脑。他的圆鼻子在镜头里显得有点缩短了。他正坐在一个黄色墙壁、灯火通明的狭窄房间里，我觉得他头顶的什么地方可能有天光。在他毛茸茸的头发后面，我能看到钩子上挂着一些铜炊具，一台发亮的黑色冰箱前面花里胡哨地装饰着一些鲜艳的冰箱贴和模糊的图片。

"我喜欢你的信。"戴寇笑着说，举起一张整齐地折成三折的档案纸。

"好吧，呃。我想是，随便吧。"

"我已经知道加利福尼亚发生的事。"他说，"在'完好书脊'话传得很快。你激化了事情。"

我指望他会对这一切生气，但是他却笑着。"科维纳接受了批评。人们很生气。"

"别担心，他尽最大努力阻止了。"

"哦，不——不。他们为我们还没有自己尝试过而生气。'这个刚发展起来的谷歌不应该占了所有的乐子。'他们说。"

这话让我笑起来。也许科维纳的规矩并没有看起来那么绝对。

"但是你还在研究它？"我问。

"就算是谷歌庞大的电脑都没有发现任何东西？"戴寇说。"当然。我的意思是，想想吧。我有一台电脑。"他一根手指轻轻弹着他手提电脑的盖子，摄像头跟着晃起来。"他们不是魔术。他们就像他们的程序设计员一样能干，对吧？"

是的，但那是些非常厉害的程序员。

"告诉你实话吧，"戴寇说，"我们失去过一些人，一些年轻的伙计，未成册者，还在刚刚起步的阶段。但是没什么。根本不算什么，如果比起——"

戴寇身后有个模糊的影像在移动，一张小小的面孔出现在他的肩头，伸过来看着屏幕。是个小姑娘，我惊讶地看到那是个微缩版的戴寇。她有太阳一样金黄的头发，长长地纠结着，和他一样的鼻子，看起来大约六岁。

"那是谁？"她说，指着屏幕。所以埃德加·戴寇是在两边下注：既用书获得永生，也用血缘来获得永生。其他的人有孩子吗？

"那是我的朋友克莱。"戴寇说，手臂揽过她的腰。"他认识埃杰克斯叔叔。他也住在旧金山。"

"我喜欢旧金山！"她说，"我喜欢鲸鱼！"

戴寇靠近他的女儿，像演员对观众高声耳语那样说道："鲸鱼发出什么样的声音啊，小宝贝儿？"

女孩儿扭动着挣脱他的胳膊，站直了踮起脚尖，一边慢慢地做着芭蕾里的皮鲁埃特旋转，一边发出一种哞哞喵喵的声音，是她对鲸鱼的印象。我笑了。她用一双大眼睛盯着屏幕，享受着我的关注。她又发出鲸鱼的歌唱声，这一次转着跑开了，双脚在厨房的地板上滑动着。哞哞喵喵的声音渐渐消失在隔壁的房间里。

戴寇笑着看她跑开。"那么，说说重点吧，"他说，转过身对着我，"不，我帮不了你。我在书店里见过克拉克·莫法特，但是在他解开'创立者之谜'以后——大约三个月的时间内——他直接去了阅览室。那之后我再没见过他，而且我完全不知道任何关于他的有声读物的事。说实话，我讨厌有声读物。"

但是一本有声读物像是一顶毛茸茸的编织帽挡在你的——

"你知道你应该找谁谈，对吗？"

当然我知道："半影。"

戴寇点点头。"他掌握着莫法特的'生命之书'的解码——你知道吗？他们关系密切，至少在那儿的一段时期是的。"

"但是我找不到他。"我沮丧地说，"他像个幽灵。"然后我意识到我正在对这个人曾最喜欢的新成员说话，"等等——你知道他在哪儿吗？"

"我知道。"戴寇说。他直直地盯着摄像头，"但是我不会告诉你。"

我一定满脸失望的表情，因为戴寇立刻举起双手说："不，我要和你做个交易。我打破了书里的每一条规则——而它是本非常古老的书——当你需要阅览室的钥匙，我给了你，对吧？现在我想要你为我做些事。作为交换，我会很乐意告诉你到哪儿去找我们的朋友埃杰克斯·半影先生。"

我没有料到友好的、笑眯眯的埃德加·戴寇会有这种算盘。

"你记得我在下面的印刷所让你看的格里茨宗铅字吗？"

"记得，当然。"在地下复印店。"剩下的不是很多了。"

"对。我想我告诉了你这一点：原始的被偷了。那是一百年前，就在我们到美国以后。'完好书脊'暴怒了，雇了一队侦探，付钱给警察，要抓那个小偷。"

"是谁？"

"我们中间的一个人——成册者之一。他的名字叫格伦科，他的书已经被烧了。"

"为什么？"

"他们抓住他在图书馆里做爱。"戴寇严肃地说。然后他举起一根手指，声音很低地说，"这么做还是会被看不惯，不过现在已经不会让你被烧掉了。"

所以"完好书脊"的确在进步——缓慢地。

"不管怎么说，他偷了一摞'生命之书'和一些银叉子勺子——我们以前有个华丽的餐厅。而且他抱走了格里茨宗铅字模子。有人说他是在报复，但是我觉得倒更像是绝望。流利的拉丁语并不能让你在纽约市走得很远。"

"你是说他们抓住了他。"

"是的。他找不到人买那些书,所以我们把那些书拿回来了。勺子早不见了。而格里茨宗铅字模子——也不见了。它们从此消失。"

"诡异的故事。所以呢?"

"我想要你找到它们。"

呃。"说真的吗?"

戴寇笑着。"是的,不开玩笑。我知道它们可能在某个深坑下面。但是也有可能"——他的眼睛闪着光——"它们就藏在普通的地方。"

小金属块儿,丢失了有一百年。挨家挨户地去找半影可能还要更容易一点儿。

"我想你能办到。"戴寇说,"你似乎资源丰富。"

我再一次问道:"说真的?"

"当你找到它们时给我写封信。'欲速则不达'。"他笑笑,图像变成了黑屏。

好的,现在我饿了。我本指望戴寇能帮我。结果他给我布置了个家庭作业。不可能完成的作业。

但是:"你似乎资源丰富。"这是我以前从没听人说过的。我想着这话。资源丰富:充满资源。当我想着资源,我想到了尼尔。但是也许戴寇是对的。到目前为止我做的所有事,都是请来了支持才做成的。我的确认识有特长的人,我知道怎么把他们的技术组合在一起。

想起来了,我正好有做这个的资源。

要找又老又晦涩的东西,又奇怪又重要的东西,我要找奥利弗·格罗恩。

当半影消失、书店停业的时候,奥利弗机敏地跳槽找了另一份工作,我怀疑他已经偷偷干那工作一段时间了。那份工作是在皮格马利翁,那是个不开玩笑的、真正的信仰者的独立书店,是由"言论自由运动"的老校友在伯克利的恩格斯街开的。所以现在奥利弗和我正坐在皮格马利翁书店狭窄的咖啡店里,在杂乱无序的"食物政治"区后面吃着东西。奥利弗的腿对这张小桌子来说太长了,所以他把它们向一侧伸出去。我正啃着一块蓝莓和豆芽做的烤饼。

奥利弗似乎很高兴在这儿工作。皮格马利翁很大,几乎是堆满书的一整个街区,而且极有条理。天花板上明亮的色块标出了区域,相搭配的条纹以密集的纹样穿过地板,就像是一块彩虹色的电路板。当我到达时,奥利弗正抱着一堆沉重的厚书往标着"人类学"的书架那儿走。也许他的大块头毕竟不是后卫球员的,也许就是图书管理员的。

"那么什么是铅字?"奥利弗说。他对不明物品的知识从12世纪后就不那么深入了,不过我没被吓住。

我向他解释依赖能插入槽口排成排堆在一起制成书页的小金属

字块的活字印刷系统。几百年来，这些字块都被做成单独的，每一块都靠手工铸造。为了铸造字块，需要一个原始模型，是用硬金属雕刻而成的。这个模型就叫模子，而每一个字母都有一个模子。

奥利弗沉默了一阵，他的双目望着远方。然后他开口道："那么，我应该告诉你。这个世界上实际只有两种物品。这会听起来有点儿疯疯癫癫的，不过……一些物品有光环，其他的没有。"

好吧，我寄希望于光环。"我们在谈论一个有好几世纪之久的邪教组织的关键资产。"

他点点头。"很好。日常物品……居家物品？它们消失了。"他打着响指："噗"。"我们能找到一个很棒的沙拉碗之类的就真的很走运了。但是宗教物品？没有多少仪式用的瓮还在到处徘徊。没人想做那个扔掉瓮的家伙。"

"所以如果我走运，也没有人想做那个扔掉格里茨宗的家伙。"

"没错，而且如果有人偷了它，就是个好征兆。被偷走是会发生在一件物品身上的最好的事。被偷走的东西会再次流通，不会埋在地下。"然后他紧紧地按住嘴唇。"别抱太大希望。"

太晚了，奥利弗。我吞下最后一点烤饼问道："那么如果我们已经有了一个光环，那会把你引到哪儿？"

"如果这些模子在这个世界上的什么地方存在，"奥利弗说，"有一个地方你要去找。你需要'登记册'的一个席位。"

一年级

泰贝莎·特鲁多是奥利弗在伯克利最好的朋友。她又矮又结实，一头卷曲的棕色头发，厚厚的黑镜片后面一对儿大大的吓人的眉毛。她现在是整个湾区最不知名的博物馆的副经理，一个位于埃莫利维尔市、名叫加利福尼亚编织艺术和刺绣科学博物馆的小地方。

奥利弗发封邮件介绍我们认识，对泰贝莎解释我正执行一项任务，而他对此持友善态度。他还转告我战术上的建议，一份捐赠不会带来什么损失。不幸的是，任何合理的捐赠都会占到我在这个世上的财富的至少百分之二十，不过我倒是有个赞助人。所以我回复泰贝莎，告诉她我可能会交过去一笔一千美元的款子（承蒙"尼尔·沙女性艺术基金"关照）——如果她能帮我忙的话。

当我在博物馆见到她时——对那些知情者来说，它仅仅是凯尔编织店——我立刻产生一种亲切感，因为凯尔编织店几乎和半影的店一样奇特。只有一个大房间，是一间改造过的校舍，现在陈列着鲜亮的展览品和儿童大小的活动站。在门边的一个大桶里，编织针像军械库那样排列着：粗的、细的，有些是用光亮的塑料做的，有些则用木头雕成人的形状。房间里充斥着羊毛味儿。

"你这儿有多少来访者？"我问，查看着其中一根木针，它像是根非常细的图腾柱。

"哦，很多。"她说，向上扶了扶她的眼镜，"大多是学生。有辆巴士现在正在路上，所以我最好把你安排好。"

她坐在博物馆的前台，一个小小的招牌上写着"捐赠毛线免费入内"。我在口袋里找到尼尔的支票，把它从桌上递过去。泰贝莎笑着接了过去。

"你以前用过这些吗？"她说，在一个蓝色的电脑终端上插了把钥匙。电脑发出了响亮的哗哗声。

"从来没有。"我说，"直到两天前我都还不知道这个东西。"

泰贝莎向上望去，顺着她的目光，我看到一辆校车绕过拐角开进了博物馆小小的停车场。"好吧，"她说，"这是个东西。你会弄明白的。只是不要，比如把我们的事情泄露给其他的博物馆。"

我点点头，迅速地溜到桌子后面，和她交换了位置。泰贝莎匆忙而紧张地在房间里转着，整理着椅子，用杀菌剂擦着桌子。而对我来说："登记册"准备好了。

我从奥利弗那儿知道的"登记册"，是一个能跟踪任何地方的所有博物馆的所有古代器物的庞大数据库，从20世纪中期就有了。从前是靠到处分发、复制、分类的打孔卡来运转的。在一个古物总是处在运动中的世界里——从博物馆的地下三层移到展厅，移到（在波士顿或者比利时的）另一家博物馆——这是需要的。

世界上的每一家博物馆都使用"登记册"，从简单的社团时期的合作项目到最豪华的国家收藏，每一家博物馆都是同一个管理器，就是彭博社古物终端。当一个工艺品被发现或购买，它就在这个博物馆学的矩阵里有了一个新的记录。如果它被卖掉过或烧成碎片，记录就被取消。但是只要任何一块画布的碎片或者石片留在了任何地方的任何收藏里，它就还会在记录中。

"登记册"帮忙抓伪造：每家博物馆都架设终端来查看与其收藏的已有工艺品有相似处的可疑物品。当"登记册"报警时，就意味着什么地方的什么人被骗了。

如果格里茨宗模子在这个世界上的任何一家博物馆存在，它们就会被列在"登记册"中。我所需要的就是在终端登录一分钟。但是，说清楚点儿，任何一家合法博物馆的馆长都会对我的这个要求震惊不已。这些终端构成了这个特殊的"邪教组织"的秘密知识。所以奥利弗提议我们走个后门：一个小博物馆，它的监护人对我们的动机持友好态度。

前台后的椅子在我的重量下嘎嘎作响。我指望着"登记册"

更高科技一点,但是实际上它看起来就像件古物。一台亮蓝色的监视器,不带任何近期的特色,厚厚的玻璃里透出图像。全世界的新货在屏幕的一边滚动着,有地中海陶盘、日本武士刀和莫卧儿生殖雕塑——相当火辣的莫卧儿雕塑,屁股很大,完全是个母夜叉——还有更多,很多东西,有古老的码表和破烂的火枪,甚至书,封面装饰着金色十字花纹的很好的蓝色古书。

馆长们怎么能不整天地盯着终端呢?

一年级生们涌进了"凯尔编织店",尖声叫喊着。两个男孩儿从前门的桶里抓出编织针开始决斗,喷着口水弄出嗡嗡作响的光剑声。泰贝莎引导他们进入活动区,开始了她滔滔不绝的演讲。她身后的墙上贴着一张海报,上面写着"编织很棒"。

再说"登记册"的事。在终端的另一头儿,有一些图表,明显是泰贝莎配置的。它们检测着在不同区域里兴趣的增加情况,比如"纺织品"、"加利福尼亚"以及"无捐赠"。"纺织品"呈现一个带尖的小山状;"加利福尼亚"有一个明显的波动的斜坡;"无捐赠"是一条平平的线。

好的。搜索栏在哪儿?

越过泰贝莎,纱线出现了。一年级生们在塑料容器里掏着,寻找他们喜欢的颜色。其中一个小孩儿摔进去,发出一声尖叫,她的两个朋友开始用针戳她。

没有搜索栏。

我胡乱地点着,直到屏幕的上方亮起了"索引"的字样(是

按了F5出现的)。现在一个丰富详尽的分类学系统在我面前展开了。什么地方的什么人已经把所有的地方所有的东西归了类:

  金属、木头、陶器。
  15世纪、16世纪、17世纪。
  政治的、宗教的、仪式的。

  但是等等——"宗教的"和"仪式的"之间有什么区别呢?我的胃里有一种虚脱的感觉。我开始搜索"金属"然而只有钱币、手镯和鱼钩。没有剑——我想那些是在"武器"的条目下,也许是"战争",也许是"尖东西"。
  泰贝莎紧靠着一个一年级生,帮他把两根编织针交叉在一起绕出他的第一个圈。他全神贯注,眉毛拧在一起——我在阅览室里看到过那种表情——然后他明白了,圈弄好了,他咧开嘴咯咯地笑起来。
  泰贝莎回头看着我的方向。"找到了没?"
  我摇摇头。没有,我还没找到。不在"15世纪"的条目下。好吧,也许是在"15世纪"的条目下,但是所有其他的东西也在"15世纪"的条目下——那是个问题。我还像是在大海捞针,还很可能是个被莫卧儿烧掉了所有其他东西的宋朝的"海"。
  我把头重重地垂在手上,盯着蓝色的终端,它正显示出一幅从古西班牙大型帆船上抢救出来的某个粗糙结块儿的绿色钱币的图像。我是不是刚刚浪费了尼尔的上千美元？我要拿这东西怎么办？为什么谷歌还没把博物馆编入索引呢？

一个长着鲜艳红头发的一年级生跑到前台，咯咯地笑着，几乎要被一团缠在一起的绿色毛线弄得透不过气来。呃——是条好看的围巾吗？她笑着上上下下地蹦着。

"嗨，"我说，"让我问你个问题。"她咯咯笑着点头。"你要怎么样才能在大海里找到针呢？"

这个一年级生停下来沉思着，一边扯着缠在脖子上的绿毛线。她真的在认真考虑这个问题。她的小脑筋在转，手指搅在一起，认真考虑着。真可爱。最后，她抬起头严肃地说："我会让海水去找。"然后她发出一声鬼叫，一只脚跳着弹开了。

一声古代宋朝的锣声在我脑海里震响起来。是的，当然。她真是个天才！我自己咯咯笑起来，使劲儿点着后退键直到脱离了这终端的可怕分类系统。相反，我简单地选择了"增加物"这个命令。

就是这么简单。当然，当然。这个一年级生是对的。大海捞针很容易！让海水去找！

增加物的表格又长又复杂，但是我快速地浏览着：

建立者：格里夫·格里茨宗

年代：1500（约）

描述：金属类。格里茨宗模具。完整的字体。

出处：丢失于1900年左右。以匿名礼物的形式找回。

我把剩下的区域留作空白，敲了回车键把这个新的、完全是编造的手工制品提交到"登记册"。如果我理解正确，现在它正像在这个上面一样，在全世界每一家博物馆的所有终端上滚动查找。馆长们正在核对，交叉比较——成千的物品。

一分钟滴滴答答地过去了，一个一头蓬松黑发的无精打采的一年级生偷偷溜到桌子这儿，踮着脚，鬼鬼祟祟地靠过来。"你有什么游戏吗？"他悄悄地说，指着终端。我忧愁地摇摇头。不好意思，孩子，也许——

"登记册"发出了"呜呜"的声音，是种高音的，逐渐变大的声音，仿佛是火灾警报："呜呜"。这个没精打采的小孩跳了起来，一年级生们都转向了我的方向。泰贝莎也转过来，一条眉毛挑了起来。

"那儿一切都好吧？"

我点点头，兴奋得都说不出话了。用粗粗的红色字体显示的一条消息仿佛生气一般在屏幕底部忽闪着：

"增加物被拒绝"

太好了！

"手工艺品存在"

好好好啊!

"请联系：统一环球长期存储有限责任公司"

"登记册"响铃儿了——等等，它会响铃儿？我往终端这头的四周瞟了一眼，看到一个亮蓝色的电话听筒别在那儿。这是这个博物馆的紧急热线吗？救命，图坦卡门国王的墓穴掏空了！它又响起来。

"嘿，老兄，你在那儿干什么呢？"泰贝莎隔着屋子喊道。

我欢快地挥挥手——一切都很好——然后抬起电话听筒，把它抓过来，小声说道："你好，这是凯尔编织店。"

"这里是统一环球长期存储。"电话那头儿的声音说道。是个女人，用非常小的鼻音在说话。"请帮我接管理员。"

我向房间的另一边看去：泰贝莎正在把两个一年级生从一团缠在一起的绿线和黄线里拉出来。其中一个脸上有点红红的，好像有点窒息。我对着电话说："管理员？是我，女士。"

"哦，你真有礼貌！好吧，听着亲爱的，有人在耍你。"她说，"那个——让我看看——你刚刚提交的仪式用的手工艺品已经在这儿的档案里了。有好些年了。你总是需要事先确认一下，亲爱的。"

我能做的全部就是不蹦起来开始在桌子后面跳舞。我让自己镇定下来，对着电话说："天啊，多谢你的机灵。我会把这个家伙赶出这儿。他讲得天花乱坠，说他是一个秘密社团的成员。他们已经拥有这东西好几百年了——你知道，通常都是这样。"

这女人同情地叹了口气。"简直是我的人生故事，亲爱的。"

"听着，"我轻声说，"你叫什么名字？"

"谢莉尔，亲爱的。真的好抱歉。没人喜欢接到'统环'的电话。"

"不是这么回事！我感谢你的勤勉，谢莉尔。"我在扮演着自己的角色："但是我们很小。我实际上从没听说过'统环'……"

"亲爱的，你说真的吗？我们是密西西比以西唯一最大最先进的为历史娱乐部门服务的厂区外存储设备。"她一口气说道。"在内华达这儿。你去过拉斯维加斯吗？"

"呃，没有——"

"整个美国最干燥的地方，亲爱的。"

对石板来说可是太完美了。好的，就是这儿了。我提高声调说："听着，谢莉尔，也许你能帮我这个忙。在凯尔编织店这儿，我们刚刚从，呃，尼尔·沙基金得到了一大笔捐款——"

"听起来不错。"

"嗯，按我们的根本不算高的标准来说是一大笔。但是我们在准备一场新展览，而且……你有真的格里茨宗模具，对吧？"

"我不知道那些是什么,亲爱的,不过上面说我们这儿有。"

"那么我们想借它们。"

我从谢莉尔那儿得到了细节,说了感谢和再见,把蓝色的听筒放回原位。一团绿色的毛线球在空中抛出一道弧线,落在前台桌子上,然后滚到我的膝上,边滚边脱着线。我抬起头,看到又是那个红头发的一年级生,正一只脚站着,冲我吐着舌头。

一年级生们互相推搡着不安分地回到了停车场。泰贝莎关上前门,锁上它,一瘸一拐地走回前台桌子。她脸颊上有一道儿红色的浅浅的抓痕。

我开始绕好那团绿线。"是麻烦的课吧?"

"他们玩儿这些针很灵活。"她叹着气说,"你怎么样了?"

我已经在一本凯尔编织店的便笺本上记下了存储设备和它在内华达的地址。我把它转过来给她看。

"是,没什么好惊讶的,"她说,"很可能那个屏幕上百分之九十的东西都被存储了。你知道国会图书馆把它的大部分书都存在华盛顿特区之外吗?他们有,像是七百英里的书架。整个仓库都是。"

"呸。"那听起来真讨厌。"这么做什么目的,如果没人去看的话?"

"博物馆的工作就是把东西保存给子孙后代。"泰贝莎不屑地说,"我们有一个可控温的存储区域堆满了圣诞毛衣。"

当然。你知道,我真的开始认为整个世界就是个由疯狂的小团体构成的拼缝的被子,每一个都有他们自己的秘密空间,他们自己的记录,他们自己的规矩。

在回旧金山的火车上,我在手机上敲了三条短信。一条是给戴寇的,说:"我正有所进展。"另一条是给尼尔的,说:"我能借用你的车吗?"最后一条是给凯特的,简单地说:"你好。"

风暴

　　统一环球长期存储公司是位于内华达州恩特普利斯市外的高速公路边的一座又长又矮的灰色建筑物。当我开进长长的停车场时，我感到它巨大的荒凉感袭上我的心头。这是个只剩下外形的工业区，但是至少里面还保住了财富的承诺。高速路边三英里的苹果蜂餐饮连锁店也让人沮丧，不过在那儿你完全清楚里面会有什么等着你。

　　为了进入"统环"，我经过了两道金属探测器和一个X光仪，然后我被一个名叫巴里的安全警卫搜了身。我的包、夹克衫、钱包和口袋里的零钱都被没收了。巴里检查刀、手术刀、镐、锥子、剪刀、刷子和棉签。他检查我指甲的长度，然后让我戴上一双粉红色的乳胶手套。最后，他给我穿上一件在腕部有弹性的白色高密度聚乙烯合成纸做的连体衣和一双嵌入式的靴子。当我进入这个干燥、洁净的存储设备的空间时，我变成了一个完全迟钝的人：我不能削、挠、弄褪色、腐蚀或是和任何这个已知世界的自然物发生反应。我猜我仍然能舔东西。我惊讶于巴里没有把我的嘴用胶带封起来。

谢莉尔在狭窄的过道里见了我，头顶的荧光灯刺眼地照着。她站在一扇门前，门上用模板印着高大的黑色字体——"登记藏品/出售（交换）藏品"，似乎他们是想说"反应堆核心"。

"欢迎来到内华达，亲爱的！"她挥着手露出明显的笑容，这让她的脸都堆在一起。"在这儿看到一张新面孔真是太好了。"谢莉尔是个有着卷曲黑发的中年女人。她穿着一件有漂亮锯齿形花纹的绿色羊毛衫和一条灰蓝色的宽松过时的牛仔裤——她没穿聚乙烯合成纸的衣服。她的"统环"徽章挂在脖子上的一根绳子上，徽章上的相片看起来要年轻十岁。

"好了，亲爱的。博物馆间出借表在这儿。"她递给我一张淡绿色的皱皱的纸。"这是检验货单。"另一张纸，这张是黄色的。"你还要签这一张。"是粉色的。谢莉尔长出了一口气。她皱着眉毛说："现在听着，亲爱的。你的机构没有得到国家认可，所以我们不能为你做挑选打包。违反规定。"

"挑选打包？"

"不好意思。"她递给我一个包在胎面橡胶套里的上一代iPad。"但是这儿有一张地图。我们现在有这些很棒的平板电脑了。"她笑笑。

iPad上显示着一条小小的走廊（她用手指戳了一下——"看，我们在这儿。"），通向一个巨大的空的长方形。"那就是设备，从那儿。"她抬起一只胳膊，手镯发出叮铃咣啷的声音，向下指着通向双扇门的走廊。

其中一张表格——黄色的那张——告诉我格里茨宗模具在编号为"祖鲁-2591"的架子上。"那么我到哪儿找那个？"

"老实说，亲爱的，很难说。"谢莉尔说，"你会明白的。"

"统环"的存储设备是我见过的最神奇的空间。记住我可是最近在一个垂直的书店工作而且造访了一个秘密地下图书馆，见识过很多的。而且，我还是孩子的时候就见过西斯廷教堂，作为科学夏令营的一部分内容，我还参观了一个粒子加速器。这个仓库把他们都打败了。

天花板像飞机棚一样高高地挂在头顶。地板是一个摆着高铁架的迷宫，上面堆满了盒子、小罐、货柜和箱子。够简单的。但是架子——架子都可以移动。

有一阵儿我觉得想吐，因为我的视线游移着。整个装置就像一桶虫子一样蠕动翻滚着，重叠在一起，让人无法跟上它们的动作。架子都堆在宽橡胶轮胎上，它们知道怎么利用它们。它们密集地、有控制地突然进来，然后在空地上的通道上分开，流畅地快速移动。它们暂停下来，礼貌地互相等待，列队形成长长的队伍。这很诡异，完全是"男魔法师的学徒"。

所以iPad上一片空白，因为装置在不断实时自我重排。

这个空间很暗，头顶没有灯，但每个架子顶部都有一盏橘黄色的小灯闪烁旋转着。当这些架子做它们复杂的迁徙时，这些灯投射出旋转的阴影。空气是干燥的——真的很干燥。我舔了舔自己的嘴唇。

一个架子载着一架的长矛和鱼叉从我旁边飕飕地过去了。然后它拐了个急转弯——鱼叉嘎嘎响着——我看到它准备向远处那面墙上的宽宽的门驶去。在那儿，冷冷的蓝灯溢入黑暗中，一队穿着聚乙烯服的人把盒子抬下架子，拿着活页夹检查着它们，然后把它们搬出了视线。架子像学生那样列着队，不安地推挤着。

接着，"白制服"们完事后，它们迅速离开消失在迷宫里。

在这儿，在这个密西西比以西最先进的为历史娱乐领域服务的厂外存储设备里，不是你找手工艺品，而是手工艺品来找你。

iPad对我眨着眼睛，现在正显示着位于地面中心的一个标记着"祖鲁-2591"的蓝点儿。好的，这有用。它一定是一个询问机标签，或者是一句魔咒。

我前面的地板上有一条清晰的黄线。我侧着身子，一根脚趾慢慢跨过去，附近的架子都突然转向反弹了回去。很好，它们知道我在这儿。

所以我慢慢地进入这个大漩涡。一些架子没有慢下来，但是改变它们的轨道就在我身后或面前滑行着。我慢慢匀速走着，慎重地迈着步子。当它们在我周围移动时，形成了一个奇迹般的游行队伍。有捆扎包裹在泡沫材料里的上着蓝金色釉的瓮；有装满棕色甲醛的大玻璃筒，里面隐隐约约地有触须在漂动着；粗糙的黑色岩石上伸出的晶片在黑暗中闪着绿色的光。一个架子上摆着一幅单独的油画，有六英尺高：是一位留着细细胡子的商业贵族怒目而视的肖像画。他的目光似乎追随着我，直到这幅画转了个弯从视线里消失了。

我想知道是否马特的微缩城市——好吧，现在是马特和阿什莉的微缩城市——有一天会像这些东西一样最终被放在架子上。他们会把它从旁边捆扎起来吗？或者他们会小心地拆开它，把所有的建筑分开保存起来，每一个都用纱布包裹起来吗？这些架子会分开各自向不同的方向移动吗？"大都会"会像一大堆星尘一样分散在这个设备里吗？如此多的人梦想着把某些东西放进博物馆……这就是他们脑海中的图像吗？

这个装备外围的一圈就像一条高速公路，这一定是所有流行的古物存放的地方。但是当我跟着iPad向地面中心走去时，东西慢下来了。这儿有放着柳条面具的架子，装在泡沫屑里的茶具，挂着干藤壶[1]外壳的厚金属板。这儿有一个飞机推进器和一个三件套。这儿的东西更古怪了。

这里不全是架子。还有滚动的保险库——巨大的金属盒子安放在坦克履带上。有些向前慢慢爬行着，有些待在原地。所有的都带着复杂的锁，顶上安着闪光的黑色相机。有一个前面带着明亮的生化警告标记。我围着它绕了个大圈。

突然一声液压声，一个保险库被拉动起来。它向前猛然一动，橘黄色的灯闪了起来。我跳出它的路径，它滚动着穿过了我刚刚站着的地方。架子都动起来，给开始旅程的这个保险库让

---

[1] 一种水生贝壳类动物。——编者注

路,慢慢地,它接近了那些宽大的门。

我忽然想到,如果我在这儿被压扁了,暂时没人能找到我。

一闪念间,我大脑的一部分就像一盏那些橘黄色的灯一样亮起来,开始寻找起其他人类(尤其是劫匪、杀人犯和敌对的忍者)。有个人穿过黑暗过来了。仓鼠模式:交战。有人直向我跑来,动作很快,他看起来像科维纳。我回转脸面对着他,双手举在面前,大喊道:"啊!"

又是那幅画——有胡子的富商。它又回过头来看我一眼。它是在跟着我吗?不——当然不是。我的心脏狂跳着。冷静,绒毛小飞侠。

设备的正中央没有东西活动。在这儿很难看见东西,架子上的灯灭了,可能是为了节约电池的电力,或者也许只是出于绝望。很安静——是风暴的中心。

忙碌的外围射出一些光道,短暂地照亮了凹陷的棕色盒子、大量的新闻纸、石板。我查看iPad,找到了那个闪烁的蓝点儿。我想很近了,所以开始检查架子。

上面都有一层厚厚的灰。我一个架子一个架子地擦着灰,检查着标签。闪亮的黄色上是长长的黑色数字,写着:"极好-3877"、"伽马-6173"。我继续查看,拿我的手机当手电筒用。"探戈-5197"、"超级-4549"。然后是:"祖鲁-2591"。

我期待着有个大箱子,格里茨宗的伟大创造装在某个制作精良的柜子里。其实是一堆扁平的东西装在一个纸盒子里。盒子里面,每一个模子都包在一个单独的塑料袋里,用橡胶皮筋儿绑紧。它们看上去像是旧车的零件。

不过随后我拿出了一个——是X,挺重——一股胜利的热血在我体内流动起来。我不敢相信我正把这东西拿在手里。我不能相信我找到它们了。我感到像是泰利马赫·半血拿着格里夫的金号角。我感觉像是个英雄。

没人在看。我把这个X像神话中的剑一样高高地举在空中。我想象着闪电从天花板上打下来。我想象着妖龙女王的黑暗军队沉默地倒下了。我暗暗地发出了一声充满力量的吼声:"嗷呜!"

然后我双臂抱着箱子,把它从架子上举起来,摇晃着回到"风暴"中。

《龙之歌传奇》（第三卷）

回到谢莉尔的办公室，我填好我的文件，耐心地等着她更新"登记册"。她桌子上的终端就像凯尔编织店的一样：蓝色塑料的，厚玻璃，内置式的听筒，旁边有一个上面画着打扮成著名人物的猫的一天一张的日历。今天的是一个毛茸茸的"尤利乌斯·恺撒"。

我想知道谢莉尔是否意识到了这个纸盒里装的东西是多么有历史重要性。

"哦，亲爱的，"她挥着手说，"那儿的所有东西对某个人都是宝物。"她靠近电脑终端，再次检查她的工作。

嘿，对啊。还有什么沉睡在这个"风暴"的中心，等着那个对的人过来把它挑中呢？

"你想把那个放下来吗，亲爱的？"谢莉尔问道，下巴指着我胳膊之间的盒子。"看起来挺重。"

我摇摇头。不，我不想放下来。我怕它会消失。我正拿着这些模子仍然似乎是件不可能的事。五百年前，一个名叫格里夫·格里茨宗的人刻出了这些形状——就是这些形状。几个世纪过去了，成百万的，也许是几十亿的人看到它们制作出的影像，尽管大多并没有意识到这一点。现在我像抱着新生儿一样抱着它们，一个很重的新生儿。

谢莉尔敲了一个按键，她电脑终端旁边的打印机开始发出响声。"快好了，亲爱的。"

相对极具美学价值的物品来说，这些模具看起来不算什么。它们只是一些粗糙的、磨损的、瘦长的深色合金，只在顶端的地方变得美起来，符号像是雾里的山尖儿一样显现。

我突然想起问："谁拥有这些东西？"

"哦，没人。"谢莉尔说，"不再有人了。如果有人拥有它们，你就会和他们谈了，而不是我！"

"所以……它们在这儿干吗呢？"

"老天，我们对很多东西来说就像是孤儿院一样。"她说，"让我看看这儿。"她推起她的眼镜转着鼠标的滚轮。"弗林特现代工业博物馆把它们送过来的，但是当然他们在1988年衰落下去了。真的是个漂亮的地方。很好的馆长，迪克·桑德斯。"

"他把所有的东西都留在这儿了？"

"呃，他过来选了一些老车，装在一辆平板卡车上拉走了，不过其他的，他就签给了'统环'收藏。"

也许"统环"应该自己办个展览——各时代无名手工艺品。

"我们试图把东西拍卖掉，"谢莉尔说，"但是一些东西……"她耸耸肩,"就像我说过的,每件东西对某个人来说都是宝贝。但是许多时候,你就是不能找到那个人。"

那可真让人沮丧。如果这些小东西对印刷、排印和人类交流的历史如此重要,却失落在一个巨大的仓库里……我们中任何人还有什么机会呢?

"好了,杰侬先生,"谢莉尔故意正式地说,"都弄好了。"她把打印出来的资料塞进一个箱子,拍拍我的手臂。"那是一个三个月的出借期,你可以延长为一年。准备好换下那身长衣服了吗?"

我开车回到旧金山,模具就放在尼尔的改装车的乘客座。它们让车子里充满了一股煅烧的气味,弄得我鼻子发痒。我想知道是不是应该把它们在开水或是什么东西里洗洗。我想知道是不是这味道会粘在座位上。

回家开了很长的路。有一阵子我望着这辆丰田车的能量控制盘想要打败以前的节油记录。但是那很快就变得无聊起来,所以我插上随身听,开始听由克拉克·莫法特本人朗读的音频版《龙之歌传奇》第三卷。

我肩膀靠后,抓住方向盘的十点和两点方向,陷入了古怪的思绪。我和"完好书脊"隔着几个世纪的兄弟们侧面接触了:立体声里是莫法特,乘客座上是格里茨宗。内华达沙漠好几英里都是一片荒凉,在妖龙女王的塔的高处,事情变得极度诡异起来。

记住这个系列书是以一条唱歌的龙迷失在海里开始的,它召集海豚和鲸鱼寻求帮助,被一艘路过的船救了,船上正巧载着一位学者型的小矮人。这个小矮人和这条龙成了朋友,照顾它恢复了健康,而且当这艘船的船长晚上要割断这条龙的喉咙取出它食管里的金子时,小矮人救了它。那只是最开始的五页——所以,你知道,这个故事的发展变得更怪不是无关紧要的。

但是,当然,现在我知道原因了:《龙之歌传奇》的第三卷和最后一卷还担负着作为莫法特的"生命之书"的另一使命。

这部分所有的活动都发生在妖龙女王的塔里,结果这塔就几乎是一个自成一体的世界。这个塔直通到星星上。每一层都有自己的一套规则,有自己的谜题需要解开。前两卷里有冒险和战斗,当然,还有背叛。这一卷里面全都是谜题、谜题、谜题。

故事一开始,友好的鬼魂现身,把小矮人弗恩文和泰利马赫·半血从妖龙女王的地牢里释放出来,让他们向上爬去。莫法特的声音从丰田车的扩音器里传出来,描绘着那个鬼魂:

"它高高的,发着淡蓝色的光,长着长胳膊长腿,带着笑意。最重要的是,眼睛比身体的其他部分闪着更蓝的光。"

等一下。

"'你在这地方找什么?'那影子简单地问道。"

我胡乱摸索着去倒带。一开始我倒过了,所以不得不快进,然后我又错了过去,所以不得不又倒带。丰田车经过减速带摇晃起来。我拉动方向盘把车在高速公路上对正,终于按下了播放键:

"……眼睛比身体的其他部分闪着更蓝的光。'你在这地方找什么?'那影子简单地问道。"

再一次。

"……眼睛比身体的其他部分闪着更蓝的光。'你在这地方找什么?'"

不会错的:莫法特在模仿半影的声音。书的这一部分不是新的。我记得我第一次读的时候就有这个地牢里的友好蓝色鬼魂。但是,当然,那个时候我不可能知道莫法特会把一个古怪的旧金山书商编进他的神话史诗。同样地,当我走进那个24小时书店的前门时,我也不可能知道我已经见过半影好几次了。

埃杰克斯·半影是妖龙女王地牢里的蓝眼睛的影子。我对这一点很确定。我听着莫法特的声音带着强烈的情感完成了这一幕……

"弗恩文的小手在梯子上被烧伤了。铁像冰一样冷,似乎每一根横杆都在叮咬着他,尽一切邪恶的力量要让他坠回地牢的深渊。泰利马赫高高地在上面,已经在爬进门口了。弗恩文向下面瞭去。那个影子在那儿,正站在那扇秘密大门里。它咧嘴笑着,透过幽灵般的一团蓝色亮光跳动着,它挥动长长的手臂喊道:

'爬啊,小子!爬啊!'所以他就这么做了。"

……不可思议。半影已经触到了永生。他知道吗?

我开足马力行驶着,摇着头,对自己笑着。故事也加速了。现在莫法特低沉沙哑的声音带着角色们从一层来到另一层,解答着谜题,沿途重新召集着同盟——一个小偷、一只狼、一只说话的椅子。现在,我第一次明白了:楼层是对"完好书脊"密码破解技术的暗喻。莫法特在用塔讲述他自己在这个团体里的经历。

当你知道要听什么,这都变得很明显了。

最终,经过一段长长的步履艰难的古怪故事,角色们到达了塔顶——妖龙女王向外观看这个世界,策划统治的地点。她在那儿等着他们,她拥有一支黑暗军团。他们黑色的袍子现在似乎更有象征意味了。

当泰利马赫·半血带领他的同盟军投入最后的战斗时，学者型的小矮人弗恩文有了一个重大发现。在这大洪水一般的骚乱中，他偷偷溜到妖龙女王的魔法望远镜前，往里瞄了一眼。通过这一不可思议地高高在上的有利位置，他能看到某件惊奇的事。那些把西方大陆与字母分隔开的山脉。它们是，弗恩文意识到，一条消息，而且不是随意的什么消息，而是很久以前龙父阿尔德拉格自己的许诺，当弗恩文大声地念出这些文字时，他——

见鬼！

当我终于过了桥回到旧金山时，克拉克·莫法特在结尾章节里的声音出现了新的颤音。我想这卡带可能被我不停的倒带和重放给弄坏了，倒带、重放，一遍又一遍。我的脑子也觉得有点走神了，有了一个新的理论，开始像是一粒种子，而现在在快速生长着，都基于我刚刚听到的。

莫法特，你太聪明了。我看到了"完好书脊"整个历史上都不曾有任何其他人看到的东西。你加速通过了那些等级，你成了一位成册者，也许只是要有权使用阅览室——然后你把他们的秘密写在你自己的一本书里。你把它们藏在平常的地方。

我要听到它们才明白。

天色已晚，过了午夜。我把尼尔的车并排停在公寓前，猛按了下大按钮把应急灯打亮。我跳出车，从乘客座上举起纸盒，冲上楼梯。我的钥匙蹭着锁——在黑暗里我找不到地方，我两手都占着，直发抖。

"马特！"我跑上楼梯对着他的房间大喊，"马特！你有显微镜吗？"

传来一阵咕哝声，一个昏昏沉沉的声音——是阿什莉的声音——马特出现在楼梯顶上，只穿着他的四角短裤，上面印着全彩的萨尔瓦多·达利的画。他正挥着一个巨大的放大镜。镜子很大，他看起来像个卡通侦探。"这儿，这儿。"他轻声说，蹦蹦跳跳地跑下来把它递给我。"我只有这个了。欢迎回来，杰侬。别掉了。"然后他跳回楼梯上，轻轻地"咔嗒"一声关上了他的门。

我把格里茨宗的原件拿到厨房，打开所有的灯。我感到要疯了，不过是往好的方面。我小心地从盒子里把其中一个模子拿出来——又是X。我把它从塑料袋里拉出，用一条毛巾擦拭着，把它举到炉火的荧光下。然后我拿稳马特的放大镜，透过它看去。

山脉是来自龙父阿尔德拉格的一条信息。

朝圣者

一周以后,我通过不止一种方式得到了东西。我给埃德加·戴寇写邮件,告诉他如果想要他的模子,最好来一下加利福尼亚。我告诉他最好星期四晚上到皮格马利翁书店来。

我邀请了所有人:我的朋友们,团体的成员,所有在这个过程中帮过忙的人。奥利弗·格罗恩说服了他的经理,把书店的后面给我们用,那儿有为读书和诗歌大赛安装的影音设备。阿什莉烤了四大盘素食燕麦饼干。马特安排好椅子。

现在泰贝莎·特鲁多正坐在前排,我把她介绍给尼尔·沙(她的新捐助人),他立刻提议举办一个着重点为穿上毛衣胸部看起来是什么样的"凯尔编织店"展。

"这很特别。"他说,"最性感的外表。真的。我们开展个讨论组。"泰贝莎皱着眉头,眉毛都拧在了一起。尼尔继续说道,"展览可以循环播放经典电影的场景,而我们可以寻找她们真穿过的毛衣,把它们挂起来……"

罗斯玛丽·拉平坐在第二排,挨着她的是廷德尔、费德洛夫、英伯特、穆里尔和其他人——多数是不久之前那个明媚的早晨去过谷歌的同一群人。费德洛夫交叉着手臂，脸上带着怀疑的表情，好像在说：我已经经历过一次这样的事了。不过没关系。我不打算让他失望。

还有两个从日本来的未成册者——一对儿蓬松头发，穿着紧身靛蓝色牛仔裤的年轻人。他们通过"完好书脊"的小道消息听说了一个传言，觉得值得搭上最后一班飞机飞到旧金山来（他们是对的）。伊戈尔和他们坐在一起，舒服地用日语交谈着。

一台手提电脑安放在前排，这样"统环"来的谢莉尔可以看着。她正通过视频聊天传送着图像，她卷曲的黑发占据了整个屏幕。我也邀请了格拉姆博参加，但是他告诉我他今晚在飞机上——正飞去香港。

黑暗透过书店的前门涌了进来：埃德加·戴寇到了，他带了一名纽约的黑袍子随从和他一起来。他们并没有真的穿着他们的袍子，在这儿没有，但是他们的服装仍然标示出他们是奇怪的局外人：西装、领带、一件碳色的衬衫。他们穿过门，有十几个人——接着是科维纳。他的西装是灰色的，闪闪发光。他仍旧是个威风的家伙，但是似乎在这儿威风减弱了。没有所有的那些壮观的盛况和岩床的背景，他只是个老——（他深色的眼睛忽闪着，找到了我。）好吧，也许威风没有减弱那么多。

当这些"黑袍子"们列队迈进书店时，皮格马利翁的顾客们都转过身来看着，挑着眉毛。戴寇带着淡淡的微笑，科维纳则非常庄重严肃。

"如果你真有格里茨宗模具,"他声调平淡地说,"我们要拿走它们。"

我挺直脊梁,微微扬起下巴。我们不再是在阅览室里了。"我没有它们,"我说,"但那只是个开始。坐吧。"哦,老天。"请。"

他用目光打量着交谈的人群,皱起眉头,但是接着他挥手招呼他的"黑袍子"们就了位。他们都在最后一排找了位子,就像是聚会人群后面一个黑色的括号。他们后面站着科维纳。

当戴寇经过时,我抓住了他的手肘。"他会来吗?"

"我告诉他了。"他点着头说,"但是他已经知道了。消息在'完好书脊'里传得很快。"

凯特也在这儿,坐在前面,在远处靠边的地方,静静地和马特和阿什莉聊着。她还是穿着她的犬牙花纹的小西装。她的脖子上系着一条绿色的围巾,上次我见她后,她剪头发了,现在头发刚刚到耳下。

我们不再约会了。没有正式的宣布,就是一个客观事实,就像是碳的重量和谷歌的股价一样。但这并没有阻止我纠缠她来获得一个她能出席的承诺。所有人中就是她一定得看到这个。

人们在座位上移动着,素食燕麦饼干快没了,但是我必须等着。拉平向前倾着身子问我:"你打算去纽约吗?可能去那个图书馆工作吗?"

"呃,不,绝对不会。"我平淡地说,"不感兴趣。"

她皱着眉,双手扣在了一起。"我应该去的,但是我想我不想去。"她抬头看着我。她看起来很迷茫。"我想念书店。而且我想念——"

埃杰克斯·半影。

他像个游荡的幽灵一样溜进皮格马利翁书店的前门,完全包裹在他的深色厚呢大衣里,领子高高地竖在围着脖子的灰色薄围巾外。他搜寻着这房间,当他看到后面的一群人,都是团体的人——"黑袍子"们和所有的人——他的眼睛睁得大大的。

我飞快地向他跑过去。"半影先生!你来了!"

他几乎要转身离开了,一只瘦骨嶙峋的手抚在脖子上。他没看我,蓝色的眼睛盯着地板。"小子,对不起。"他轻声说,"我不应该消失得这么——啊。很简单……"他发出了一声轻叹。"我很尴尬。"

"半影先生,请别这样。别担心那个。"

"我很确定那会有用,"他说,"但是没有。而你在那儿,还有你的朋友们,还有我所有的学生们。我觉得真像个老傻瓜。"

可怜的半影。我想象着他龟缩在某个地方,充满了因为鼓动团体成员向前,却在谷歌的绿色草坪上得到失败而产生的内疚感。权衡着他自己的信仰,想知道接下来会发生什么。我打了一个大赌——他有史以来最大的——却输了。但他不是单独一人下的注。

"好了，半影先生。"我走回我布置的场地，一边向他挥着手。"来，坐下吧。我们都是傻瓜——除了我们中的一个。来看看。"

一切就绪了。我的手提电脑上正有个展示等着开始播放。我意识到大揭秘真的应该发生在一间烟雾缭绕的起居室里，侦探仅仅用他的声音和他有力的推理就把他那些紧张的观众们都镇住了。我呢，我更喜欢书店，更喜欢幻灯片。

所以我打开放映机，站好我的位置，空白的亮光烤着我的眼睛。我在背后扣起双手，调整了下肩膀，斜眼瞥了一下聚集起来的人群。然后我按动遥控器——开始。

第一张幻灯片：如果你想让一条消息长久保存下去，你会怎么做？你会把它刻在石头里吗？刻在金子里？

你会让你的消息非常强有力，以至于人们不可抗拒地要把它传递下去吗？你会围绕它建立一个宗教，也许让人们的精神也参与进来？你会，也许，建立一个秘密社团吗？

或者你会像格里茨宗那么做吗？

第二张幻灯片：格里夫·格里茨宗生于15世纪，是德国北部一个大麦农的儿子。老格里茨宗并不富裕，但是多亏了他的好名声和广为人知的虔诚，他能够在当地一个金匠那里让儿子当了一个学徒。在15世纪，这是一门了不起的手艺。只要他不搞砸，年轻的格里茨宗的生计基本上就有了保障。

他搞砸了。

他是个虔诚的孩子，金匠生意让他失去了兴趣。他整天把旧的小饰品熔掉做成新的——而他知道他自己的作品会遭遇同样的命运。他所相信的一切都告诉他：这不重要。在上帝之城里没有黄金。

这样，他按照人们告诉他的，学了这门手艺——他对这个也很在行——但是当他十六岁时，和这一切说了再见，把金匠生意抛开了。实际上，他干脆离开了德国。他开始了一次朝圣。

第三张幻灯片：我知道这个是因为奥尔德斯·马努提乌斯知道，他把它写了下来。他把它写在他的"生命之书"里——我已经解码了。

（观众里传出了惊讶的吸气声。科维纳仍旧站在后面，他面孔紧绷，使劲儿撇着嘴，周围的一圈黑胡子向下拉扯着。其他人的面孔上一片茫然的表情，等着下文。我瞟了凯特一眼，她显出严肃的表情，好像担心我脑子里有东西短路了一样。）

让我说明白吧：这本书里没有什么秘密方案。没有魔咒。如果真有永生的秘密，它也不在这儿。

（科维纳做出了他的选择。他急转过身，阔步走上通道，经过"历史"和"自助"的标签，经过远远站在一边、靠在一个矮书架上的半影身边，向前门走去。半影看着科维纳经过，然后转过身背向我,双手在嘴边围成喇叭状,喊道:"继续,小子!")

第四张幻灯片:真的,马努提乌斯的"生命之书"就是它声称的那样:是一本关于他的人生的书。作为一部历史作品,是一笔财富。但是关于格里茨宗的部分是我想要注意的。

我是用谷歌把它从拉丁语翻译过来的,所以如果一些细节有错误请原谅我。

年轻的格里茨宗在圣地游荡,在这儿那儿做些金属制品的活赚一点钱。马努提乌斯说他遇到一些神秘主义者——犹太卡巴拉学者、诺斯替派教徒和伊斯兰教苏菲派——设法找出该拿他的生命怎么办。他还通过金匠们的小道消息听说威尼斯发生了一些相当有趣的事。

这是一张格里茨宗的旅行地图,我尽力重建了它。他围绕着地中海漫无目的地旅行着——穿越君士坦丁堡,进入耶路撒冷,去了埃及,又退回希腊,去了意大利。

在威尼斯他遇到了奥尔德斯·马努提乌斯。

第五张幻灯片:在马努提乌斯的印刷间里,格里茨宗找到了自己在这个世界上的位置。印刷用上了他作为一名金属匠人的全部技术,但是给它们带来了新的目的。印刷不是小玩意儿和手镯——是文字和思想。在那个年代,这基本上就是互联网,很令人兴奋。

就像今天的互联网，15世纪的印刷总是有很多问题：怎么储存墨水？怎么混合金属？怎么浇铸铅字？每六个月答案就变化一次。在欧洲的每一座大城市都有一打儿印刷厂想要首先解决问题。在威尼斯，这些印刷厂中最厉害的属于奥尔德斯·马努提乌斯，就是格里茨宗工作的地方。

马努提乌斯立刻发现了他的才华。他还说他看出了他的精神，他也发现格里茨宗是一个探索者。所以他雇用了他，他们一起工作了许多年，成了最好的朋友。没有一个比格里茨宗更让马努提乌斯信任的人，没有一个比马努提乌斯更让格里茨宗尊敬的人。

第六张幻灯片：所以终于，几十年后，在新的工业出现和印刷了成百的卷册后，在我们仍然会觉得这是所有印出的书中最漂亮的时，这两个人都变老了。他们决定合作一个最终的大项目，一个会把他们经历过的一切、他们学过的一切都包在一起留给子孙后代的项目。

马努提乌斯写了他的"生命之书"，在书里他坦诚地解释了在威尼斯事情究竟是如何运作的。他解释了为了确保印刷古典作品的独占许可证他所做的幕后交易；他解释了他所有的对手是怎么想要让他关门；他解释了他是怎么样反过来反而让他的几个对手关了门。准确地说，是因为他如此坦诚，也因为如果这本书立刻流传出来会毁掉他传给自己儿子的生意，所以他才想要把它加密。但是怎么加密呢？

与此同时，格里茨宗切割出了一种字体，他做过的最好的一种——一种将会在他去世后使马努提乌斯印刷厂继续经营下去的大胆的新设计。他像是击出了一记本垒打，因为那些形状现在正是以他的名字命名的。但是在这过程中，他做了件让人意想不到的事。

奥尔德斯·马努提乌斯死于1515年，留下了一本吐露很多真情的回忆录。这个时候，根据"完好书脊"的口头传说，马努提乌斯把解开这段加密历史的钥匙托付给了格里茨宗。但是五百年来的翻译把其中的什么东西弄丢了。

格里茨宗没有钥匙。

格里茨宗就是钥匙。

第七张幻灯片：这是一个格里茨宗模具的图片：那个X。

这是放大一点的。

再放大一些。

这是透过我朋友马特的放大镜观察的图片。你们看到字母边缘那些微小的刻痕了吗？他们看起来像是一个齿轮的齿，不是吗？——或者说是一把钥匙的齿。

（有人紧张地大声喘着气。是廷德尔。我总能指望他变得激动起来。）

那些微小的刻痕并非偶然，也不是随意为之。所有的模子上都有类似的刻痕,做出来的所有模子上都有,造出的每一个格里茨宗铅字上也都有。现在,我必须到内华达把这事弄明白,我必须听到磁带上克拉克·莫法特的声音才能真的弄明白。但是如果我早知道我要找什么,我就会打开我的笔记本电脑,用格里茨宗字体打些文字,把它放大三千倍。电脑版本也有这种刻痕。在下面他们的图书馆,"完好书脊"没有屈尊使用电脑……但是在上面,欲速则不达公司租了一些非常高效的数字转换机。

那就是密码,就在这儿。那些微小的刻痕。

在团体五百年的历史里没有人想到近距离地看看。谷歌的任何密码破译员也没有想到。我们看着的是完全不同的字体组成的数字化文本。我们在看着的是数列,而不是形状。

这个密码既复杂也简单。复杂是因为一个大写的F不同于小写的f。复杂是因为连体字母ff不是两个小写的f——它是完全不同的一个模子。格里茨宗字体有大量的可选字模——三个P,两个C,一个史诗般的Q——那些都代表着一些不同的东西。要破解这个密码,你需要从排字上考虑。

但是那之后就简单了,因为你所要做的就是数这些刻痕,我就是这么做的:在我的厨房工作台上,放大镜下仔细地数,不需要数据中心。这是你在连环漫画里会学到的那种密码:一个数字和一个字母相关联。一种简单的替换。你可以立刻用它来破解马努提乌斯的"生命之书"。

第八张幻灯片：你也可以做些其他的事。当你把这些模子拿出来按顺序排列——假设你在一个15世纪的印刷所会采用的同样的顺序——你就得到了另一条消息。是一条来自格里茨宗本人的消息。他对这个世界的临终遗言已经在普通的场景里隐藏了五百年。

根本没什么不可思议，没什么神秘的。只是一条来自一个生活在很久以前的人的消息。但这就是那个不可思议的部分：看看你的周围。

（每个人都向四周看去。拉平伸长了她的脖子。她看起来很困扰。）

看到书架上的标签了吗？——写着"历史"、"人类学"和"青少年奇幻爱情小说"。我之前注意到：那些标签都是格里茨宗字体。

苹果手机里安装着格里茨宗字体。每一个新的微软Word文件都默认为格里茨宗字体。《卫报》的标题是格里茨宗字体，《世界报》和《印度斯坦时报》也是。《大不列颠百科全书》曾是格里茨宗字体；维基百科上个月才刚换了字体。想想那些期刊、课程表和大纲。想想那些简历、工作合同和辞职信。契约、诉讼、吊唁函。

我们周围到处都是。你每天都看到格里茨宗字体。它一直在这儿，五百年来和我们对视着。所有的东西——小说、报纸、新的文件——都是这个秘密信息的载波，藏在书的扉页里。

格里茨宗找到了：永生的钥匙。

（廷德尔从他的座位上跳了起来，号叫着："但是是什么啊？"他拉扯着他的头发。"是什么消息？"）

好吧，是拉丁语的。谷歌翻译得很粗糙。记住奥尔德斯·马努提乌斯出生时用的是另一个名字：他曾经叫泰奥巴尔多，他的朋友们都这么叫他。

所以这就是。这就是格里茨宗关于不朽的信息。

第九张幻灯片：

谢谢你，泰奥巴尔多
你是我最伟大的朋友
这是一切的钥匙

团体

展示结束了，观众渐渐离开。廷德尔和拉平在皮格马利翁的小咖啡馆里排队等咖啡。尼尔还在不停向泰贝莎说着穿着毛衣的胸部多么具有美感。马特和阿什莉与伊戈尔和日本二人组活跃地交谈着，他们都慢慢地朝前门走着。

凯特独自坐着，慢慢啃着最后一块素食燕麦饼干。她的脸很憔悴。我想知道她对格里茨宗关于不朽的话语怎么想。

"对不起。"她说，摇着头。"它不够好。"她目光忧郁，情绪低落。"他那么有才华，却还是死了。"

"每个人都会死——"

"对你来说这就够了？他留给了我们一个信息，克莱。他留给了我们一个信息。"她大声喊道，一块燕麦屑从唇间喷了出来。奥利弗·格罗恩从贴着"人类学"的书架那儿瞥过来，眉毛挑着。凯特低头看着她的鞋。轻轻地，她说道："别把那叫不朽。"

"但是如果这是他最好的部分呢？"我说。我实时形成了这个理论。"如果，你知道——如果和格里夫·格里茨宗混在一起不总是那么棒呢？如果他又古怪又爱幻想呢？如果他最好的一部分就是他能用这些金属做出来的东西呢？他的那一部分真的是不朽的。就像任何东西能够达到的那样不朽。"

她摇着头，叹着气，向我靠近一点儿，把最后一点饼干塞进了嘴里。我发现了古代的知识，那个我们一直在找的"旧知"，但是她不喜欢它传达的东西，凯特·波坦特会继续寻找下去。

过了一会儿，她推开我，深吸了一口气，站起身来。"谢谢你邀请我。"她说，"回头见。"她穿上她的小西装，挥手再见，向门口走去。

现在半影把我叫了过去。

"了不起啊。"他喊道，他又恢复自己的样子了，发亮的双眼，满脸笑容。"一直以来，我们都在玩着格里茨宗的游戏。小子，这些字母就在我们的商店前面！"

"克拉克·莫法特弄明白了。"我告诉他，"我不知道他是怎么做的，不过他做到了。然后我猜他就是……决定继续玩下去。让这个谜题继续下去。"直到某人发现它们都在他的书里等着。

半影点着头。"克拉克很聪明。他总是独自跟随他直觉的指引。"他顿了一下，伸伸头，笑了起来。"你会喜欢他的。"

"那么你不失望吗？"

半影睁大了眼睛。"失望？不可能。这不是我所期待的，但是我又期待什么呢？我们中的任何人又指望着什么呢？我会告诉你我这辈子都不指望知道真相了。这是个无价的礼物，我感谢格里夫·格里茨宗，还有你，小子。"

现在戴寇走过来。他喜气洋洋的，几乎一蹦一跳。"你做到了！"他猛拍着我的肩膀说，"你找到了它们！我知道你能行的——我就知道——但是我完全不知道事情会发展到这个地步。"他身后，"黑袍子"都在互相交谈着。他们看起来很兴奋。戴寇瞟了四周一眼。"我能摸摸它们吗？"

"它们都是你的了。"我对他说。我把格里茨宗模子从前排椅子下面的一个纸板箱里拿出来。"你必须从'统环'那儿把它们正式购买过来，不过我有手续表格，我不认为——"

戴寇举起一只手。"不成问题。相信我——不成问题。"其中一个纽约的"黑袍子"走过来，其他的都跟在后面。他们俯身围着箱子，好像里面有个婴儿一样发出"哦哦啊啊"的叫声。

"所以是你拉他这么做的，埃德加？"半影说着挑起一条眉毛。

"没想到，先生，"戴寇说，"在我的处境下，我有一种罕见的才能。"停了一下，他露出了笑容，接着说："你的确知道怎么挑选对的员工。"听到这话，半影哼哼着大笑起来。戴寇说："这是个巨大的成功。我们会制作新的铅字，重印一些旧书。科维纳不能有什么异议。"

提到"首席读者"——他的老朋友，半影变得忧郁起来。

"他怎么样？"我问道，"他——呃。他似乎很沮丧。"

半影的表情很严肃。"你必须照顾他，埃德加。虽然那么大年纪了,但是马库斯几乎没有失望的经验。他似乎很坚强,其实非常脆弱。我担心他,埃德加。真的。"

戴寇点着头。"我们会照看他的。我们必须想好下面怎么办。"

"好了,"我说,"我有点东西,你可以从这个开始。"我弯下腰,从椅子下面抬出了第二个纸盒。这一个是全新的,塑料胶带粘在上面印的一个大大的X上。我撕掉胶带,叠起盒盖儿,盒子里装满了书:紧紧打包在一起的成捆的简装书。我在塑料上戳了个洞,拉出一本来。纯蓝色的书,封面上用白色的大写字母写着"马努提乌斯"。

"这是给你的。"我说着把它递给了戴寇,"那本被破译的书的一百本复印件。拉丁文原版。我猜你们想自己把它翻译过来。"

半影笑着对我说:"现在你也是个出版商了,小子?"

"应要求出版的,半影先生。"我说,"两美元一本。"

戴寇和他的"黑袍子"们搬走了他们的宝贝——一盒旧的,一盒新的——搬到外面他们租用的小货车上。皮格马利翁书店灰头发的经理从咖啡馆里谨慎地看着他们用希腊语唱着一首欢乐的颂歌,大模大样地离开了书店。

半影的脸上现出沉思的表情。"我唯一的遗憾,"他说,"就是马库斯肯定会烧掉我的'生命之书'。就像创立者的一样,它是种历史,看着它消失我很伤心。"

现在我要第二次让他惊愕了。"当我在下面的图书馆时，"我说，"我扫描的不止马努提乌斯的书。"我伸进口袋里，掏出一个蓝色的U盘，把它塞进他长长的手指里。"没有实物那么好，不过所有的文字都在这儿。"

半影高高举起它。塑料盘在书店的光线里闪着光，一个惊奇的笑容停在他的唇间。"小子，"他喘息着，"你真是充满了惊奇。"然后他弯起一道眉毛。"而且我能只花两美元就把这个印出来？"

"当然。"

半影将一条瘦胳膊搭在我的肩膀上，靠近我悄悄地说："我们的这座城市——花了我太长时间才意识到，然而我们就在这个世界的'威尼斯'。那座威尼斯。"他睁大双眼又闭上，摇着头。"就像创立者本人一样。"

我不确定他这么说是什么意思。

"我终于明白了，"半影说，"我们必须像马努提乌斯一样思考。费德罗夫有钱，你的朋友也是——滑稽的那个。"现在我们一起穿过书店向外望去。"那么我们找到了一两个赞助人，你怎么说……重新开始？"

我不敢相信。

"我必须承认，"半影摇着他的头说，"我敬畏格里夫·格里茨宗。他的成就无可企及。但是我还有不少时间，小子"——他挤了下眼——"还有那么多谜要解。你会和我一起吗？"

半影先生，我不知道。

尾声

那么之后会发生什么呢？

尼尔·沙，地下城主，会成功地把他的公司卖给谷歌。凯特会在产品管理部里做出提案，他们都会支持它。他们会获得"解剖混合"软件，重新命名为"谷歌身体"，推出任何人都可以免费下载的这款软件的新版本。乳房仍然会是它最好的部分。

那之后，尼尔会终于富得没法计算，他会进入赞助的鼎盛时期。首先，尼尔·沙妇女艺术基金会得到一笔捐助，一个办公地点，一位常务理事：泰贝莎·特鲁多。她会把消防站的楼层摆满绘画、纺织品和挂毯，都是女性艺术家的，都是从"统环"打扫出来的，然后她会发出捐助。大数额的捐助。

接下来，尼尔会从工业光魔把马特挖过来，他们会一起开一家使用像素、多边形、刀子和胶水的生产公司。尼尔会买下《龙之歌传奇》的电影版权。在"解剖混合"被收购之后，他会立刻从谷歌雇回伊戈尔，安排他做半血电影制片厂的首席程序师。他会计划一个3D的三部曲。马特将执导影片。

凯特会在生产管理部往上爬。首先她会把奥尔德斯·马努提乌斯解码后的回忆录带到谷歌，这会成为一个遗失图书项目的基石。《纽约时报》会就此发表网络文章。接着，"解剖混合"的收购和"谷歌身体"软件的大受欢迎会增强她的势头。她的照片会印在《连线》杂志上，整个半页铜版纸，站在巨大的数据可视化屏幕下，手放在她的嘴唇上，小西装松松地穿在她那印着亮红色"爽！"字的T恤外面。

那时我会意识到她终究还是从没停止过穿那件T恤。

奥利弗·格罗恩会完成他的考古学博士学位。他会立刻找到一份工作，不是在博物馆，而是在运营"登记册"的公司。他会被分派一份重新归类公元前200年之前的所有大理石制品的任务，而他会对此无比享受。

我会约凯特出来约会，她会接受。我们会去看一场《月亮自杀》的现场表演，不会谈论冷冻的头，我们只会跳舞。我会发现凯特是个糟糕的舞者。在她公寓门前的台阶上，她会在我的嘴唇上轻轻地吻一下，然后消失在黑暗的门口过道里。我会走回家，在路上给她发一条短信。短信会只有一个数值，是我长久费劲地阅读几何课本后自己推算出来的：两万五千英里。

"完好书脊"的基础会出现组织的破裂。回到纽约，"首席读者"会对任何不服从的人进行恐吓，说他们会遭到厄运或者失望。为了说服别人，他会真的烧掉半影的"生命之书"——那会是个严重的错误估计。"黑袍子"们会充满恐惧，最后，他们会投票。所有的成册者在他们堆满书的"古坟"里集合，一个一个地举手投票，科维纳会被拉下他的位置。他会继续留作欲速则不达公司的执行总裁——公司的手艺上升了，大大地上升——但是在下面，会有一个新的"首席读者"。

莫里斯·廷德尔会到纽约去开始写他的"生命之书"，我会建议他请求代替戴寇做阅览室的守卫。那个办公室可以用些年轻一点的人。

尽管载体会被毁掉，但半影的"生命之书"的内容会很安全，我会主动要求帮他出版他的书。

他会表示反对："可能某天吧，但还不是时候。让它现在继续保持秘密状态。别忘了，小子"——他的蓝眼睛会眯缝着一闪——"你可能会对你在里面发现的东西感到惊讶的。"

半影和我会一起建立一个新的团体——实际上是一个小公司。我们会游说尼尔投资一些他从谷歌赚来的钱，结果是费德洛夫持有上百万的惠普股份，所以他也共同出了一些资。

半影和我会坐下来聊很多次什么样的企业最适合我们。另一个书店吗？不。某种出版公司吗？不。半影会承认他做指导或者教练最开心，而不是做学者或者一名密码破译员。我会承认我只是想找个借口把所有我最喜欢的人都聚在一个屋子里。所以我们要组建一个咨询公司：一个为在图书和技术的交叉领域运作的公司提供服务的特别团队，尽力解决数字书架的阴影里积聚的秘密。凯特会支持我们的首个合同：为轻薄的，外壳不是塑料而是布，像本精装书的谷歌电子阅读器雏形设计临界系统。

那之后，我们会独立运作，半影会是销售会议方面的专家。他会穿上一件深色的粗花呢西装，擦亮他的眼镜，摇摇晃晃地走进苹果公司和亚马逊的会议室，环顾会议桌，平静地说："你在这次约见里找什么呢？"他的蓝眼睛，他堆在一起的笑容，（老实说）他的高龄会让他们印象深刻，深深着迷，完全被蛊惑。

我们会在阳光充沛的瓦伦西亚街上有一间小办公室，坐落在一家墨西哥快餐店和一家电动车维修店中间，用从跳蚤市场淘来的大木桌和从宜家买的长长的绿色架子作为室内家具。书架上会排满半影喜欢的书，都是从书店里抢救出来的：博格斯和哈米特的首版书，阿西莫夫和海因莱因的美化版，理查德·费曼的五种不同的传记。每隔几周，我们会把这些书装在推车里推到阳光下，办一次临时人行道大甩卖，在最后一分钟在推特上发出公告。

不会只有我和半影坐在这些大桌子旁边。罗斯玛丽·拉平会作为第一名员工加入我们。我会教她"红宝石"软件，她会建立我们的网站。然后我们会把贾德从谷歌挖过来，我会把格拉姆博也放在挖角名单上。

我们会把公司命名为"半影"，仅仅是"半影"，而由我设计的公司图标会采用——当然是——格里茨宗字体。

但是半影的24小时书店怎么办呢？有三个月，它会空空如也，橱窗里竖着"招租"的牌子，因为没人会知道用那个高而细窄的地方能做什么。然后，终于，有人想出了办法。

阿什莉·亚当斯会穿着碳色和奶油色的衣服出现在电信山信用联合会的小商务办公室里，带着银行健在的最老客户写的一封推荐信。她会带着一个专业公关人员的优美辞藻和姿态描绘她的图景。

那会是她作为专业公关人员的最后一次表演。

阿什莉会拆开架子，整修地面，安装新的照明，把书店改造成一座攀岩健身馆。休息室会变成衣帽间；前面的那些矮书架会变成一排可供攀岩者上网的苹果笔记本（仍然是通过"交好网"连接）。以前放前台桌子的地方，会被一个闪亮的白色吧台取代，"乐斯菲斯"妞（即达芙妮）会在这儿得到一个制作羽衣甘蓝泡沫饮料和意大利调味饭团的新装置。前面的墙上会色彩斑斓：马特画的色彩明亮的壁画，都是基于书店放大的细节画的。如果你知道要找什么，你会看到它们：一排字母，一列书脊，一个明亮的弧形的铃铛。

以前古旧书库所在的地方，马特会指导一队年轻的艺术家建起一面巨大的攀爬墙。它会是一片斑驳的绿色和灰色，上面点缀着发亮的金色LED灯，涂着蓝色的支线，攀岩者用的把手将是耐用的白顶山脉。马特这次会不仅仅建造一座城市，而是一整个大陆，一个歪在一边的文明。这儿也是，如果你知道要找什么——如果你知道怎么在把手间画线——你可能就会看见一张面孔从墙上向外窥视。

我会购买一个会员资格，再次开始攀岩。

最后，我会把发生的所有事都写下来。我会从日志本里复制一些，在旧邮件里和短信里找些更多的，再从记忆里重建那剩下的部分。我会让半影仔细审查，然后找个出版商安排它在这些日子人们能找到书的各个地方销售：大的巴诺书店，明亮的皮格马利翁书店，Kindle上安静的小书店。

你会把这本书捧在手中，和我一道，学到我所学到的一切：

没有什么永生不是建立在认真的友谊和工作之上。这个世界上所有值得知道的秘密都藏在普通的地方。爬上一架三层楼高的梯子需要四十一秒。想象3012年并不容易，但是并不意味着你就不应该试试。我们有新的能力——我们还在慢慢适应的奇怪的能力。那些山脉是来自龙父阿尔德拉格的消息。你的生命一定是一座开放的城市，可以用各种方式漫步其中。

那之后，这本书就会消失，以所有的书在你脑海里消失的方式。但是我希望你会记住这个：

一个人在一条阴暗孤独的街道上快速地走着。脚步飞快，气喘吁吁，充满了好奇和需求。一扇门上挂着一个铃铛，它叮铃响了一下。一个店员，一把梯子和一盏温暖的金黄色的灯，然后是：完全对的书，出现在对的时刻。

MR. PENUMBRA'S 24-HOUR BOOKSTORE by Robin Sloan
Copyright © 2012 by Robin Sloan
Simplified Chinese translation copyright © 2014
by Beijing Alpha Books Co., Inc.
ALL RIGHTS RESERVED

版贸核渝字（2012）第073号

图书在版编目（CIP）数据

生命之书 /（美）斯隆 著；高偰 译. —重庆：
重庆出版社，2014.1
书名原文：Mr.Penumbra's twenty-four-hour book store
ISBN 978-7-229-07209-4

Ⅰ.①生… Ⅱ.①斯… ②高… Ⅲ.①长篇小说—美国—现代 Ⅳ.①I712.45

中国版本图书馆CIP数据核字（2013）第278688号

生命之书
SHENGMINGZHISHU

［美］罗宾·斯隆 著

高偰 译

| 出 版 人：罗小卫 |
| 策　　划：华章同人 |
| 出版监制：陈建军 |
| 策划编辑：张慧哲 |
| 责任编辑：李 杰　刘美慧 |
| 责任印制：杨 宁 |
| 营销编辑：刘 菲　许珍珍 |
| 装帧设计：主语设计 |

重庆出版集团
重庆出版社　出版
（重庆长江二路205号）

投稿邮箱：bjhztr@vip.163.com
三河 九洲财鑫印刷有限公司　印刷
重庆出版集团图书发行有限公司　发行
邮购电话：010-85869375/76/77转810

重庆出版社天猫旗舰店
cqcbs.tmall.com

全国新华书店经销

开本：880mm×1230mm　1/32　印张：10.5　字数：197千
2014年5月第1版　2014年5月第1次印刷
定价：32.80元

如有印装质量问题，请致电023-68706683

版权所有，侵权必究